AMITIÉS ÉTERNELLES

## AVERTISSEMENT

Ce récit est une pure fiction implantée dans un contexte historique détourné et remodelé. Seuls les noms de lieux sont réels mais revisités. Toute ressemblance avec des faits ou des personnages existants ou ayant existé ne serait qu'une coïncidence fortuite due au hasard ou aux bizarreries de la vie.

La vendetta est bien sûr une histoire d'hommes !



Editions Jets d'Encre
81 avenue du Bac
94210 Saint-Maur-des-Fossés
www.jetsdencre.fr

ISBN : 978-2-38580-044-4

Philippe Jarzaguet

# AMITIÉS ÉTERNELLES

JETS D'ENCRE ÉDITIONS

*« L'oseille, c'est la gangrène de l'âme. »*
(Maurice Biraud, *Des pissenlits par la racine*)

*« Une mauvaise action trouve toujours sa récompense. »*
(Jean-Claude Brialy, *Les Lions sont lâchés*)

MICHEL AUDIARD

# DISTRIBUTION

## LES ANCIENS

François Saliéri : feu maire nationaliste de Belgodère

Jacques Albertini : feu parrain de la Voile Bleue

Charles Bettoni : bistrotier, porteur de valises, accessoirement ancien flic

Joseph Gaffori : feu menuisier avec des principes

Démétrius Tornatori : ex-notaire avec quelques neurones en détresse

## LES « NATIOS » NOUVELLE GÉNÉRATION

Dumé Orlanducci : plombier qualifié mais un peu cher, nationaliste d'opérette

Ange Orlanducci : frère de Dumé, plombier en second, un peu rustique

Bati Saliéri : fils de François, nationaliste plutôt branleur

Stéphane Tornatori : fils de Démétrius, dentiste, nationaliste, maire et accessoirement beau gosse

Luca Césari : garde-champêtre, commère et balourd

## LES VOYOUS

Kiki Albertini : héritier de son père Jacques dans la voyoucratie

Toussaint Rossetti : factotum de Kiki

## LES FEMMES

Anastasie Saliéri : femme de François avec les méninges en vrille

Madeleine Gaffori : femme de Joseph, un tantinet irascible

Anne-Marie Bettoni : femme de Charles, sainte nitouche

Ornella Bettoni-Orlanducci : femme de Dumé et de quelques autres

Aurélie Orlanducci : fille d'Ornella, cagole en herbe

Mélanie Albertini-Marchiesi : sœur de Kiki, blanchisseuse mondaine

## LES CONTINENTAUX, REPRESENTANTS DE L'ORDRE

Antoine Brassac : commandant de police en pleine crise existentielle[1].

Camille Hetling : lieutenant de police à la fibre alsacienne sensible, équipière de Brassac

Raymond Dengue, dit « le Dingue », grand flic au caractère explosif

Bernard Faret : flic anti-terroriste, équipier de Brassac

Patrick Renaud ; Major de gendarmerie, chef des pandores de l'Île Rousse

Claude Peyrard : pandore à Bastia puis chef à l'Île Rousse

Eric Crémont : pandore à Bastia puis chef à Calvi

Richard Chaptard : juge anti-terroriste parisien, fumeur invétéré

L'auteur présente ses excuses aux honorables habitants du village, supporteurs de foot, neveux, artisans, commerçants, fonctionnaires, gens de presse, éventuels chasseurs, etc., omis dans cette liste établie sans aucune volonté d'un quelconque ostracisme.

1. Philippe Jarzaguet, *Une tache indélébile*, Éditions Persée, 2018.

# 1936

*Un brin d'euphorie et d'insouciance soufflait en cette année 1936. En Balagne, comme dans toute la Corse ou sur le continent, de nombreuses familles avaient profité des premiers congés payés instaurés par le gouvernement du Front populaire pour envahir les plages. La longue bande de sable fin et blanc de l'Ostriconi était ainsi devenue le terrain de jeu privilégié des habitants de Belgodère. Bien sûr, après cette heureuse trêve estivale, les parents avaient repris le chemin du travail et les enfants celui de l'école, les garçons au village et les filles à Palasca.*

*L'école communale de Belgodère ressemblait à une colonie de vacances : un bâtiment de deux étages à la façade défraîchie, un petit préau et des toilettes dans une cabane au fond de la cour en terre battue. Une quinzaine d'enfants agités regroupés dans une classe maternelle et une quarantaine d'élèves plus ou moins studieux, répartis sur les bancs de deux classes primaires, une pour les cours élémentaires et une pour les cours moyens, obligeaient les deux instituteurs à jongler avec leur emploi du temps. La sonnerie stridente rythmait la journée jusqu'au bonheur ultime, l'heure de la sortie.*

*La cour de récréation résonnait de cris, de rires et de pleurs. Les gamins jouaient et se bagarraient parfois. Parmi eux, quatre camarades : François Saliéri, Jacques Albertini, Charles Bettoni et Joseph Gaffori.*

*Le jeu le plus en vogue de ces petits garnements était une sorte de Monopoly avant l'heure. Ce jeu, inventé au début du siècle, avait pour premier objectif de lutter contre les monopoles en permettant à tout le monde de s'enrichir. Par la suite, le principe de réalité reprenant le dessus, les joueurs l'avaient dévoyé en voulant accumuler un maximum de profits. Cela impliquait donc d'empêcher leurs adversaires de parvenir à leurs fins, voire de les ruiner. Difficile ainsi de rester pacifiques...*

*Les quatre gamins imaginaient qu'ils se partageaient la Corse. Évidemment, chacun voulait un morceau de territoire plus important que celui des autres. La récré se terminait régulièrement par quelques coups de poing. Joseph était le plus idéaliste et donc le moins virulent. Il aurait voulu un partage équitable. Après tout, ils étaient les meilleurs copains du monde et le resteraient jusqu'à la mort...*

*Mais la vie en avait décidé autrement. Leurs chemins s'étaient séparés et, si leurs relations demeuraient vivaces, elles s'étaient distendues au fil du temps. Joseph, fidèle à ses principes, était devenu un honnête et modeste artisan. Charles, par opportunité plus que par attachement à des valeurs régaliennes, avait quitté l'île et fait carrière au service de l'État dans la capitale. François, nationaliste invétéré, avait été élu maire du village. Jacques, avec ses valeurs cardinales revisitées, avait suivi un parcours beaucoup plus tortueux...*

*Puis, Joseph avait épousé Mado, la demi-sœur bâtarde de Charles. Celui-ci n'avait bien sûr pas été invité à la noce. Mado lui vouait une haine tenace. Pourtant, Charles n'y était pour rien, si son père ne l'avait pas reconnue à sa naissance et avait abandonné sa mère. En plus, Charles, lui, ne l'avait même pas connu. Il avait à peine un mois à la mort de son géniteur.*

# 1994,
# UN SOIR D'HIVER...

Le dégoût amplifiait sa tristesse. Il conduisait vite, trop vite. La nuit était tombée, l'orage grondait. Un éclair stria le ciel. L'eau ruisselait sur le pare-brise, les essuie-glaces s'agitaient fébrilement dans un grincement horripilant. La visibilité était nulle.

Il quitta le front de mer et emprunta la route qui serpentait jusqu'au village. La pluie redoublait. Elle cognait fort sur le toit en tôle de la fourgonnette. Le bruit était assourdissant dans la cabine.

Soudain, une lumière aveuglante se réfléchit dans son rétroviseur. Il maudit l'imbécile qui roulait derrière lui en pleins phares. Son dépit fit place à l'agacement. Dans un passage sinueux, ces feux belliqueux devinrent un simple halo sournois, mais ils réapparurent bien vite dans une nouvelle portion de ligne droite. Il se laissa submerger par la colère. Il pesta contre ce crétin et décida de le semer.

Il sortit d'un virage serré sur la droite en pleine accélération. Il retarda au maximum son freinage avant d'aborder sur la gauche une nouvelle épingle en dévers. Il s'apprêtait à rétrograder, lorsque les phares en pleine intensité ressurgirent dans le miroir. Il jura.

Le choc fut brutal. Son buste fut propulsé en avant et sa tête heurta le pare-brise. La ceinture de sécurité compressa sa poitrine et le recolla sur son siège. Ses mains se crispèrent sur le volant. Ses pieds n'étaient plus coordonnés. Le gauche, inerte, resta appuyé sur la pédale d'embrayage, tandis que le droit remettait une pression sur celle du frein. Les pneus perdirent de leur adhérence sur la chaussée détrempée. La camionnette fit une embardée. Il contrebraqua pour tenter de la récupérer, mais elle était devenue incontrôlable. Elle amorça un tête-à-queue, mordit les gravillons sur le bas-côté et glissa dans l'abîme.

# CINQ ANS
# PLUS TARD…

# 1

Le pare-brise explosa. Un vent glacial s'engouffra dans l'habitacle et le gifla. Antoine Brassac jeta un coup d'œil sur sa droite. La portière était disloquée. La nuit était noire. Il devina le gouffre plus qu'il ne le discerna. Il refoula ses états d'âme et ravala sa colère. Il évalua vite la situation. Elle était critique. Il était coincé, il devait essayer de sortir de son côté. Il se contorsionna et s'arc-bouta en prenant appui sur le volant. Il poussa de toutes ses forces sur ses jambes pour les déplier et exercer une pression sur la porte. Elle couina, mais finit par céder. Il réussit à s'extraire du véhicule et à se hisser hors du fossé. Une fois debout, transi, les nerfs à fleur de peau, il réalisa qu'il était tout seul. Son collègue avait disparu. Inquiet, il regarda autour de lui. Il ne vit que la voiture, plantée opportunément dans un bloc de granit. Elle paraissait salement amochée.

— Bernard ! T'es où ? hurla-t-il d'une voix aiguë.

— Là !

— Où, là ? demanda Brassac, un brin rassuré.

— J'en sais rien ! répondit Faret.

— Ça va ?

— Tu m'emmerdes avec tes questions ! T'es pas toubib ! s'énerva Faret. Tu ferais mieux de m'éclairer. Je vois rien !

Brassac farfouilla maladroitement dans ses poches pour récupérer son portable. L'appareil était éteint. Redoutant qu'il ne soit cassé, il en tritura nerveusement les touches avec ses doigts gourds. Lors d'une énième tentative, l'écran d'accueil s'alluma. Il ouvrit l'application de la lampe torche et orienta celle-ci vers la berline. Les yeux pourtant écarquillés, il ne distinguait pas grand-chose. Il balaya fébrilement le faisceau lumineux en aval et l'aperçut enfin.

Bernard Faret, en équilibre instable quelques mètres en contrebas, se mit la main sur la figure et râla.

— Si tu pouvais éviter de me foutre ta lumière dans la gueule, ça m'arrangerait !

— Ça va ? redemanda Brassac machinalement. Tu veux de l'aide pour remonter ?

— Ouais. Trouve quelque chose pour que je puisse m'accrocher... Un bâton, n'importe quoi, réclama Faret. Ça glisse un max.

Brassac s'aventura dans la pente en lui tendant un bout de branche. Faret réussit à l'attraper, mais perdit l'équilibre et s'affala par terre. Brassac, entraîné dans sa chute, se râpa les mains sur des cailloux. Il se redressa en vociférant.

Les deux hommes, remontés au bord de la route, récupéraient de leurs émotions. Faret tirait vigoureusement sur une cigarette. Brassac se secouait énergiquement pour enlever les dernières brindilles accrochées à ses vêtements. Les écorchures lui brûlaient les mains.

— Comment tu fais pour cloper ?! On n'a rien dans le ventre. Ça me file la gerbe, dit Brassac.

— Moi aussi, mais c'est bon ! T'imagine, à quinze jours près, on voyait même pas l'an 2000 !

— Ouais, on peut dire merci à ce rocher de merde ! Un sacré coup de bol !

— On est des putains de miraculés !

— Surtout toi ! T'as pas l'air au courant que la ceinture, c'est pas en option !

— C'est bon ! s'irrita Faret. Si tu veux aller par là, j'étais pas au courant non plus que t'avais prévu de faire un crash-test ce matin !

— OK ! Un point partout, abdiqua Brassac pour calmer le jeu. En attendant, on se les pèle. Faudrait peut-être qu'on se bouge pour que quelqu'un vienne nous chercher.

— T'as raison. Ce serait trop con de mourir de froid, après avoir failli crever au fond d'un ravin !

— Appelle les collègues de Bastia. C'est toi qui as leur numéro. Ils ne doivent pas être bien loin. Moi, je téléphone à l'état-major pour qu'il s'occupe de faire récupérer la bagnole.

— On parie que Le Dingue rappelle pour pousser une gueulante ? lança Faret.

Moins de cinq minutes suffirent pour confirmer cette intuition et entendre leur chef aboyer dans les oreilles de Brassac.

— Qu'est-ce que vous avez fait ?

— La voiture a dérapé sur une plaque de verglas, quand on montait à la bergerie. J'ai perdu le contrôle et on a percuté un rocher.

— Tu n'as rien ?! Faret, non plus ?! Et la voiture, elle peut rouler ?

— Non, elle est dans le fossé et l'avant est complètement bousillé.

— La PJ[2] de Bastia est avec vous ? Vous êtes repartis ?

— Euh... Non, on avait directement rendez-vous sur place. Vu l'heure, c'était plus simple pour tout le monde. Bernard est en train de les appeler.

— Non, mais c'est pas vrai ?! Toi et ton copain Faret, vous commencez à me courir sur le haricot avec vos caprices de starlettes ! Vous êtes capitaines de police ou quoi ?! Vous vous croyez où ? Au Club Med ?! Tu penses que je vous envoie là-bas pour vous balader comme ça vous arrange ?! Je te rappelle qu'on a une affaire d'État à traiter ! Vous oubliez tout de suite votre petit confort ! Dès que les Bastiais vous ont récupérés, vous foncez à la bergerie et si vous trouvez quelqu'un là-bas, lui ou un autre, vous me l'embarquez ! C'est compris ?! Et tu me rappelles immédiatement pour me le dire.

Brassac raccrocha, écœuré. Il n'attendait aucune empathie de leur patron, mais cette réaction dépassait l'entendement.

— Je suis sur le cul ! Il était remonté comme une pendule ! Il s'en cogne complètement, qu'on se soit foutus

2. Police judiciaire.

en l'air ! C'est un rouleau compresseur, ce mec ! La seule chose qui compte pour lui aujourd'hui, c'est cette putain de vérif à la bergerie !

— Ça te surprend ?! Laisse tomber ! On ne va pas changer les rayures du zèbre, dit Faret.

— T'as eu les collègues ? s'inquiéta Brassac.

— Oui. Ils sont vers Lozari. On en a encore pour un bon quart d'heure à se cailler les miches.

Frigorifiés, les deux flics parisiens de l'antiterrorisme se tenaient raides comme des piquets sur l'accotement de la route. Faret grillait cigarette sur cigarette, plus dans l'espoir de se réchauffer que par goût du tabac. Brassac se laissa tenter et en alluma une. La première bouffée lui remua tellement les tripes qu'il la jeta par terre et l'écrasa furieusement.

— Ouah ! C'est dégueulasse ! s'exclama-t-il en grimaçant. Bon, j'aimerais bien que les Bastiais rappliquent maintenant. Ça commence à me gonfler !

— Sois cool ! Ils ne vont plus tarder.

— J'en ai marre de toutes ces conneries, reprit Brassac, excédé. Depuis que Colonna est en cavale, on fait n'importe quoi. Toutes ces infos foireuses que les gens balancent sur lui et qu'on doit vérifier... Policièrement parlant, c'est quand même que de la merde !

— Surtout que, pendant ce temps-là, tout le reste passe à la trappe, ajouta Faret. Ah ! Ben tiens, les voilà ! annonça-t-il en apercevant des phares au loin.

— Super ! fit mine de s'enthousiasmer Brassac. On va pouvoir aller traiter cette affaire d'État !

# 2

Emmitouflés dans leur doudoune, les frères Orlanducci faisaient le pied de grue devant la porte du bar L'Amitié, près d'un citronnier en pot entouré de paille. Le jour se levait à peine. La lumière s'alluma à l'intérieur. Le patron traversa la salle et vint leur ouvrir. Dumé et Ange soufflaient dans leurs mains pour se réchauffer.

— Salut les gars. Vous attendez depuis longtemps ? marmonna le vieux Charles.

— Non, cinq minutes. Bonjour Charles, dit Dumé.

— Il fait froid ? demanda le vieux.

— Oui, ça caille vraiment. Ça a gelé dans la nuit, répondit Ange.

— Ah ! L'hiver est bien là ! Dorénavant, tous les soirs, vous allez vous jeter direct sous la couette. J'en connais qui vont être contents. Ça va leur faire des vacances ! plaisanta Charles.

— Peut-être, mais en attendant, le coffre est plein ! annonça Dumé. Vous pouvez préparer le café pendant qu'on remplit la chambre froide.

Les deux plombiers étaient sortis la veille au soir pour sillonner les chemins autour du village et traquer le sanglier. Ils étaient les fournisseurs attitrés du restaurant. Charles se gardait bien de s'épancher auprès de ses clients sur l'origine du mammifère servi dans les assiettes. Les gens du village n'étaient pas dupes. Les touristes, eux, avaient droit à une version folklorique, surtout hors saison de chasse. Le vieux leur expliquait qu'il avait posé des collets dans son jardin, car des bêtes saccageaient son potager et qu'il avait ainsi eu la surprise de piéger un cochon sauvage. En général, les pinzuti[3] gobaient et adoraient.

3. Français du continent.

En buvant le café, Dumé taquina son beau-père.

— Sans nous, Charles, j'sais pas ce que vous donneriez à manger à vos clients.

— C'est surtout sans tes *cursini*[4], qu'il y aurait un problème. Avec ton seul flair ou celui d'Ange, vous ne lèveriez pas grand-chose, rétorqua Charles.

Le bar-restaurant L'Amitié était redevenu le cœur du village. Longtemps à l'abandon, faute d'un repreneur, il avait rouvert ses portes deux ans plus tôt. Charles Bettoni, après une longue parenthèse parisienne au service de l'administration jacobine, s'était mis en tête, pour occuper ses vieux jours, de rentrer au bercail pour ressusciter le bistrot de ses beaux-parents. Ce retour à Belgodère était une vraie réussite. Tous les gens des alentours attaquaient leur journée chez lui et son épouse Anne-Marie, regroupés près du comptoir l'hiver ou éparpillés sur la terrasse le reste de l'année.

En filant au travail, les deux frères saluèrent deux amis d'enfance, le garde champêtre Luca Césari et le chauffeur de bus Xavier Poggi. Greffé au zinc, Luca étala sa revue quotidienne des commérages locaux. À défaut d'être toujours très fiable, il était une source intarissable grâce à son poste stratégique à la mairie. Ce qu'il appelait des scoops n'était le plus souvent que des rumeurs malsaines : des disputes familiales ou des histoires de fesses. Charles trouvait toujours une occupation pour éviter ce bavardage nauséabond. Là, il bricolait le percolateur, qui, lui semblait-il, faisait un bruit bizarre. L'info du jour de Luca sortait de son registre classique, mais recelait toutefois une certaine saveur.

— J'ai déjà bien commencé la journée, annonça Luca. Orsini, le garagiste de L'Île-Rousse, m'a sorti du lit à cinq heures et demie pour aller remorquer une bagnole accidentée. Ça venait juste d'arriver. Elle a ripé sur une plaque de verglas en venant de Lozari. Coup de chance, elle s'est

4. Chien de berger corse.

payé un rocher qui l'a stoppée net. Sans ça, elle versait dans le ravin. Les deux mecs dedans s'en sont sortis indemnes. D'ailleurs, ils s'étaient déjà barrés quand on est arrivés sur place. En revanche, la caisse, elle, elle est morte !

— Ils se sont plantés en montant au village ?! Ils devaient rouler comme des tarés ! s'étonna Xavier.

— J'en sais rien, mais tu sais, quand t'es pas du coin, y a des virages qui sont traîtres ; et sur le verglas, t'as pas besoin de foncer, tu pars vite dans le décor. Souviens-toi de l'autre, y a cinq ans ! Il a fait pareil au même endroit. Et lui, on ne pouvait pas dire qu'il ne connaissait pas la route !

— C'est pas faux, sauf que c'était pas le verglas, c'était la pluie. Mais quand même, à cinq heures du mat', ça devait être de sacrés oiseaux pour s'envoler aussi vite. Si ça se trouve, c'était une voiture volée !

— Alors là, détrompe-toi ! D'après Orsini, c'étaient des flics !

Le bar ne désemplit pas de la matinée. Les vagues d'amateurs de caféine se succédèrent. Avenante, Anne-Marie servait toujours les habitués avec un mot agréable, tandis que Charles, imperturbable, s'affairait à la machine à café. Pieru Birelli croisa Luca et Xavier qui sortaient. Charles prit le boucher à part.

— Pieru, quand tu auras un moment, tu passeras pour découper les bestioles que tes copains m'ont ramenées ce matin.

Vers huit heures et demie, alors que Pieru rejoignait son commerce, le dentiste Stéphane Tornatori prit rapidement son petit noir avant d'aller ouvrir son cabinet. Il fit la bise aux femmes qui s'accordaient une pause après avoir déposé les enfants à l'école ou à l'arrêt de bus. Ornella, la femme de Dumé Orlanducci, vint embrasser ses parents avant de gagner la mairie de L'Île-Rousse, où elle était employée. Elle en profita pour papoter un instant avec sa copine, Livia Poggi, l'épouse de Xavier, avant que celle-ci ne parte trier le courrier au bureau de poste en face.

Un peu plus tard dans la matinée, Bati Saliéri fit son apparition. Le fils de l'ancien maire du village était, de notoriété publique, le plus flemmard de tous. Il ne pouvait pas avoir d'aversion pour le travail, puisqu'il n'y avait jamais goûté. Depuis la mort de son père et le placement de sa mère en EHPAD[5], il avait emménagé dans un appartement à L'Île-Rousse. Cependant, il n'avait perdu aucune de ses habitudes à Belgodère. Charles échangea quelques mots avec lui.

— Qu'est-ce qu'il t'arrive, Bati ? Tu as l'air préoccupé.

— Bah ! C'est toujours la baraque de mes parents, confirma celui-ci. Depuis que je l'ai mise en vente, les gens ne se bousculent pas au portillon, à part Dumé peut-être... C'est vrai qu'elle a besoin d'être rénovée. Ma mère aurait bien voulu la faire retaper, mais comme mon père s'en fichait... Je ne vais pas vous faire un dessin, Charles ! Vous le connaissiez mieux que personne ! La maison, c'était son dernier souci. Et comme en plus il ne roulait pas sur l'or...

— Ne t'inquiète pas ! Dumé va te faire une proposition. Les travaux ne lui font pas peur. Ça ne lui reviendra pas trop cher et il se démerdera pour faire une jolie bascule à la revente. Tu aurais pu t'y mettre d'ailleurs. Ce n'est pas le temps qui te manque. Quoique, t'es peut-être un peu fainéant ?! l'asticota Charles.

Les deux hommes aperçurent la vieille Mado qui traversait la place. Elle allait comme tous les jours au cimetière pour se recueillir sur la tombe de son mari. La veuve Ferracci, Madeleine à l'état civil, était la seule personne du coin à boycotter résolument le bar L'Amitié ou plutôt son propriétaire. Vers onze heures, quand elle repassa devant l'établissement et tourna ostensiblement la tête de l'autre côté, les quelques traînards qui sirotaient encore leur café daubèrent allègrement dans son dos en lâchant :

— La vieille Mado a encore été tailler une bavette au Joseph. Il en a de la patience pour l'écouter !

5. Établissement d'hébergement pour personnes âgées dépendantes.

Toute la journée, les va-et-vient des uns et des autres au milieu des platanes, entre L'Amitié, le bar PMU Le Galop, la boucherie, la mairie ou la poste, animèrent la place.

À l'heure de l'apéritif du soir, le bar L'Amitié était bondé. Les conversations se concentraient avant tout sur le football. Les supporteurs du Sporting Club de Bastia étaient majoritaires. Au fur et à mesure que le niveau de pastis baissait dans les bouteilles, le côté sanguin des consommateurs détourna leur centre d'intérêt vers le sujet localement le plus sensible : la cause nationaliste. Les décibels montèrent alors inévitablement au moment de railler la police française incapable d'arrêter l'assassin présumé du préfet Érignac. Pieru, le boucher féru d'histoire, n'hésita pas à comparer la cavale d'Yvan Colonna à celle, légendaire, des illustres frères Bellacoscia[6], qui avait défrayé la chronique tout au long de la seconde moitié du XIXe siècle. Vers vingt heures, la faim freina les envolées lyriques. Le vieux Charles put enfin baisser le rideau après le départ des derniers fidèles.

Le dîner permit à la plupart d'entre eux d'éponger un peu l'excédent d'alcool avant d'aller se coucher, sans même jeter un œil à la télé ni trop s'occuper des femmes et des enfants. Ils étaient en cela en parfaite symbiose avec le grand penseur qu'était Luca Césari, qui déclamait : « Qu'est-ce que tu veux que je raconte à ma femme ?! Elle comprend rien à la politique, elle connaît rien au football et elle aime pas la chasse. À part faire la cuisine, la lessive et le ménage... elle fait que me râler dessus ! »

En quittant le bar, les frères Orlanducci ne se sentaient pas vraiment en état d'aller chasser. Ils regagnèrent leurs

6. En février 1848, après une tentative d'assassinat sur le maire de Bocognano, qui avait refusé de leur délivrer un certificat d'exemption pour le service militaire, Antoine et Jacques Bonelli dit « Bellacoscia » (« Belle cuisse ») s'étaient enfuis dans le maquis. Cette cavale prit fin pour Antoine après sa reddition en 1892. Le mystère demeure pour Jacques. Selon certains, il serait mort en 1895.

pénates dans l'espoir de passer une bonne nuit réparatrice. Ce n'est qu'une fois à table que Dumé réagit.

— Merde ! Les chiens. On a oublié de leur donner à bouffer aujourd'hui. Faut que j'y aille, annonça-t-il à sa femme.

— Tu ne veux pas manger avant ? Ils ne sont plus à cinq minutes près, tes cabots !

— Non ! J'y vais tout de suite, sinon, je me connais, je n'aurai plus le courage de bouger.

Il ressortit sous le regard dépité d'Ornella. Arrivé à son atelier, il s'empara d'une lampe torche et d'un sac de croquettes, puis il se dirigea vers le chenil situé à l'arrière. Il sentit immédiatement que quelque chose clochait. Les chiens n'aboyaient pas. La porte était grande ouverte. Il commença à s'énerver et maugréa :

— C'est pas vrai ! Ces putains de clébards se sont encore tirés !

Ils ne devaient pas être bien loin, mais il n'avait aucune envie de partir à leur recherche. De toute façon, ils reviendraient sûrement tout seuls ou alors quelqu'un l'appellerait demain pour lui dire qu'ils traînaient dans le coin. Il allait tourner les talons quand il entendit comme un râle. Il pénétra dans l'enclos et découvrit, en orientant le faisceau lumineux vers une niche, un de ses *cursini* allongé sur le flanc et pris de convulsions. Il jeta le sac de croquettes par terre et se précipita vers lui. L'animal salivait abondamment et peinait à respirer. Sa truffe était brûlante, ses pattes toutes raides. Il se mit à paniquer. Il regarda instinctivement autour de lui et vit sur sa gauche, derrière une des cabanes en bois, ses deux autres *cursini* dans un même état d'agonie. Totalement dessaoulé, Dumé fit vite l'addition : quelqu'un avait empoisonné ses chiens. Il devait absolument trouver une solution pour les faire régurgiter. Il courut dans l'atelier pour récupérer une fiole d'eau oxygénée, puis revint s'accroupir près du premier. Il lui souleva doucement le museau, lui ouvrit la gueule avec difficulté et tenta de lui faire avaler un peu du liquide. En vain. La pauvre bête eut un faible soubresaut et s'affaissa, inerte. Dumé se releva et s'approcha des deux autres en espérant encore pouvoir les sauver, mais il était trop tard. Il resta prostré de longues minutes devant eux, à pleurer comme un gosse. Enfin, il appela son frère.

— Ange ! Ces enfoirés ont empoisonné les chiens ! cria-t-il en tentant de couvrir le bruit d'une moto qui passait dans la rue.

— Quoi ?! T'es où ? lui demanda Ange, la bouche pâteuse. J'entends rien. Qu'est-ce que tu dis ?

— Je suis au chenil, j'te dis ! Les chiens sont crevés ! Ils les ont empoisonnés !

— Mais c'est pas possible ! Qui c'est ?

— Putain ! T'es con ou quoi ?! Qui veux-tu qui s'en prenne à nos chiens à part ces deux enculés de Kiki Albertini et de Rossetti ? répondit Dumé en reniflant. Ils ne nous lâcheront pas ! Ils vont nous faire la guerre jusqu'à ce qu'on craque, ajouta Dumé, désespéré. Si on fait rien, on est morts !

# 3

Dumé était exténué. Il n'arrivait plus à avancer. Il avait beau être dans la force de l'âge, il en avait plein les jambes. Il n'avait jamais été un grand sportif, sauf devant la télé ou dans les tribunes du stade de Furiani. Il soufflait comme un bœuf. Les poils de sa barbe s'accrochaient à sa cagoule. Son visage le démangeait. Il avait chaud. La sueur dégoulinait de son front jusque dans son slip. Son tee-shirt lui collait à la peau. Il se sentait engoncé. Il n'aurait jamais dû ajouter deux autres couches sous son treillis et sa parka. Le pull ou la veste polaire était de trop. La température extérieure était proche du zéro, mais la sienne devait flirter avec les quarante. Pour couronner le tout, il n'y voyait rien. C'était bien une idée de débile, même si c'était pour la cause, d'aller faire une randonnée nocturne dans un tel accoutrement et chargé comme un âne. Cela faisait maintenant plus de trois quarts d'heure qu'il crapahutait au milieu des pins.

En ce jour de l'An, le bar L'Amitié était fermé. Dumé avait dîné en famille chez ses beaux-parents. Il s'était levé de table en même temps que le vieux Charles, vers vingt et une heures. Il avait précisé à Ornella qu'il prendrait juste un verre chez Ange. Connaissant les bougres, elle ne l'avait pas vraiment cru, à raison. Les deux frangins avaient entièrement descendu une bouteille d'alcool de myrte, avant de charger tout leur barda dans le Renault Express et de rallier le point de rendez-vous pour le départ de la balade. Le vieux Charles, lui, parti directement dans son Audi A4 noire, était arrivé sur place bien avant eux.

Dumé rentrait dans sa trente-huitième année. Ange était de deux ans son cadet. Les frères Orlanducci étaient des enfants de Belgodère. Seul l'aîné s'était éloigné un temps du village pour faire son apprentissage à quatre kilomètres de là, à Occhiatana. Une expatriation réussie. Il en était revenu trois ans plus tard avec un CAP[7] de plomberie. Ange, lui, avait appris le boulot sur le tas. Les deux frères s'étaient associés pour monter leur entreprise. Ils appliquaient des tarifs bien supérieurs à ceux de leurs collègues polonais, mais ces derniers ne pratiquant pas dans la région, les affaires marchaient plutôt bien. Côté famille, Dumé était rangé. Sa vie était assez banale avec sa femme Ornella et sa fille Aurélie en pleine crise d'adolescence. Ange, lui, était toujours célibataire. Tout roulait donc doucettement pour eux, jusqu'au jour où ces tordus de Kiki Albertini et Toussaint Rossetti étaient venus les voir. Cela remontait à presque deux ans, le 3 février 1998 exactement. C'était un mardi, le jour de la mort de François Saliéri, l'ancien maire nationaliste du village. Les deux frères ne s'en souvenaient que trop bien. Ils auraient préféré que ces nuisibles ne mettent jamais les pieds dans l'atelier. Dumé et Ange regrettaient de ne pas avoir eu le courage de les accueillir à coups de chevrotine. Depuis, ces deux sangsues ne les lâchaient pas. La pression avait atteint son maximum quand ils avaient empoisonné les chiens.

Ces derniers jours, l'atelier de Dumé et Ange avait connu une belle effervescence avec un défilé d'aspirants maquisards. Chacun était venu se servir en matériels divers et variés pour préparer une photo de famille en guise de présentation des vœux à la mode corse. Pieru Birelli, Luca Césari et Xavier Poggi avaient été les premiers à s'équiper. D'autres s'étaient contentés de taper dans la caisse de jouets de leurs gamins. Stéphane Tornatori avait ainsi piqué le fusil-mitrailleur en plastique de Jérémy, son petit dernier de six ans.

7. Certificat d'aptitude professionnelle.

Ange, ténébreux, marchait à une allure soutenue. Il s'aperçut que Dumé n'était plus à ses côtés. Il se retourna et le vit en queue de peloton. Dumé s'était arrêté et avait jeté son engin dans les fougères. Ange revint sur ses pas pour se porter à la hauteur de son frère.

— Oh, Dumé ! Qu'est-ce que tu fais ?

— Putain, Ange, j'arrête ! J'vais crever, j'en peux plus. J'vais jamais y arriver. J'peux plus le traîner ce lance-roquettes de merde !

— Un dernier effort, feignasse ! On y est presque, l'encouragea Ange sans compassion. Il n'avait aucune envie de s'apitoyer sur son frère. Le fameux lance-roquettes ne pesait guère plus d'un kilo. Dumé avait en effet récupéré un tube en PVC, qu'il avait agrémenté de bouts de ferraille et badigeonné en kaki. Imitant en cela plusieurs autres clandestins de circonstance, il avait fait du bricolage.

Bati Saliéri, lui, était muni d'un vrai calibre. Cependant, il n'avait pas été le dernier à se prêter au jeu de l'illusion en invitant Mado Ferracci, l'amie de sa mère, qui allait bientôt fêter ses soixante-douze ans. Elle avait accepté de venir en mémoire de son défunt mari, un vrai nationaliste de la première heure. Elle brandissait fièrement le fusil de chasse de feu Joseph.

Il était près de minuit, quand le groupe de figurants investit la clairière dans le brouhaha. On y voyait enfin clair. Un puissant projecteur éclairait la zone. Près d'un chêne noueux plus que séculaire, un inconnu, un blanc-bec avec un imposant appareil photo autour du cou et un trépied à la main, se tenait à côté du vieux Charles. Bati, qui jouait au petit chef, s'adressa à la troupe pour réclamer un peu d'attention. Il fit signe à l'étranger de le rejoindre et lui donna la parole. L'homme donna ses instructions d'un ton ferme.

— Messieurs, nous allons procéder rapidement ! Vous vous alignez sur trois rangées ! Une première accroupie avec des pistolets. Les lance-roquettes se mettent sur les côtés. Une seconde debout avec des fusils et une troisième à l'arrière, debout sur le banc avec des fusils-mitrailleurs. Et vous adoptez une position de tir !

— Et pourquoi, moi, il ne me parle pas, celui-là ?! Il ne me veut pas sur la photo, ce pinzutu ?! Y en a pourtant d'autres qui vont y être, alors qu'ils ne sont pas les bienvenus ! s'insurgea la vieille Mado, malencontreusement oubliée par le metteur en scène. Ah ! Si mon Joseph était encore là !

— Du calme, Mado, intervint Bati, il n'a pas voulu te manquer de respect. Il n'a pas fait attention. Il croyait qu'il n'y avait que des hommes. Il ne t'a pas reconnue sous ton passe-montagne. Tu sais bien qu'ici, tout le monde t'aime et te respecte. Ta place est au centre de la photo.

— Ne dis pas de conneries, Bati ! Tout le monde ne pense pas la même chose que toi ! répliqua rudement la vieille.

Les vingt-quatre militants clandestins prirent position en entourant de leur affection, plus feinte que réelle, leur frêle et voûtée mascotte identifiable entre tous avec sa cagoule de fortune. Le photographe, quelque peu déstabilisé, donna ses dernières recommandations d'une voix chevrotante avec un excès de zèle pour tenter de ménager toutes les susceptibilités.

— Le lance-roquettes en bas à droite, resserrez-vous près de votre voisin, s'il vous plaît. Les pistolets, allongez bien vos bras, s'il vous plaît. Attention, c'est bien, ne bougez plus... Merci, restez en place, on en fait une deuxième, s'il vous plaît.

À deux heures, tout le monde était couché. Trois jours plus tard, la photo ferait la manchette du journal *Corse-Matin* avec un titre annonçant la création d'un énième mouvement clandestin, dont le nom claquerait comme un slogan : Banditi Fora[8]. Dans une interview accordée bien évidemment sous couvert d'anonymat, un des membres du groupe appellerait à une lutte sans merci en Corse contre les magouilleurs de toutes sortes, locaux et continentaux, institutionnels ou privés, en employant tous les moyens, y compris les armes.

8. « Bandits dehors »

# 4

Sur son promontoire, adossé au Monte Padru avec à ses pieds la vallée du Reginu, le village de Belgodère bénéficiait d'un cadre majestueux. Un peu à l'écart sur la route menant au col de San Colombano, le jardin de l'ancien couvent en ruine hébergeait désormais son petit cimetière. En ce premier dimanche de janvier, malgré la pluie fine et continue, des familles, les bras chargés de fleurs, animaient ses allées bordées de cyprès. Il n'y avait ni larmes ni chuchotis, mais plutôt quelques rires étouffés. L'endroit était aujourd'hui un lieu de rencontres privilégié pour présenter ses vœux aux vivants sous le haut patronage des défunts.

Charles et sa femme Anne-Marie déposèrent deux pots de jacinthes sur le caveau de famille des Bettoni, niché près du mur d'enceinte. À quelques mètres d'eux, Anastasie Saliéri et son fils Bati se signaient devant la tombe de l'ancien maire. C'était la première fois que Charles et Anne-Marie revoyaient la veuve de François depuis son départ du village. Après le décès de son époux, la pauvre femme avait totalement perdu la tête. Elle n'était plus autonome et ne pouvait plus rester chez elle. Bati avait été contraint de la placer en maison de repos à L'Île-Rousse. Quand Anne-Marie s'approcha d'elle pour l'embrasser, Anastasie ne la reconnut pas, mais la sollicita cependant pour un service un peu étrange.

— Bonjour madame, j'ai perdu mon mari. Je ne sais pas où il est. Si vous le voyez, dites-lui de me retrouver à la maison.

Embarrassés, Charles et Anne-Marie s'empressèrent de quitter les Saliéri, mère et fils, pour rejoindre leur prochaine étape, le cimetière de Palasca. Ils devaient fleurir la sépulture des parents d'Anne-Marie.

En sortant, ils croisèrent la vieille Mado sur le parking. Elle descendait de sa 2 CV bleue. Elle, toujours habillée en noir, avait cédé aux caprices du temps en enfilant un ciré jaune pour ne pas se tremper. Elle retenait d'une main sa capuche et serrait un bouquet d'œillets blancs dans l'autre. Anne-Marie lui fit un petit signe de tête, mais Mado ne broncha pas. Elle continua son chemin sans même les regarder.

— C'est terrible qu'elle réagisse toujours comme ça devant toi ! constata Anne-Marie. Pourtant, tu n'y es pour rien.

— Je sais, mais elle a toujours été comme ça. Elle a un caractère impossible ! Regarde comment elle a réussi à nous brouiller avec Joseph ! Il n'y a rien de pire que les histoires de famille !

— En parlant de famille, Ornella et Aurélie viendront manger seules à midi. Dumé est cloué au lit. Ornella m'a dit qu'il était malade.

— Tu parles ! Pour le repas du dimanche chez les beaux-parents, il est malade. Il est plutôt en train de cuver ! Quand je l'ai retrouvé hier soir, il était complètement bourré. Ils avaient dû pas mal picoler avec son frère. Depuis que leurs chiens sont crevés et qu'ils ne vont plus chasser, ils ne font que ça. Tu verras que, ce soir, pour aller voir le match de foot à Bastia, il sera en pleine forme !

Le vieux Charles avait vu juste. À dix-huit heures pétantes, un coup de klaxon donna le signal. Dumé quitta femme et enfant pour retrouver ses copains. Il s'installa à l'arrière du Range Rover de Stéphane Tornatori avec son frère Ange. Pieru Birelli avait pris la place du mort, à l'avant. Dans sa Renault 19, Xavier Poggi, lui, avait embarqué Bati Saliéri et Luca Césari. Les deux voitures filèrent en direction du stade de Furiani.

La rencontre, disputée par deux équipes pratiquant un jeu offensif débridé, ménagea son suspense jusqu'au bout. Dans l'euphorie générale, Bastia se qualifia pour le prochain tour de la Coupe de France en battant Saint-Étienne aux penaltys. Après le match, la joyeuse bande des sept se rendit à Biguglia, dans un bar envahi de supporteurs, pour fêter la victoire. Un verre poussant l'autre, les esprits s'échauffaient autour du comptoir.

— Ah ! La vache ! C'est trop bon ! Comme on leur a mis aux Stéphanois ! Ils savent pourquoi ils sont verts maintenant. Verts de honte ! attaqua Luca en avalant sa bière d'un trait.

— Connard ! C'est pas vert de honte qu'on dit, c'est rouge de honte ! le reprit Xavier.

— Non ! J'voulais dire vert de rage, se corrigea Luca.

— C'est bien de gagner ce soir, intervint plus sérieusement Stéphane, mais c'était à l'arraché et ça reste un trente-deuxième de finale. Ça ne change rien en championnat. On a quand même chaud aux fesses au classement. Moi, je vous préviens, si on descend, je ne reprends pas mon abonnement la saison prochaine.

— Arrête de pleurer. On a gagné. Remets plutôt ta tournée ! l'encouragea Pieru.

— Bonne idée, approuva Bati. Pour une fois qu'on voit un beau match cette saison, même si j'ai bien eu les boules de voir cet enfoiré de Kiki Albertini et son dégénéré de porte-flingue. Comment ils faisaient les beaux à la fin, au milieu des joueurs ! Ces deux-là, ils me sortent par les yeux !

— Putain ! Ne me parle pas de ces deux enculés ! réagit Dumé. Je voudrais les voir au fond d'une rivière avec les pieds coulés dans un bloc de béton !

— Sauf qu'avant, je leur aurais massacré la gueule à coups de pioche ! compléta Ange.

— C'est quand même pas ces crevures qui vont faire la loi ! renchérit Xavier.

— OK ! On arrête ! intervint brusquement Stéphane. On n'a pas vraiment besoin de parler d'eux. Déjà que Dumé et Ange ont la tête à l'envers. Ils vont finir par regretter d'être venus au stade, alors qu'on est justement là pour se changer les idées.

— Il est passé où ton frère ? s'inquiéta Pieru auprès d'Ange, en ne voyant plus Dumé. C'est vrai qu'il est mal en ce moment.

— Il est parti pisser, répondit Ange en tendant son verre au serveur.

— Moi, quand je le vois comme ça, il me fout la trouille. J'espère qu'il ne va pas faire une connerie, lâcha Pieru.

— Bah ! Si jamais il arrivait malheur à Dumé, y en a un à qui ça ne posera pas de problème pour aller réchauffer Ornella dans son lit. Hein, Bati ?! balança Luca à la cantonade.

— Ta gueule, Luca ! cria Bati avec hargne.

Mais le mal était fait.

— Qu'est-ce que tu racontes ? C'est quoi, cette histoire ? s'emporta Ange en empoignant Luca par le col de son anorak.

— Mais je déconne. Arrête les frais. C'est une blague ! tenta de s'excuser Luca en le repoussant.

— Stop ! s'interposa Stéphane. Tes blagues à deux balles, tu te les gardes. Ferme-la, maintenant !

Puis, apercevant Dumé revenir des toilettes, il prit la décision qui s'imposait :

— On rentre ! T'es vraiment trop con, Luca !

L'ambiance du retour était plombée, pire qu'un soir de défaite. Chacun tirait une tête de six pieds de long. Dans la Renault 19, Luca était dans ses petits souliers et Bati exaspéré. Dans le Range Rover, la tension était palpable. Il y en avait un qui ruminait plus que les autres. Dumé avait un goût âcre dans la bouche et ce n'était pas l'amertume de la bière. C'était de la bile qui remontait du fond de sa gorge, poussée par le ressentiment, la jalousie et la haine.

# 5

Stéphane prenait son petit-déjeuner quand le téléphone sonna. Il décrocha et reconnut immédiatement la voix de Dumé. Leur conversation fut brève. Les deux hommes n'avaient pas envie de s'éterniser. Le plombier se contenta de lui annoncer qu'il ne pourrait pas attaquer les travaux dans sa nouvelle maison avant le mois de mars. Quand il raccrocha, Stéphane avait un nœud à l'estomac. Il se sentait cafardeux. Il repensait à la petite phrase assassine lâchée bêtement par Luca, le dimanche précédent. Il revoyait avec nostalgie ses copains se chamailler sur le canapé du salon et il n'avait plus aucune illusion. Il savait que ces cris et ces rires étaient désormais révolus.

Depuis plus d'une trentaine d'années, Stéphane, Bati, les frères Orlanducci, Pieru, Xavier et Luca se réunissaient régulièrement chez les Tornatori pour regarder les grands événements sportifs retransmis à la télévision. Le père de Stéphane, notaire à L'Île-Rousse, avait été un des premiers au village à acheter un poste en noir et blanc. Des trois médailles d'or de Jean-Claude Killy aux Jeux olympiques d'hiver de Grenoble en 1968 à la victoire de la France lors de la Coupe du monde de football en 1998, la bande des sept n'avait rien raté.

L'assiduité aux soirées télé chez Stéphane faisait même partie des modalités tacites de leurs contrats de mariage, lorsqu'ils avaient chacun, à l'exception de Bati et d'Ange, convolé en justes noces. Les épouses s'en accommodaient aisément. Elles en profitaient pour sortir ensemble. D'ailleurs, depuis quelque temps, avec la prolifération des chaînes sportives, les virées entre filles s'étaient multipliées à l'instar des diffusions de matchs de football.

Outre une passion commune pour le ballon rond, Stéphane et ses amis s'adonnaient également à la chasse et partageaient des convictions nationalistes analogues. Ils s'étaient même, au gré du temps, amourachés des mêmes femmes, enfin surtout d'une.

C'était une Parisienne. Chaque été, elle venait en vacances au village avec ses parents. Son père était un ami d'enfance de celui de Bati. À treize ans, à l'apparition de ses premières formes arrondies, elle avait rapidement abandonné ses poupées pour aller jouer avec des garçons : les copains de Bati. Tous, avec le temps, avaient tenté leur chance et elle la leur avait donnée gracieusement, en dépit de quelques essais pas franchement emballants.

Ange avait été le plus prompt de ses soupirants. C'était le plus jeune de la bande. Il avait son âge. En fin d'après-midi, il la raccompagnait chez elle en faisant un détour par les ruines du couvent. Ils étaient ainsi isolés du monde. Ange multipliait les approches, mais elle ne raffolait ni de ses bisous ni de ses tentatives de caresses plutôt maladroites. Cependant, l'amourette avait duré tout l'été. L'année suivante, Xavier avait voulu jouer au mâle dominant. Frustre, il l'avait serrée très fort contre lui et avait essayé de l'embrasser en mettant la langue. Il n'avait réussi qu'à lui lécher les lèvres. Avant de rentrer chez elle, elle s'était essuyé longuement la bouche avec son mouchoir. Cette dégoûtante expérience avait tourné court. Pieru, lui, s'était montré beaucoup plus habile. Non seulement il l'avait embrassée avec la langue, mais il était même parvenu à lui glisser un doigt dans la culotte. Encouragé par son audace, il lui avait pris la main et l'avait guidée vers son entrejambe. À travers l'étoffe du short, elle avait constaté que son pénis avait grossi. Leur histoire s'en était malheureusement tenue là, car, dès le lendemain, Pieru avait dû quitter le village pour suivre ses parents en vacances sur le continent. Oubliant vite cette déception, elle avait jeté son dévolu sur un autre garçon de la bande. Stéphane avait tout pour lui : il était le plus intelligent, le plus mature et surtout le plus beau à ses yeux. Toutefois, c'était celui qui s'intéressait le moins à elle. Luca s'était rué pour la consoler. Déluré n'était pas le mot qui convenait pour le décrire. Balourd et vicieux étaient certainement plus appropriés. Une fois qu'ils avaient été seuls au milieu des décombres du couvent, il avait défait sa ceinture, baissé son pantalon et son slip, puis déballé son matériel en pérorant :

— T'as vu ma bite ?!

— Non, idiot, avait-elle répliqué en éclatant de rire. C'est pas ça, une bite. Normalement, c'est gros. Ça, c'est un *pistulinu*[9] !

Sur ce, elle était partie en courant et avait laissé Luca tout seul comme un con, les bras et le reste ballants avec le pantalon entortillé à ses chevilles.

Au début de l'été suivant, la Parisienne avait snobé ses amis corses. Stéphane avait remarqué qu'elle était devenue une vraie femme avec des formes maintenant bien dessinées. Elle portait des robes moulantes à faire baver le beau gosse de Belgodère. Un après-midi, il l'avait abordée sur la place du village. Profitant de l'absence de ses parents, il l'avait invitée chez lui pour écouter de la musique. Elle avait joué un peu l'ingénue, mais n'avait pas résisté longtemps. Son plan avait marché. Au jeu de la séduction, elle était devenue performante. Elle avait eu raison de jouer l'indifférence. Le plus dur avait été de faire preuve de patience. Elle avait quand même attendu trois semaines depuis son arrivée sur l'île. C'était un jeudi du mois de juillet 1979, elle avait quinze ans. Elle s'en souviendrait toute sa vie ; lui aussi, bien sûr. L'idylle avait duré trois saisons, jusqu'à ce qu'elle s'aperçoive que Stéphane l'avait remplacée pendant l'hiver. La belle Parisienne était restée quatre ans sans revenir en Corse, le temps d'oublier sa première véritable déconvenue amoureuse.

Puis, il y avait eu le bal du 14 juillet 1985. Ange ne semblait plus du tout maladroit avec sa partenaire. Xavier

9. Zizi (en corse).

redoublait de tendresse avec sa compagne. Pieru draguait deux filles en même temps. Luca avait remis son pantalon pour danser. Stéphane flirtait avec sa nouvelle conquête. Bati et Dumé pelotaient la même belle plante : la Parisienne de retour à Belgodère. Elle était pas mal éméchée. Vers trois heures, les trois avaient quitté la salle des fêtes en titubant pour aller finir la nuit chez Bati. Neuf mois plus tard, la jeune femme de vingt-deux ans donnait naissance à une petite fille : Aurélie. Plus contrainte qu'éprise, Ornella Bettoni avait épousé Dumé Orlanducci.

Le temps avait estompé les non-dits et les jalousies jusqu'à cette fin de soirée dans un bar de Biguglia où une amitié de près de quarante ans avait volé en éclats. Demain, Stéphane serait seul sur son canapé pour voir le journal de vingt heures, au cours duquel serait certainement évoquée la création du nouveau groupe clandestin Banditi Fora. Et encore, le regarderait-il ? Les soirées télé entre potes allaient définitivement être rangées dans l'armoire aux souvenirs.

# 6

Les cent cinquante mètres séparant la place Beauvau du 51 rue du Faubourg Saint-Honoré, dans le 8e arrondissement, étaient certainement les plus sécurisés de Paris. En ce premier mercredi de l'année, ce parcours constituait le théâtre d'une procession entre les deux lieux emblématiques du pouvoir en France. Le rituel de la présentation des vœux au président de la République affichait quelques réminiscences de l'Ancien Régime. En se rendant à pied au palais de l'Élysée, entre un copieux petit-déjeuner pris au ministère de l'Intérieur et un soporifique Conseil des ministres à venir, la cinquantaine de membres du gouvernement faisait l'éloge des bienfaits d'une saine activité physique et exprimait toute sa déférence au chef de l'État. Des badauds, agglutinés derrière les barrières, applaudissaient ou sifflaient au passage du cortège encadré par un imposant service d'ordre.

Au même moment, à l'arrière du périmètre de sécurité, un septuagénaire vêtu d'un élégant pardessus beige en cachemire, un chapeau en feutre noir enfoncé sur la tête et un livre à la main, remontait l'avenue Marigny. Il s'arrêta au niveau d'un kiosque à journaux pour observer la scène d'un air distrait. Ce n'était pas la première fois qu'il assistait à cette mascarade. Il avait passé près d'une quarantaine d'années dans le quartier avant de rentrer chez lui, en Corse. À l'époque, il travaillait dans la grande maison d'en face. Charles Bettoni était flic dans son ancienne vie.

Il avait fait toute sa carrière à la DCRG[10], au sein d'un service spécialisé dans la lutte contre les mouvements

10. Direction centrale des renseignements généraux.

autonomistes. Comme son groupe ne s'occupait ni des Basques ni des Bretons... il s'était donc souvent rendu en mission au pays. Ainsi aux premières loges, il avait assisté à toutes les tergiversations politiques autour du problème insulaire : une longue période de répression et de barbouzeries, le virage de la discussion et de la négociation au milieu des années 1980, puis le temps de la compromission avec de généreux dons d'argent à la mouvance nationaliste en échange d'une trêve. Cette manne financière établissait aussi un équilibre avec celle des cercles de jeux parisiens tombés, trois décennies plus tôt, dans l'escarcelle de pontes insulaires, ralliés de circonstance à la cause gaulliste.

Retraité à cinquante-six ans, il était encore resté au milieu du jeu pendant quelques années. En effet, l'épineuse mission de porter les valises de monnaies sonnantes et trébuchantes sur l'Île de Beauté devait être confiée à un homme sûr. Et qui d'autre que lui aurait pu remplir ce rôle ? Il avait le double avantage d'être un fidèle serviteur de l'État et d'avoir ses entrées chez les nationalistes. Son contact chargé de récupérer les bagages, un notable de Balagne, était parvenu à convaincre les groupes clandestins de déposer les armes et s'était également assuré auprès d'un parrain local de la bienveillance des voyous. Ceux-ci étaient désormais invités à exporter leurs méfaits sur le continent. Sans aucun fruit du hasard, ces deux personnages incontournables pour la réussite de l'opération étaient aussi ses amis d'enfance.

Aujourd'hui, il était toujours aussi impliqué dans le processus. Même si, depuis « son retour d'exil », les choses avaient bien changé...

Le vieux Charles entra dans l'hôtel Bristol, où il avait certaines habitudes. Il traversa l'imposant hall en marbre et se dirigea vers un des salons privés. Il se délesta de son manteau et ôta son couvre-chef, découvrant ainsi une calvitie couronnée de cheveux blancs. Il prit ses aises dans un confortable fauteuil en cuir près d'un guéridon en acajou et commanda une orange pressée à un serveur. En avance pour son rendez-vous, il avait encore un peu de temps pour poursuivre son voyage initiatique dans la Corse du XIXe siècle, à travers la lecture d'un vieux bouquin qu'on lui avait offert à Noël : *La Chasse au mouflon* d'Émile Bergerat. Les ouvrages liés à l'histoire et aux traditions corses étaient devenus une vraie passion.

Non loin de là, les fonctionnaires de la direction centrale de la police judiciaire étaient éparpillés dans des locaux haussmanniens surannés. Ceux de la DNAT[11] accédaient indifféremment à la porte blindée de leur antre, soit par le sixième étage du 11 de la rue des Saussaies, soit par le cinquième du 1 de la place des Saussaies, reliés entre eux par une passerelle. Leur chef, lui, s'y rendait depuis le bureau du ministre, situé place Beauvau, en suivant un dédale de couloirs et d'escaliers, qui donnait un aperçu de l'architecture torturée des immeubles du quartier.

Bombardé patron de la lutte antiterroriste par un gouvernement de gauche depuis une dizaine d'années, Raymond Dengue avait été confirmé dans ses fonctions lorsque la droite avait repris un temps les manettes de l'État. L'enquête sur la vague d'attentats islamistes en 1995 lui avait même permis de renforcer sa position au sein de la hiérarchie policière, mais aujourd'hui, la cavale d'Yvan Colonna, l'assassin présumé du préfet de Corse, le fragilisait. Ses aspérités caractérielles en faisaient un personnage clivant tout en excès. Autocentré et autoritaire, il s'épanouissait dans le conflit et collectionnait les inimitiés. Rares étaient ceux qu'il n'avait pas éreintés dans de violents écarts de langage. Raymond Dengue avait ainsi gagné de haute lutte son surnom évocateur : Le Dingue.

Ce matin, Le Dingue rentrait du petit-déjeuner gouvernemental. Il y avait été exceptionnellement convié en raison des vœux du Nouvel An prononcés par un groupuscule clandestin corse. Il traversa le couloir en jetant un regard noir autour de lui. Au vu de son humeur, il avait certaine-

11. Division nationale anti-terroriste.

ment du mal à digérer les viennoiseries ministérielles. En passant devant le bureau des capitaines Antoine Brassac et Bernard Faret, il donna un violent coup de pied dans la porte légèrement entrouverte. Celle-ci ne résista pas. Le pied coincé dans le panneau inférieur, Le Dingue, emporté dans son élan, réussit miraculeusement à ne pas s'étaler par terre. Il cria avec son accent rocailleux à l'adresse du premier, qui se retenait de pouffer :

— Brassac ! Je vais ressortir. Je te vois vers midi, quand je rentre.

Brassac attendit que le patron s'éloigne un peu pour se lâcher. Faret leva la tête de son ordinateur et enleva le casque de ses oreilles pour lui demander la raison de son fou rire.

— C'est Le Dingue ! Avec sa manie de toujours vouloir les portes grandes ouvertes, il a failli se casser la gueule en foutant un coup de pied dedans. Regarde ! Il l'a explosée !

— Toujours aussi excité, celui-là ! Qu'est-ce qu'il voulait ? demanda Faret.

— J'en sais rien. Il m'a dit de passer le voir vers midi.

— À tous les coups, il va encore nous refiler une info à la noix ! Encore un glandu, qui a vu Colonna pisser dans un coin !

— Si ça pouvait être dans la rue du Cirque, ça m'arrangerait. Ça serait réglé en cinq minutes. Je sature vraiment de courir partout et de ne jamais passer un week-end tranquille à la maison, râla Brassac.

— Tu exagères, dédramatisa Faret, plein de verve. On se fade des trucs vachement sympas. Regarde ! La fois où Colonna faisait de la planche à voile à l'Anse Trabaud en Martinique, on s'est fait cinq jours de bronzette sous les cocotiers en buvant du ti-punch. Et quand Colonna est tombé amoureux d'une bouchonneuse à Pigalle, on s'est fait la tournée des caboulots et on est rentrés bourrés à la maison, deux jours de suite. Là, je ne crois pas t'avoir vu pleurer.

— Tu as la mémoire sélective. La bergerie, tu l'as déjà oubliée ? répliqua Brassac.

— Non, mais avec le recul, ça fait aussi une belle anecdote, reprit Faret. Ça aurait pu être pire. On s'en est bien sortis.

— T'es gonflé ! répliqua Brassac. Reconnais que tu faisais la tronche quand on est arrivés sur place. Non seulement il n'était pas là, mais en plus il n'avait rien laissé pour le p'tit-déj !

— Oui, mais c'était de notre faute. On était en retard ! corrigea Faret avec une mauvaise foi amusée.

À onze heures, le groom de l'hôtel Bristol salua Raymond Dengue. En habitué des lieux, celui-ci se rendit directement dans un salon moquetté où, calé dans un Chesterfield marron, un homme d'un certain âge, les yeux rivés sur un livre, sirotait un jus d'orange. Venir à la rencontre de cet ersatz de nationaliste corse dans cet opulent décor ne réjouissait pas le patron des flics antiterroristes. Cela avait plutôt tendance à le contrarier et même à l'irriter. Charles Bettoni lâcha sa lecture et se leva pour le saluer.

— Heureux de te revoir, Raymond. Je te présente mes meilleurs vœux pour toi et ta famille.

— Espèce de bâtard ! attaqua Le Dingue. Tes vœux, tu sais où tu peux te les mettre ? C'est rien de le dire, cette petite démonstration n'a vraiment pas été appréciée par tout le monde. Je me suis fait pourrir au petit-déjeuner devant tout le gouvernement et je suis sûr qu'en ce moment, on doit me remettre une couche devant le Président. Comme si j'étais responsable de toutes vos pantalonnades ! Quel est l'intérêt de la ramener en ce moment ?! C'est déjà une pétaudière depuis l'assassinat du préfet.

— Je t'en prie, Raymond. Nous ne sommes pas là pour nous écharper. Je pense que l'objectif de ce groupe n'était pas tant de mettre la pression sur l'État que de remobiliser les militants nationalistes et de mettre en garde ceux de tous bords, politiques et mafieux, qui sont tentés de dériver.

— Ça fait vingt ans que, toi et tes petits camarades de jeu, vous m'emmerdez avec votre sémantique à deux balles et votre billard à trois bandes ! s'énerva Le Dingue en saisissant le bouquin sur la table et en le pointant sous le nez de son interlocuteur. Le mode d'emploi doit sûrement être là-dedans, nom de Dieu !... Vous l'avez mis où, votre code de l'honneur ?! Une photo, ça fait autant de remous médiatiques qu'un banal règlement de comptes, mais ça nettoie moins bien ! Moi, je vais le continuer, le ménage, à ma façon ! Tu verras, il y aura immanquablement des dommages collatéraux. À force de jouer aux cons, vous êtes en train de tout perdre ! Vous pensez qu'il suffit de mettre la pression sur les politiques pour tout obtenir, mais vous avez négligé le principal paramètre : l'opinion publique ! Vous n'avez pas compris que le gouvernement est une girouette qui ne fait que la suivre ?! Et là, vous l'avez tellement gavée, l'opinion publique, que vous allez vous ramasser un cyclone dans la gueule ! Ne perds pas ton temps à vouloir obtenir un rendez-vous avec le ministre. Retourne plutôt chez toi pour prêcher la bonne parole. Le temps des valises est bien fini. Oublie les étrennes, Charles. Pas de trêve, pas de cadeau !

En retournant au ministère, Le Dingue recouvra un peu de son calme. Il réintégra son immense bureau, qui contrastait définitivement avec ceux, plus modestes, que se partageaient deux, voire parfois trois enquêteurs. Puis, il repartit instantanément dans les tours en passant quelques coups de fil, avant de convoquer Brassac au rapport. Sa secrétaire avertit celui-ci que le chef était d'une humeur massacrante et qu'il hurlait comme un sauvage depuis une vingtaine de minutes. Brassac n'en fut pas surpris. Le Dingue avait besoin de se faire entendre. C'était sa nature. Il parlait rarement, mais beuglait souvent. Tout le monde disait, dans la boîte, qu'une séance de tir avec le port du casque obligatoire provoquait moins de vibrations dans les tympans que les décibels qu'il balançait lors des réunions. Mais Brassac s'en fichait un peu, car il avait pris ses précautions : il avait mis des boules Quies dans ses oreilles avant d'aller recevoir les instructions du fauve.

— Tu pars pour Ajaccio cet après-midi ! Tu seras récupéré par le SRPJ[12], qui te donnera un bureau et une voiture. Tu essaieras de ne pas la planter comme la dernière fois ! Tu as une chambre réservée à l'Eden Roc. Dès que tu arrives, tu convoques le rédacteur en chef de *Corse-Matin* pour qu'il te donne les noms du photographe et du journaliste qui a écrit l'article. Après, tu déroules avec les fadettes[13] complètes de leurs téléphones cellulaires : appels entrants, sortants et géolocalisations sur les deux dernières semaines. Tu me trouves l'endroit où ils ont fait cette photo. Ensuite, tu gèles la cellule sur un temps assez large et tu me redresses tous ceux qui ont activé sur place. Tu vérifies tous les croisements entre eux. Et tu me boucles ça rapidement ! J'te rappelle qu'on a autre chose à faire que de s'occuper de cette histoire. On a une affaire d'État à traiter !

12. Service régional de police judiciaire.
13. Facturation détaillée d'un téléphone.

# 7

Le silence de la nuit se fracassa sous les derniers assauts du timbre de voix haut perché de Janis Joplin dans *Summertime*, suivis de trois bips. Antoine Brassac tendit la main en aveugle vers la table de nuit et appuya sur le bouton du radioréveil pour couper le son. La première semaine de ce nouveau millénaire à peine écoulée, il était déjà loin de chez lui, loin de Claire. Il se leva, prit une douche rapide et s'habilla, puis descendit dans la salle de restaurant de l'Eden Roc pour prendre son petit-déjeuner. Cet hôtel était le point de chute des flics parisiens lors de leurs séjours à Ajaccio. Quand elles effectuaient les réservations, les petites mains du ministère ne consultaient pas le pedigree des propriétaires des établissements. C'était devenu une fâcheuse tradition pour les agents de terrain en mission de descendre dans des lieux tenus en sous-main par des voyous. À Bastia, c'était chez des membres de la Voile Bleue qu'ils logeaient. Ici, c'était chez un des parrains de la Corse-du-Sud. À chacun son territoire. L'Eden Roc avait pour lui d'être implanté dans un cadre magnifique au bord de la corniche avec en toile de fond les îles Sanguinaires. En buvant son café, Brassac admirait, à travers la baie vitrée et juste derrière la route, une splendide plage de sable blond qui plongeait dans une mer transparente aux dégradés de bleus harmonieux. L'établissement était situé à une dizaine de kilomètres de la sortie d'Ajaccio. Lors de son arrivée, la veille en fin d'après-midi, Brassac était passé devant le cimetière marin. Il n'avait pas résisté à la tentation. Il s'y était arrêté et s'était promené en ce lieu d'allure très urbaine avec ses rues et ses places, au milieu d'imposantes chapelles familiales et autres mausolées où reposait notamment la divinité locale, Tino Rossi. Cela l'avait apaisé. Pressuré comme un citron, il lui fallait bien cela pour digérer toutes les pilules qu'il avalait dans ce foutu service. Sa vie privée, déjà compliquée, en pâtissait fortement et la tournure des événements ne lui permettait malheureusement pas d'espérer des jours meilleurs dans un proche avenir.

Brassac était marié avec Claire depuis sept ans. Ils abordaient un cap incertain pour tous les couples. Mais pour eux, dès le début, rien n'avait été simple. Ils ne pouvaient pas avoir d'enfant. Ils avaient donc eu leur lot de visites dans les services hospitaliers. Brassac avait eu droit à un moment de solitude dans une petite pièce aux murs couverts de photos pornos à l'hôpital américain de Neuilly. Claire avait subi bien pire avec plusieurs opérations, qui n'avaient servi à rien. Ils avaient alors décidé de se tourner vers l'adoption. La procédure avait été un véritable parcours du combattant. Ils avaient obtenu leur agrément après dix mois d'enquête sociale, pendant lesquels ils avaient éprouvé un profond sentiment d'injustice, de frustration et de colère. Ils avaient dû justifier le pourquoi de leur démarche et démontrer leur capacité morale et matérielle à élever un enfant. Une fois ce premier obstacle surmonté, ils s'étaient tournés vers l'étranger. Là encore, les embûches étaient nombreuses. Ils avaient tenté le Brésil. Un voyage sur place et une réalité : ils étaient bien loin sur la liste d'attente. La piste était tombée à l'eau.

Toutes ces épreuves, ajoutées à son travail chronophage, les avaient envoyés dans le mur. À force de vaciller, leur couple avait fini par craquer. Un an plus tôt, Claire était partie. Peut-être avait-elle eu une aventure ?... Trois mois plus tard, elle était revenue. Ils avaient repris leur vie d'avant avec quelques hauts, mais aussi pas mal de bas. Une chose était sûre, ils s'aimaient. Et cette nouvelle année débutait comme la précédente s'était terminée : il était seul dans une chambre d'hôtel, à mille kilomètres de sa femme. S'il voulait garder Claire, Brassac n'avait qu'une solution : il devait quitter ce service au plus tôt.

Brassac gagna l'hôtel de police d'Ajaccio. Il était à peine neuf heures. La personne qu'il avait convoquée n'était pas encore arrivée. Il salua le policier à l'entrée et prit l'escalier pour grimper au deuxième étage, le siège de la police judiciaire. Il était seul dans les bureaux. Les collègues locaux buvaient le café au Grisbi, un bar situé un peu plus bas dans la rue. Brassac évacua ses idées noires. Il brancha son ordinateur portable, puis reconfigura son cerveau en mode pro pour étudier son dossier. Celui-ci était assez maigre : l'article de presse illustré par la photo des clandestins paru dans *Corse-Matin* et un bref topo sur le rédacteur en chef du journal. Un appel du gardien de la paix à l'accueil l'avisa de la présence de son client. Il rangea ses feuillets et se dirigea vers la porte de l'ascenseur pour l'accueillir.

À raison d'une bonne dizaine de fois par an, le rédacteur en chef du journal *Corse-Matin* devait avoir déféré à plus de deux cents convocations de police durant sa carrière. C'était une contrainte inhérente à ses responsabilités. Il devrait d'ailleurs songer à la formuler sur la fiche de poste de son successeur. Toutefois, il ne les considérait pas toutes de la même manière. Certaines, les plus nombreuses, étaient purement formelles, d'autres beaucoup plus sensibles. Celle-ci faisait partie de cette deuxième catégorie. La nature de l'affaire et le service de police saisi la rendaient en effet assez délicate. André Graziani avait la soixantaine élégante et assurée dans son costume gris anthracite, mais le clignement de ses paupières révélait une certaine tension. Après les salutations d'usage, Brassac entra dans le vif du sujet.

— Quelle est la genèse de l'article de presse publié le mardi 4 janvier 2000 en première et deuxième pages de votre quotidien ?

— Il y a une quinzaine de jours environ, un collaborateur m'a proposé un projet d'interview d'un responsable nationaliste qui avait l'intention d'annoncer la création d'un nouveau mouvement, développa Graziani. Cet entretien était censé se dérouler dans un lieu encore indéterminé du sud de la France entre Noël et le jour de l'An. Cela devait nous être précisé au dernier moment. J'ai accepté le principe de ce reportage et je n'ai plus eu de nouvelles jusqu'à lundi dernier, où on m'a présenté l'article accompagné d'une photo. Dans le papier ne figuraient aucun journaliste de *Corse-Matin*, ni bien sûr le nom de la personne qui revendiquait la création d'un nouveau groupe clandestin. La photo, elle, représentait vingt-cinq individus encagoulés et armés au milieu d'une pinède. Mon premier réflexe a été de refuser ce texte, qui ne correspondait en rien à ce qui m'avait été proposé au préalable et dont la véracité me semblait douteuse. Puis, après avoir échangé avec mon collaborateur, j'ai considéré que, même s'il s'agissait d'une manipulation, nous ne pouvions ignorer la teneur des propos. Après avoir beaucoup hésité et dans l'urgence, compte tenu des horaires de bouclage, j'ai accepté la publication de cet article accompagné de la photographie. Ma principale motivation était notre souci d'information, aussi bien des autorités de la République que de nos lecteurs.

— Bien sûr ! dit Brassac, agacé par les circonvolutions de son interlocuteur. Qui est le journaliste à l'origine de cet article ?

— Ce projet, répondit Graziani sans s'offusquer, m'a été proposé par M. Romain Vincenti, le chef de la rubrique politique du journal. Il s'est appuyé sur les documents transmis par un informateur extérieur. Pour protéger sa source et avec mon assentiment, il refuse d'en révéler l'identité, en admettant d'ailleurs qu'il la connaisse et sous réserve qu'il n'ait pas lui-même été manipulé.

— Non, aucun risque ! ironisa amèrement Brassac.

— Pour être factuel, poursuivit Graziani sans relever la nouvelle impertinence du policier, les documents originaux avaient été déposés dans la boîte aux lettres du journal. Ils ont été détruits après leur numérisation. Nous n'avons malheureusement pas gardé trace de l'enveloppe. L'enquête interne à laquelle j'ai fait procéder ne m'a pas permis d'en savoir plus sur l'origine de ce courrier.

— Évidemment ! laissa échapper Brassac, de plus en plus à cran. Avez-vous eu dans les mains le texte original et la photo avant leur destruction ?

— Non. Le texte que j'ai consulté a été imprimé par Romain Vincenti sur le système rédactionnel du journal.

— Qui est l'auteur de l'éditorial publié en présentation de cet article ?

— Romain Vincenti a rédigé le chapeau et l'éditorial sous ma supervision, précisa Graziani, devenu judicieusement plus concis.

— Avant la publication, des modifications ont-elles été apportées au texte original de l'interview ? relança Brassac.

— L'article publié ne correspond pas exactement au texte qui m'avait été soumis. J'ai effectivement apporté une rectification. J'ai supprimé la mise en cause personnelle de certains individus, que je trouvais particulièrement dangereuse pour leur sécurité et manifestement diffamatoire. Il s'agissait pour la plupart, je crois, d'hommes politiques ou de représentants de l'État.

Après avoir froidement remercié le rédacteur en chef, Brassac transmit par fax le procès-verbal à Paris. Par un lien de cause à effet immédiat, cette déposition calibrée et dépourvue d'une once de spontanéité lui attira les foudres du Dingue. Prévoyant, il s'était éloigné du combiné.

— Il se fout de ta gueule, celui-là ! Vois avec l'autre ! S'il te raconte des bourdes, lui aussi, ils vont finir en garde à vue, ces deux emmerdeurs ! décréta Le Dingue. Allez, au boulot ! Ce n'est pas le moment de t'endormir !

De sieste, il n'y en eut ni pour Brassac ni pour Romain Vincenti, convoqué par téléphone à midi pour une audition au commissariat à quatorze heures. Le nouveau chef de la rubrique politique de *Corse-Matin* n'était pas surpris. Il s'attendait à un tel baptême du feu. Récent transfuge du magazine *Corsica*, il n'avait pas eu trop de scrupules pour passer du 4 cours Napoléon[14] au 2 rue Sergent-Casalonga[15]. Il n'en avait pas eu plus pour se prêter au jeu de la masca-

14. Siège du magazine mensuel *Corsica* à Ajaccio en 2000.
15. Siège du journal *Corse-Matin* à Ajaccio.

rade de son pseudo informateur. Imbu de sa personne, il n'attendit pas l'invitation de Brassac pour se lancer dans un propos liminaire mettant en exergue son rôle pivot essentiel au sein du journal.

— En ma qualité de chef du service politique, je suis l'éditorialiste de *Corse-Matin* et j'anime une équipe de plusieurs journalistes. Je dirige et contrôle leur activité. Je lance des projets d'articles et j'en reçois d'autres de leur part. Je relis et corrige systématiquement tous les textes qui me sont soumis avant publication. J'ai évidemment moi aussi mon propre réseau d'informateurs.

Brassac avait tiré un deuxième gros lot dans la même journée. C'était trop. Il bouillait. Il éprouvait une indicible envie d'envoyer paître ce scribouillard. Il devait se raisonner. Il décida de réitérer dans un premier temps son canevas d'audition du matin, comme s'il était en pilotage automatique. Les premières réponses de Vincenti se révélèrent un copier-coller de celles de Graziani. Les deux hommes s'étaient manifestement concertés préalablement. Cependant, l'ego du journaliste ressurgit immanquablement, lorsque Brassac lui tendit la perche.

— Qui est l'auteur de l'éditorial publié en présentation de l'article ?

— C'est moi ! affirma fièrement le gratte-papier, s'affichant en grand faiseur d'opinions. Mon but était de mettre en garde le lecteur et de justifier la publication de cette interview, qui revêtait un caractère exceptionnel pour deux raisons : la première, parce qu'il s'agissait d'un présumé chef nationaliste prônant la violence et la deuxième, parce qu'il s'exprimait de façon anonyme.

— Pouvez-vous nous donner l'identité de votre informateur ? tenta crânement Brassac, sans trop se faire d'illusions.

— Non ! répondit Vincenti, sûr de son bon droit.

— Par le passé, aviez-vous déjà été contacté par un informateur qui vous aurait proposé un sujet clé en main avec texte et photo sur le problème corse ? insista Brassac.

— Non et de façon catégorique depuis que je travaille à *Corse-Matin*. En effet, ce n'est pas dans les usages des quotidiens d'accepter des sujets clés en main. Cela se pratique en revanche dans la presse magazine et cela m'est arrivé dans des conditions similaires l'an passé, lorsque je travaillais pour le magazine *Corsica*, poursuivit Vincenti. C'était un reportage sur un groupe clandestin qui avait tiré une salve d'honneur lors des funérailles d'un élu local en Balagne. Nous en avons terminé ?

— Je crois. Je vous remercie de votre collaboration, conclut Brassac, enfin serein et plutôt satisfait.

Vincenti n'était pas un perdreau de l'année. En ouvrant indirectement la porte pour permettre d'identifier sa source, il laissait entendre le peu de crédit qu'il lui accordait et se vengeait implicitement de sa manipulation, pensa Brassac. Effet subséquent, il induisait surtout une sensible réduction d'éclats sonores de la part du Dingue.

— Bien joué ! Il fait référence aux obsèques de François Saliéri, le maire nationaliste de Belgodère. C'était le 6 février 1998, le jour de l'assassinat du préfet Érignac. Il doit y avoir une copie de la procédure au SRPJ. Jette un œil dedans. Le télégraphiste a été identifié, mais ça n'a pas été très loin. Vu le contexte, ce n'était pas prioritaire. N'oublie pas quand même les fadettes de tes deux plumes. Au boulot ! ajouta Le Dingue. Tu me règles cette histoire au plus vite. On n'a pas que ça à faire. Je te rappelle qu'on a une affaire d'État à traiter !

# 8

Marc Hayraud occupait un studio au quatrième étage d'un immeuble de la rue des Batignolles, dans le XVIIe arrondissement. Il privilégiait le scooter pour se déplacer dans Paris intra-muros. Son vieil engin était peut-être moins économique que les transports en commun, mais il avait l'avantage de le rendre plus autonome. C'était vraiment épatant sous le soleil. En revanche, sous la pluie, c'était franchement exécrable. Manque de chance aujourd'hui... Le trajet avait duré dix minutes et il était trempé jusqu'aux os. Arrivé à destination, il posa sa moto sur le trottoir à un angle de rues, devant une boulangerie. C'était la première fois qu'il était attendu au ministère de l'Intérieur. Pour ses rencards habituels, il fréquentait plutôt les bistrots ou les boîtes de nuit.

Encore casqué et tête baissée, il traversa la rue des Saussaies en courant vers le numéro 11. Devant la porte, il bouscula quelqu'un et trébucha. Il se releva furibond, mais fut rapidement calmé par l'inconnu en bleu marine qui le ceinturait.

— Quel idiot ! lâcha le patron de la DNAT ! Tu croyais rentrer ici comme dans un moulin ? Bon, trêve de plaisanterie, parlons sérieusement ! J'ai un ami qui m'a beaucoup parlé de toi. C'est pour ça que je t'ai fait venir. Je pense que tu as pas mal de choses à me raconter. Pour commencer, je préfère t'avertir que, si tu te montres récalcitrant, tu risques de connaître quelques légers désagréments et même de plus gros emmerdements. Tu comprends ?!

— Je ne vois pas de quoi vous voulez parler, dit Hayraud, frondeur.

— Je t'arrête tout de suite ! s'emporta Le Dingue. Ne t'amuse pas à ça avec moi, tu sais très bien de quoi je parle !

Fais travailler ton cerveau un minimum, tu dois en être capable, j'en suis sûr ! Tu as quel âge ? Trente-six ans ? Tu es encore jeune ! Je peux déjà t'annoncer que ton ambition de devenir un grand reporter, tu peux l'oublier ! Quand tout le monde va savoir que tu es un petit trou du cul à la solde de pseudos nationalistes corses à moitié, voire aux trois quarts voyous, crois-moi, ça va faire désordre pour ton matricule ! Ta crédibilité va en prendre un sacré coup ! Quand tu sortiras de prison, tu pourras toujours retourner fouiller dans les poubelles pour trouver des infos et rejouer au paparazzi !

— Je vous remercie pour votre sollicitude, mais ce n'est pas parce que j'ai été victime une fois d'une manipulation que vous allez me faire du chantage toute ma vie, riposta Hayraud, encore un peu bravache.

— Justement si ! Et arrête de faire le malin, je n'ai pas de temps à perdre avec toi ! Tu te mets à table et vite ! asséna Le Dingue.

Marc Hayraud ne louvoya plus très longtemps. Il avait mis les mains dans le cambouis et, inexorablement, dans ces cas-là, on se salit. Il repensait à ce maudit jour de l'An. Qu'est-ce qu'il lui avait passé par la tête d'accepter ce job ?! La première fois l'an dernier, il avait frôlé la correctionnelle. Il était passé à travers les gouttes, sans les honneurs mais miraculeusement sans dommage. Sa naïveté avait joué en sa faveur. Enfin, c'était surtout le timing qui l'avait épargné. Les flics avaient d'autres chats à fouetter à ce moment-là. En revanche, ce coup-ci, ça sentait le moisi. La cause avait beau être la même, à savoir l'appât de quelques billets, l'effet était beaucoup plus dévastateur. Il n'avait d'autre choix que de vider son sac.

Le Dingue composa un numéro à quatre chiffres sur son poste téléphonique. Sa secrétaire décrocha immédiatement dans le bureau contigu.

— Il est où Brassac ?! Il est rentré ? cria-t-il.

— Non, monsieur. Son avion arrivait à quatorze heures. J'ai envoyé un chauffeur à Orly pour le récupérer. Il devrait être là d'ici une demi-heure normalement, répondit son interlocutrice, qui entendait distinctement Le Dingue à travers la cloison.

— Appelle-moi son binôme ! Dis-lui de venir tout de suite dans mon bureau !

Bernard Faret avait échappé à l'escapade ajaccienne en raison d'une impérieuse obligation. Il gérait des écoutes judiciaires dans le dossier le plus sensible du service, la recherche d'Yvan Colonna, l'assassin présumé du préfet Claude Érignac.

Faret toqua à la porte et entra dans le bureau du chef. Le Dingue lui désigna le photographe effondré sur sa chaise.

— Tiens ! Emmène-le et occupe-toi de lui ! Il a besoin de soulager sa conscience. Il a voulu jouer dans la cour des grands, mais il n'est pas de taille. Et toi, ajouta-t-il en regardant sa proie, si tu es sage, on verra ce qu'on peut faire pour te donner ton bon de sortie.

L'audition dura près de quatre heures. Bien aiguillé par Faret, le paparazzi vit rapidement disparaître ses dernières réticences pour dévoiler le nom de son interlocuteur corse et devenir prolixe. Le début de l'histoire remontait à une rencontre fortuite.

— Je suis reporter photographe en free-lance depuis une dizaine d'années. Je travaille surtout pour la presse people. C'est un milieu très concurrentiel et c'est assez difficile de bien gagner sa vie. Il m'arrive également de faire d'autres types de boulots pour compléter mes revenus : des publi-reportages pour des entreprises, la couverture d'événements et de manifestations institutionnelles locales, mais aussi des commandes privées pour des particuliers. L'été, je passe l'essentiel de mon temps entre la Côte d'Azur et la Corse. Il y a une belle concentration de célébrités. Ça m'évite d'aller à l'étranger et d'avoir de trop gros frais de déplacement. Là-bas, je suis souvent sollicité pour des mariages. Ça me permet de me faire du fric facilement. Vers la fin de l'été 97, on m'a proposé de faire les photos d'une noce dans un village Corse. Je ne me souviens plus où c'était exactement. Je crois que c'était dans le sud, vers

Porto-Vecchio. Durant le week-end, j'ai sympathisé avec un cousin du marié. Il m'avait dit qu'il s'appelait Bati. Six mois plus tard, j'ai reçu un coup de fil. C'était lui. Il m'a dit qu'il avait eu mon numéro par son cousin. Il m'a demandé si je voulais bien venir en Corse pour couvrir les obsèques de son père, qui devaient avoir lieu le surlendemain. Je me suis montré surpris par cette demande. Il m'a alors expliqué que son père était le maire du village et l'un des principaux responsables nationalistes en Corse. Il a ajouté qu'il y aurait de nombreuses personnalités, mais qu'il ne voulait pas que des journalistes viennent de partout. Il m'a proposé trente mille francs. En contrepartie, si j'étais d'accord, je devais confier en exclusivité et gratuitement mon reportage au magazine *Corsica*. Cela m'a semblé un bon deal et j'ai accepté. Les funérailles se sont déroulées le 6 février 1998 à Belgodère. Je me souviens fatalement, comme tout le monde, de ce jour-là. C'était un vendredi. J'ai pris l'avion à Orly pour Bastia. J'ai dû arriver vers onze heures. J'ai loué une voiture à l'agence Hertz à l'aéroport de Poretta et je suis parti directement pour Belgodère. Bati m'avait donné rendez-vous à treize heures au bar L'Amitié sur la place du village. J'ai eu le temps de manger un sandwich avant qu'il arrive. Quand nous nous sommes retrouvés, il m'a averti qu'il n'avait pas pu empêcher d'autres journalistes de venir. Cependant, il était convenu qu'ils n'assisteraient qu'à la messe et que je serais le seul à couvrir l'inhumation au cimetière. Il a précisé que ça ne changeait rien à notre accord et que je n'aurais aucun problème avec les gens de *Corsica*. Il a ajouté qu'ils risquaient même d'être encore plus intéressés. Bati est retourné chez lui auprès de sa famille et je suis resté seul au bar en attendant le début de l'enterrement. Je n'ai pris aucune photo pendant la cérémonie religieuse. Je ne suis même pas allé à l'église. Je me suis rendu directement au cimetière. Il devait être seize heures, quand le corbillard est arrivé. Le cercueil était porté par quatre hommes. Il y avait une vingtaine de personnes. Je ne connaissais personne à part Bati. Je suppose que c'étaient des membres de la famille, quelques amis et le prêtre. Bati était en tête du cortège avec une femme qui devait être sa mère. J'ai commencé à faire des photos, avant même qu'ils arrivent devant le caveau. Là, Bati m'a salué ostensiblement. Je pense qu'il voulait montrer que c'était lui qui m'avait fait venir. Le prêtre a prononcé une homélie, avant que Bati ne prenne la parole en langue corse. Je n'ai évidemment rien compris de ce qu'il a dit. Quand il a eu fini de parler, quatre hommes cagoulés, que je n'avais pas vus avant, sont arrivés en courant de je ne sais où et se sont placés autour du cercueil. Ils ont brandi chacun un pistolet en l'air et ont tiré six coups de feu, avant de se retirer aussi vite qu'ils étaient venus. C'était surréaliste. Sur le moment, j'étais concentré sur ce que j'avais à faire. J'ai shooté un maximum de photos. Une fois le cercueil déposé dans le caveau, j'ai quitté Belgodère. Je n'ai pas parlé à Bati avant de repartir. J'ai regagné Bastia et pris l'avion pour rentrer à Paris en début de soirée. Le lendemain, à mon réveil, j'ai un peu hésité, mais j'ai quand même téléphoné au magazine *Corsica*. Bati ne m'avait pas donné le nom d'un journaliste en particulier. Je suis tombé sur un standardiste, qui m'a passé Romain Vincenti. Je lui ai alors proposé mes photos prises lors des funérailles de François Saliéri. Il m'a répondu que ça ne l'intéressait pas. Il a même été assez vulgaire. Je me souviens encore de ce qu'il m'a dit : « Vu ce qui s'est passé hier soir à Ajaccio, j'en ai rien à foutre. Je suis désolé, mon gars, mais vos photos, vous pouvez vous les carrer dans le fion ! » Je lui ai donc demandé de quoi il parlait. C'est là que j'ai appris que le préfet de Corse avait été assassiné vers vingt et une heures dans la rue, devant une salle de théâtre. Je lui ai alors raconté qu'il y avait eu un hommage militaire au cimetière et que j'étais le seul photographe présent. Il a tout de suite changé d'avis et m'a demandé combien je voulais pour lui envoyer un cliché des clandestins tirant leur salve. Quand je lui ai répondu « rien », il s'est marré en me disant que je m'étais bien fait manipuler.

Après ce récit spontané, Marc Hayraud subit un assaut de questions. Faret, en procédurier chevronné, souhaitait obtenir des précisions pour bétonner ce premier chapitre des aventures du paparazzi aux pays des nationalistes.

— Vous avez déclaré précédemment que Bati devait vous payer trente mille francs. Vous a-t-il réellement remis cette somme ? Quand et sous quelle forme ?

— Il m'a donné cet argent en espèces quand je l'ai retrouvé au bar L'Amitié.

— Connaissez-vous le nom de famille de Bati ?

— Saliéri. Je ne le connaissais pas avant l'enterrement. J'ai entendu son nom pour la première fois ce jour-là, prétendit Hayraud.

— Dans votre envoi au magazine *Corsica*, avez-vous joint un texte à votre photo ?

— Au départ, je devais uniquement envoyer la photo, mais Vincenti m'a aussi demandé un texte de quatre cents caractères.

— Par la suite, avez-vous eu des contacts avec Bati Saliéri ?

— Non, aucun jusqu'au week-end avant Noël, il y a une quinzaine de jours. Il m'a laissé un message..., commença Hayraud, interrompu par l'arrivée d'un intrus.

Brassac était blême. Il jeta son sac de voyage au milieu de la pièce et s'écroula sur sa chaise de bureau. Il ne semblait même pas remarquer la présence du photographe, devenu télégraphiste à la solde de Bati Saliéri.

— Salut Bernard. Je suis à la ramasse. Je crois vraiment que c'était le voyage de trop.

— Salut Antoine, l'accueillit Faret d'un ton enjoué, en se gardant bien de faire un commentaire. Je te présente un éminent correspondant de presse, M. Marc Hayraud. Tu arrives vraiment au bon moment. On vient de finir les préliminaires ; on va maintenant attaquer dans le bois dur !

La suite de l'histoire du photographe s'avéra tellement savoureuse que Brassac reprit quelques couleurs. À la lecture du procès-verbal, Le Dingue, lui, était d'humeur badine.

— Ah ! Ils sont beaux, nos « natios », de sacrés zigotos ! Après avoir dévalisé les rayons jouets des supermarchés, ils veulent terroriser qui, ces clowns ? Ils ont même rajouté des grands-mères. C'est vraiment burlesque ! Ça mérite bien un petit gorgeon avant d'aller raconter ça au ministre, dit-il en sortant une bouteille de Lagavulin et un verre en cristal de sa bibliothèque. L'autre imbécile, vous me le gardez jusqu'à demain matin. Ça lui fera du bien de passer une nuit en cellule, poursuivit-il en se servant son whisky. Vous cadrez tout au niveau de la téléphonie et vous descendez en Balagne la semaine prochaine. Vous m'identifiez et vous m'entendez tous ces premiers communiants, sans oublier bien sûr la vieille râleuse. Je veux une procédure solide. Vous placez tout ce joli monde en garde à vue. Pour Bati Saliéri, puisqu'il est nommément identifié par l'auteur du polaroïd, vous allez le chercher dans son lit à six heures du matin et vous tapez une perquisition. On ne sait jamais, il est peut-être assez con pour avoir gardé une puce téléphonique qui ne voit pas le jour. Ne vous faites pas d'illusion, ils vont tous vous donner l'heure, mais sans les minutes. Ce sera parole contre parole avec ce guignol de photographe. Vu le sketch, ça se terminera au mieux avec un contrôle judiciaire pour Bati. Mais au moins, on aura fait notre boulot. Après, vous repasserez aux choses sérieuses. On n'a pas que ça à faire, je vous rappelle. On a une affaire d'État à traiter ! conclut-il en dégustant son single malt écossais de seize ans d'âge.

# 9

Le gâteau d'anniversaire de Mado Ferracci était une galette des Rois. Elle piqua deux bougies au milieu, les alluma avec un briquet, puis se servit un verre de vin blanc. Veuve depuis presque cinq ans déjà, sans enfant, un noyau relationnel plus que restreint, elle fêtait ses soixante-douze printemps en tête à tête avec elle-même grâce au miroir posé sur le bahut du salon. L'an dernier, elle avait célébré son anniversaire à L'Île-Rousse avec sa seule véritable amie. Par fidélité, elle s'obstinait à passer la voir régulièrement à l'EHPAD, mais ces visites s'avéraient déprimantes. Anastasie Saliéri avait complètement perdu la boussole depuis la mort de François. Elle ressassait le passé, ignorait le présent, zappait ses interlocuteurs et surtout racontait ânerie sur ânerie. Aujourd'hui, Mado avait préféré rester seule.

Mado éteignit ses deux bougies d'un souffle. Elle s'enfilait son coup de blanc cul sec quand on frappa à la porte. Elle se leva pour aller ouvrir. Bati Saliéri se tenait devant elle avec une valise cabine dans une main et un bouquet de roses rouges dans l'autre. Il lui tendit les fleurs.

— J'ai pensé que ça aurait fait plaisir à ma mère. Bon anniversaire, Mado !

— Si on m'avait dit que t'étais un sentimental. Ben, merci ! Rentre ! Viens prendre un verre et un bout de galette. D'habitude, quand tu frappes à ma porte, c'est plutôt pour demander quelque chose, glosa Mado. Qu'est-ce que tu fous avec une valise ? Tu pars en voyage ?

— Non, ce sont les calibres de mon père. Je préfère les laisser chez toi. Ils seront plus en sécurité ici par les temps qui courent.

Mado alla dans la cuisine pour sortir la bouteille de vin blanc du réfrigérateur et récupérer un verre et une assiette pour son hôte. Elle revint dans le salon, posa le tout sur la table basse et s'installa dans un des deux fauteuils. Bati s'assit dans l'autre en face d'elle.

— Prends une part de galette et sers-nous à boire. Bon alors, dis-moi ce qui t'amène vraiment. Qu'est-ce qu'il se passe ? insista Mado.

— Non, rien, je voulais juste te souhaiter un bon anniversaire et j'en ai profité pour t'amener la valise, allégua Bati en mordant dans la frangipane.

Puis le naturel revenant au galop, il enchaîna :

— En fait, si ! On a un problème ! Le photographe s'est allongé chez les flics à Paris. Mon contact au ministère m'a dit qu'il avait donné mon nom.

— Bravo ! Je te l'avais bien dit qu'il fallait pas de pinzutu au milieu ! À chaque fois, c'est pareil ! s'énerva Mado. Tu veux pas écouter !

— Oui, mais... aïe... merde, j'ai failli me péter une dent ! cria-t-il en mettant ses doigts dans sa bouche pour en retirer une fève en forme de mouton.

— T'es vraiment le roi des cons ! laissa tomber Mado, dépitée.

— En fait, Mado, il faut que je te dise pourquoi on a vraiment fait ça. Ce n'était pas seulement une prise de position politique. C'était surtout à cause de Kiki Albertini. Il avait mis les Orlanducci à l'amende. Tu sais, leurs chiens, c'est lui qui les a empoisonnés avec son copain Rossetti.

— Non, mais c'est pas possible ! Mais t'as rien dans la tête, tu te fous du monde ! Qu'est-ce qu'on en a à faire des histoires avec les Orlanducci ! Un jour c'est avec eux, un jour c'est avec toi, un autre jour c'est avec le fils Albertini ! Mais vous allez l'arrêter quand, votre cirque ?! Vous nous emmerdez ! Et puis je vais te dire : moi, les chiens des Orlanducci, je les pleure pas ! Depuis qu'ils sont crevés, on a la paix. On les entend plus gueuler le soir, dans la rue !

— Peut-être, mais reconnais que ce qu'ils ont fait, c'est dégueulasse !

— Tu dis ça parce que le Dumé, il peut plus aller à la chasse en ce moment et toi, tu fais ceinture. Tu peux pas aller la sauter, l'Ornella !

— C'est des conneries, Mado ! Tu ne vas pas croire tous ces racontars ?!

— Prends-moi pour une courge !

— Crois-moi ou pas, ce n'est pas vrai. Et puis, le problème n'est pas là. Albertini et l'autre, si on les laisse faire sans réagir, ils ne vont pas se gêner pour essayer d'en faire cracher d'autres.

— Dis donc, en parlant de ce cocu d'Orlanducci, tu m'as jamais dit ce qu'il t'avait raconté sur ce qui s'était passé à Montesoro !

— Non ?! Je ne vois pas. Je ne sais pas de quoi tu parles.

— Bati, arrête de me prendre pour une courge, je te dis ! La vieille gâteuse, c'est pas moi ! Ta mère m'a tout raconté, mais je veux l'entendre de ta bouche.

— Écoute, Mado... c'est vrai, ils se sont engueulés. D'après ce que je sais, c'est Joseph qui a commencé à s'en prendre à Dumé, mais je te jure que je ne sais pas pourquoi ! Dumé, lui-même, n'avait pas l'air de le savoir. En revanche, j'ai eu l'impression que mes parents, eux, avaient compris, quand je leur en ai parlé.

— Est-ce que c'est vrai qu'ils voulaient se battre ?

— Je n'en sais rien. Peut-être, mais tu sais ce que c'est. Ils étaient énervés tous les deux. Ce qui est sûr, c'est qu'ils ont vite été séparés. Le chef de chantier et les deux autres ouvriers qui étaient là les ont calmés. Enfin, moi, je sais juste ce que Dumé m'a dit. Ça n'empêche qu'il n'y est pour rien dans ce qui est arrivé. Il a été le premier malheureux.

— Tu parles ! Quand je pense que tu m'as fait venir dans le maquis en pleine nuit pour défendre ce salopard. C'était bien une idée de con ! C'est toi qui l'as eue ?!

— Non, c'était une idée de Charles. Il pensait que ça les calmerait.

— C'est pas vrai ! C'est le pompon ! En plus, c'est une idée de ce bâtard ! Il s'est découvert nationaliste il y a deux jours et il joue au *capu*[16] ! Celui-là, il se croit plus intelligent que tout le monde. Il veut faire la guerre avec un appareil photo. Il va faire peur à qui avec sa photo ?! Et toi, tu le suis. T'es vraiment con !

— Oui, mais Charles était l'ami de mon père. Il avait confiance en lui.

— Tu te fous de moi ! Ton père est resté fâché avec lui les dernières années de sa vie.

— Oui, mais il s'est réconcilié avec lui avant sa mort.

— Arrête tes conneries, Bati ! Ça me ferait presque rire, si c'était pas aussi tordu. Tu sais même pas pourquoi ils étaient fâchés. Remarque, je me dis qu'il vaut mieux que tu saches pas.

— Qu'est-ce que tu veux dire, Mado ?

— Laisse tomber ! C'est ta mère qui m'a raconté leurs histoires avant qu'elle perde la boule.

— C'est quoi ces histoires ?

— Laisse tomber, j'te dis ! J'suis pas sûre que t'aimerais savoir. Bon ben, qu'est-ce que tu vas faire maintenant que le pinzutu s'est mis à table ?

— Attendre que les flics viennent me chercher et essayer de dégonfler l'histoire pour que ça ne prenne pas trop de proportions. L'effet médiatique ne sera pas terrible, on ne va pas en sortir grandis, mais tant pis ! Il vaut mieux passer pour un con que finir en prison.

— C'est vrai que t'auras pas trop de mal pour passer pour un con, mais ça m'étonnerait qu'ils viennent directement chez toi. D'habitude, ils font des cercles autour. J'espère au moins que vous avez préparé une belle histoire à leur raconter. Vous, les jeunes, vous passez plus de temps à essayer de rattraper vos conneries qu'à faire avancer la cause. Ah ! Si mon Joseph était encore là ! conclut Mado en s'envoyant son deuxième coup de blanc cul sec de l'après-midi.

16. Chef.

# 10

Kiki Albertini assumait une lourde succession. Son père avait été le dernier des membres fondateurs de la Voile Bleue à quitter ce monde de brutes. Cette équipe de malfaiteurs avait vu le jour deux décennies plus tôt dans un bar éponyme de Saint-Florent. Ces petits braqueurs, qui au fil des années s'étaient hissés au sommet de la voyoucratie, avaient presque tous lâché l'affaire dans de sordides règlements de comptes. Seul Jacques Albertini avait abandonné les siens de mort naturelle, quatre ans plus tôt. Cependant, là aussi, il y avait eu l'intervention d'une tierce personne. À moins d'une encablure de la plage de l'Ostriconi, sur le pont d'un voilier, une plantureuse créature l'avait trop passionnément étreint. La faculté avait conclu à une crise cardiaque consécutive à une intense activité physique liée à une absorption excessive de pilules bleues.

Kiki ne fuyait pas ses responsabilités : la guerre était déclarée. Il avait modérément apprécié la photo des cagoulés en une de *Corse-Matin*, mais il avait bien reçu le message des expéditeurs, dont l'identité était un secret de polichinelle. Les gars de Belgodère, Bati Saliéri, les frères Orlanducci et toute leur clique ne l'emporteraient pas au paradis. Ils allaient bientôt avoir de ses nouvelles, annonça-t-il à son comparse, Toussaint Rossetti.

— Tu les as vus, ces blaireaux qui jouent les musclés ?! Ils se prennent pour l'armée de Pascal Paoli[17] ! L'effet « Kiss Cool », ça va leur faire drôle, quand ça va leur

17. Pascal Paoli (1725-1807), homme politique et général corse, chef de la République corse indépendante (1755-1769).

revenir dans la gueule ! Les eaux du Golu à Ponte Novu[18] vont encore finir rougies par le sang des patriotes ! clama Kiki, rageur. Mais avant de les saigner, je vais leur mettre la tête à l'envers ! ajouta-t-il en échafaudant sa riposte. On va les laisser parader un petit peu avant de rentrer dans la danse.

— Tu as quoi en tête ?

— Tu verras ! On va les prendre à leur propre jeu. J'ai ma petite idée, répondit Kiki en laissant Toussaint un peu sur sa faim.

Dans le genre vicieux et cruel, Kiki était un maître. Les coups tordus étaient chez lui une seconde nature. Encore qu'en cherchant bien, c'était difficile de savoir quelle était la première. Quand il avait quelqu'un dans le nez, il s'en occupait toujours avec la manière forte, mais jamais sans préambule. Les préliminaires alambiqués étaient sa marque de fabrique.

Kiki attendait son heure en se limitant à compter les points. Pour le fameux nouveau groupe clandestin Banditi Fora, les choses ne se passaient d'ailleurs pas idéalement. L'opération avait fait plouf ! Les flics, manifestement pressés d'en finir avec cette bouffonnerie, avaient, paraît-il, déjà redressé le photographe.

La période de vœux arrivée à son terme et sa réflexion achevée concomitamment, Kiki, fidèle à ses principes, décida de mettre en œuvre sa stratégie en deux temps : d'abord le bordel et ensuite l'épuration. De bon matin, Kiki passa un coup de fil à Toussaint.

— Ça y est, la fumée est sortie du cerveau du pape ? demanda Toussaint, aussi curieux qu'impatient.

— Ouais, la trêve est terminée. Ramène ta fraise ! On va faire des courses à Borgo.

---

18. Bataille perdue les 8 et 9 mai 1769 par l'armée corse menée par Pascal Paoli, qui aboutit au rattachement de la Corse à la France.

— Pourquoi si loin ? Qu'est-ce que tu as encore derrière la tête ?

— Tu verras ! Rapplique !

Les deux hommes se rendirent dans la matinée dans un entrepôt d'outillage à Borgo. Ils y achetèrent un extincteur et deux bonbonnes de gaz pour réfrigérateur. Ces premiers achats réalisés, ils filèrent plus au sud à Folelli, dans un autre magasin de bricolage. Là, ils se procurèrent trois boîtes de cinq kilogrammes chacune de granulés de chlorate. Ils poursuivirent leurs emplettes en faisant un crochet dans un supermarché pour acheter quinze kilogrammes de sucre, une grande bassine en plastique et un mètre de corde à rideaux de petit diamètre. Pour le reste, mèche lente et amadou, Kiki avait ce qu'il fallait chez lui.

Après cette petite excursion commerciale en plaine orientale, ils prirent la route de Pioggiola pour y déposer le matériel. La vieille maison de famille du beau-frère de Kiki était une planque idéale. Mélanie, la sœur de Kiki, son mari et leurs deux enfants y venaient juste pour passer leurs vacances d'été. Le reste de l'année, Kiki en disposait à son aise.

Les deux hommes prirent le temps de se restaurer avant de se mettre au travail. En vrais bons artisans, il leur fallut une petite heure pour préparer leurs engins. Ils vidèrent l'extincteur et les deux bonbonnes de gaz, mélangèrent avec un bâton les granulés de chlorate et le sucre dans la bassine, puis répartirent équitablement dix kilos de leur mixture dans chaque récipient. Ils coupèrent la corde à rideaux en trois. Kiki trouva les derniers éléments nécessaires au fond d'une caisse dans le garage. Ils tressèrent trois mèches d'environ cinquante centimètres chacune avec les morceaux de corde et des bouts de bauffe noir à l'aspect râpeux, puis ils ficelèrent chaque extrémité dans dix centimètres d'amadou jaune délavé. Enfin, ils coincèrent leurs prototypes de mèche lente dans l'orifice des bidons avec du papier d'aluminium.

— Pas besoin de détonateur. Ça va mettre une bonne heure pour péter ; on pourra s'arracher tranquille, commenta Kiki, satisfait.

— Les pandores, les patriotes, personne ne va rien comprendre ! ajouta Toussaint, hilare.

Il était deux heures trente quand Toussaint déposa Kiki à Pioggiola. Trois quarts d'heure plus tard, il était lui-même dans ses draps à Monticello.

Le lendemain matin, tout le monde ne parlait que du feu d'artifice tiré dans la nuit. Le mur d'enceinte de la gendarmerie de L'Île-Rousse n'était plus qu'un tas de pierres. Bien que l'attentat n'ait pas été revendiqué, il était clair pour tout le monde que, derrière celui-ci, se cachait le nouveau groupe clandestin Banditi Fora. Pourtant, une question restait en suspens : pourquoi la gendarmerie ?

# 11

Le courrier était arrivé par la poste. Dans l'enveloppe, un papier bleu avec les rubriques habituelles et le tampon qui faisait foi :

*Nom : Madeleine Ferracci*
*Lieu : Mairie de L'Île-Rousse*
*Date : Mardi 18 janvier 2000 à 9 heures*
*Motif : Affaire vous concernant*
*Observation : Vous munir d'une pièce d'identité*
*Nom de l'OPJ*[19] *: Capitaine de police Antoine Brassac*
*Service : Division nationale anti-terroriste*

Mado n'était pas née de la dernière pluie. Elle le connaissait par cœur, le coup de la convocation du mardi matin par un flic parisien. Joseph était déjà passé par là. Le pinzutu de la DNAT voyageait le lundi et rentrait chez lui le vendredi. Entre-temps...

Un vieux survêtement gris sur le dos et une paire de ballerines aux pieds feraient l'affaire. Les baskets étaient plus confortables pour marcher, mais les lacets n'étaient probablement pas recommandés chez son hôte. Mado prépara son baise-en-ville avec le strict nécessaire : la convocation, sa carte d'identité, trois billets de cinquante francs, les clés de la maison, une brosse à dents, un tube de dentifrice, un savon, un gant de toilette, une serviette, une culotte et un soutien-gorge de rechange.

---

19. Officier de police judiciaire.

Elle se mêla aux jeunes qui montaient dans le bus pour se rendre au collège à L'Île-Rousse. Il était hors de question de laisser sa 2 CV sur un parking pendant plusieurs jours. Elle descendit à l'arrêt de la place Pascal-Paoli et se dirigea vers le port pour rejoindre la mairie. Un homme à peine quadragénaire, une sacoche d'ordinateur à la main, marchait d'une allure nonchalante devant elle. Elle eut un pressentiment : c'était à coup sûr le policier français. Elle décida de marquer son territoire. Il allait voir de quel bois elle se chauffait, la Mado. Alerte, elle accéléra le pas et le dépassa. Elle grimpa les marches du parvis et prit fièrement la pose devant l'entrée de l'hôtel de ville. Elle toisa l'homme. Ce goujat pénétra dans le bâtiment sans même la remarquer. Interloquée et surtout vexée, elle se résigna à en faire autant.

— Bonjour madame Ferracci, quel bon vent vous amène à L'Île-Rousse ? l'accueillit avec un grand sourire la secrétaire de mairie, Ornella Orlanducci.

— Il est où, celui qui vient de rentrer ? demanda la vieille vindicative, à peine essoufflée. Il est passé devant moi sans s'excuser.

— Moins fort, s'il vous plaît, chuchota Ornella, il est à côté, dans la salle du conseil municipal. C'est un policier parisien. Il vient faire une enquête à cause de la photo des nationalistes dans le maquis.

— Je m'en fous, je vais aller le voir, rétorqua Mado, qui jouait démesurément l'outrée pour ne pas avouer à cette commère qu'elle était la première sur la liste des personnes convoquées par le flic.

Elle préférait passer pour une rebelle plutôt que pour une simple figurante.

Quand Brassac vit entrer la veuve Ferracci dans son bureau d'emprunt, il subodora que sa journée risquait d'être plus compliquée que prévu.

— Jeune homme, vos parents ont dû oublier de vous apprendre la politesse et le respect des anciens ! l'attaqua frontalement la vieille Mado.

— Madame, avec tout le respect que je vous dois, sachez que je ne suis là que pour faire mon travail. Cette convocation, bien que contraignante pour vous, est justifiée par les premiers éléments obtenus au cours de notre enquête.

— Qu'est-ce que tu racontes ? riposta-t-elle en laissant tomber le vouvoiement. J'te parle de respect et toi, tu me parles d'enquête. Tu trouves pas que ton confessionnal est un peu grand et qu'il est même pas chauffé ? On aurait été mieux à la gendarmerie et puis ça aurait été plus discret. Ils l'ont pas complètement détruite, que je sache ! T'aurais bien pu me faire aller là-bas plutôt qu'ici, où y a plein de pipelettes ! Et qu'est-ce qu'ils font, les gendarmes ? Ils les ont pas encore arrêtés, ceux qui ont fait sauter leur mur en tirant un feu d'artifice ?! Ils sont pas bien malins pour pas y arriver. Tu les aides à chercher qui c'est ?

— Non, je ne travaille pas sur cette affaire, mais ce n'est pas si simple que ça. Je pense que les enquêteurs vérifient de nombreuses pistes en l'absence d'une revendication, releva Brassac.

— T'as pas besoin de revendication pour savoir qui c'est ! Moi, je te les trouve vite, ceux qui ont fait ça. C'est facile. Ce sont des désœuvrés. Quand y a pas de foot à la télé, ils posent des bombes ! Ça les occupe. Je les vois, tous ces jeunes, traîner dans la rue. Ils font ça pour s'amuser et se défouler. C'est pas leur faute ; ils ont rien d'autre à faire le soir dans la région. Bon, si tu m'as pas fait venir pour ça, qu'est-ce que tu veux ?

Un quart d'heure plus tard, la vieille Mado refusait de signer le procès-verbal de notification de sa garde à vue dans le cadre d'une information suivie contre X..., des chefs d'association de malfaiteurs en vue de préparer des actes de terrorisme et menaces de mort sous condition en relation avec une entreprise terroriste. Toutefois, elle accepta de décliner son identité. Elle se livra même intimement, du moins sur une période aujourd'hui prescrite.

— Je m'appelle Madeleine Philomène Alberte Susini, veuve Ferracci. Je suis née le 13 janvier 1928 à Palasca en

Haute-Corse de Lucienne Susini et de père inconnu. En fait, si, il est bien connu, mais lui, il m'a pas reconnue. C'est le grand-père de la petite pimbêche à l'entrée. Celle-là, elle a trouvé le travail parfait ici. À l'accueil de la mairie de L'Île-Rousse, elle est au courant de tout ce qui se passe dans la région. Comme ça, elle peut baver à longueur de journée. Heureusement qu'elle sait rien de cette histoire ! Ça fait partie des secrets de famille ! Ma pauvre mère avait dix-huit ans quand elle m'a eue. Mon grand-père l'a foutue dehors et elle a dû quitter Palasca. Elle s'est installée à Belgodère, mais celui qui l'avait engrossée l'a ignorée. Il a préféré se marier avec cette catin de Félicie Giabiconi ! Elle, tous les hommes du canton lui sont passés dessus, même le curé d'Occhiatana à l'époque. Ah ! Elle était forte, celle-là ! Et le pire, c'est qu'il paraît que son fils, c'était même pas celui du Hyacinthe Bettoni ! À l'arrivée, cette ordure a eu que ce qu'il méritait, puni par où il a péché ! Il a rejeté sa propre fille et il a élevé un bâtard ! Enfin, pour dire vrai, il l'a même pas élevé, parce qu'il est mort un mois après la naissance du gamin. Il a juste eu le temps de le reconnaître, lui. En plus, pour rien gâcher, il est mort comme un con, à la chasse ! Il cherchait son chien, qui était parti dans un fourré. Un chasseur à proximité, croyant voir un sanglier, a tiré deux cartouches de chevrotines en direction du bosquet. Son chien, un bâtard comme lui, a réussi à s'en sortir, mais pas lui ! Et le hasard faisant bien les choses, le chasseur qui a tiré était mon grand-père ! Ma mère, qui a jamais revu son père, a toujours pensé que c'était pas un accident.

— Vous pensez la même chose ?

— Tu sais, pinzutu, en Corse, on pose pas ce genre de question ! C'est grave, ce que tu insinues là. C'est grave et insultant ! Si tu m'interromps pour me provoquer, on va s'arrêter là !

— Non, je suis désolé. Je ne voulais pas être désobligeant, s'excusa platement Brassac. Et ce fils, il est toujours là ?

— Oui, il est revenu il y a quelques années, quand il a été à la retraite. Maintenant, il tient le bar-restaurant sur la place du village. Avant, il était sur le continent. C'était un collègue à toi. Enfin, pas vraiment. Je crois qu'il avait un gros poste, lui ! Il devait être directeur de quelque chose.

— Comment s'appelle-t-il ? risqua Brassac, noyé dans les explications de la vieille.

— Bettoni ! Comment veux-tu qu'il s'appelle ?! Je t'ai dit que mon père l'avait reconnu. T'écoutes rien ! Tu dois savoir qui c'est. Il était chef dans la police, je t'ai dit !

— D'accord, d'accord, il y a beaucoup de monde dans la police, mais s'il était commissaire, je vais le retrouver.

— Et bien sûr qu'il était commissaire ! Sa femme, c'est une cousine à moi. Elle, c'était une vraie sainte nitouche. J'ai jamais compris comment elle avait fait pour se marier et avec lui en plus. Par contre, leur fille, qui fait la concierge à côté, celle-là, je peux te dire qu'elle tient plus de sa grand-mère que de sa mère pour lever la jambe ! Elle a été obligée de se marier jeune, quand elle a eu sa fille, mais ça l'empêche pas de continuer à courir ! Son mari, lui, il est plombier. Il a appris son métier chez le frère de la mère de sa femme, autrement dit un cousin à moi. C'est un vaurien, lui aussi ! Bon, mais c'est des autres ou de moi que tu veux qu'on cause ?

— Non, non, allez-y, continuez.

— Si tu veux qu'on parle de moi, ça va être vite fait ! J'ai vécu avec ma mère jusqu'à mon mariage. On habitait dans le bas du village. J'ai été à l'école jusqu'au certificat d'études. Après, je suis devenue couturière comme elle. J'ai fréquenté mon Joseph quand il est revenu de la guerre d'Algérie. Je le connaissais d'avant, mais à l'époque, il était trop jeune. Il s'intéressait pas à moi. Il traînait avec ses copains, toujours les mêmes depuis l'école communale. Que des tordus ! Il a mis du temps à s'en rendre compte, mon Joseph. Faut dire qu'entre un maire, un voyou et un flic, y avait une belle brochette ! Ils en ont fait, des magouilles ! Y a que le Jacques Albertini qui a payé pour ses saloperies. Lui, il a dû passer plus de temps au trou que chez lui à Corbara ! Mon Joseph, lui, a toujours été en dehors de leurs histoires. Il était droit. Il gagnait son argent honnêtement avec sa menuiserie. Et puis, de toute manière, s'il avait eu envie de les suivre, j'aurais vite mis le holà ! Après, si j'ai un regret, c'est qu'on s'est mariés un peu tard. J'avais trente-deux ans et mon Joseph trente. Le malheur a voulu qu'on n'ait pas pu avoir d'enfant. Pourtant, on s'aimait, murmura-t-elle subrepticement, avant de se reprendre. Je m'égare... Tu voulais savoir quoi au juste ?

— Non, non, je vous en prie, continuez.

— Oh ! Toi, tu veux trop savoir ! Ça suffit ! s'emporta-t-elle une dernière fois. J'arrête ! Tu es trop curieux. Comment tu as dit tout à l'heure ?... Je vais exercer mon droit au silence. Tu peux écrire ça sur ton procès-verbal. Je veux plus rien dire et je répondrai à aucune de tes questions. Si ton juge est pas content, il a qu'à m'enfermer !

Les heures suivantes furent un véritable calvaire pour Brassac, contraint de retranscrire sur procès-verbal les multiples questions qu'il posait à la vieille, auxquelles elle répondait invariablement : « J'ai rien à dire ! » En fin d'après-midi, devant son mutisme total et en l'absence d'éléments probants à charge dans le dossier, Brassac suivit les consignes du magistrat et leva la garde à vue de la veuve Ferracci. La secrétaire de mairie lui proposa gentiment de la ramener chez elle en voiture. Durant le trajet, la vieille Mado, à peine aimable, resta avare de confidences. Ornella Orlanducci n'eut rien de croustillant à se mettre sous la dent.

# 12

Brassac avait besoin de s'aérer les idées après son tête-à-tête crispé avec la vieille. Il décida de marcher un peu. Il traversa la place Pascal-Paoli et continua droit devant lui. Il déambula sous les platanes de l'allée Charles-de-Gaulle, puis s'engagea sur un chemin dans le quartier Fecciajo. Il parvint aux abords d'un mur d'enceinte derrière lequel se dressaient de hauts cyprès centenaires. La chance lui souriait ; les portes étaient encore ouvertes. Il poussa un soupir de soulagement. Il aimait s'égarer dans ces endroits.

Les cimetières l'envoûtaient. Ils lui racontaient des histoires, ils respiraient, ils recelaient une âme. C'étaient des livres à ciel ouvert, propices à l'évasion. Brassac considérait qu'ils étaient un lieu de plénitude pour les vivants. Immanquablement, lors de ses déplacements professionnels ou privés, ses pas le menaient dans ces espaces de silence et de quiétude. Le week-end, pendant que Claire écumait les grands magasins, il flânait béatement dans le domaine dédié au Père-Lachaise ou dans l'une des dix-neuf autres nécropoles parisiennes. Certains matins, avant de partir au travail, il poussait le vice jusqu'à errer près de chez lui en banlieue dans une aire plus modeste, mais dotée d'une superbe vue avec en point de mire la tour Eiffel. Là, débarqué sur l'Île de Beauté, il ne pouvait pas échapper à une telle escapade dans un cadre aussi paisible.

Il remonta l'allée principale avec le soleil couchant dans les yeux. Il musardait parmi les tombes ; il se ressourçait et faisait un plein d'énergie. Il déboucha sur un rond-point constitué d'une sépulture en granit surmontée d'une croix en fonte, hommage aux premiers prêtres de la paroisse. Il poursuivit sa balade et découvrit un vieux tombeau abritant la dépouille du maire de L'Île-Rousse assassiné en 1893 durant son mandat, un nommé Achille Blasini. Alors qu'il était plongé dans un état proche de l'hébétude, cette vision le ramena prestement à la réalité par un effet domino. D'un siècle à l'autre, d'un maire à l'autre, au fils d'un maire, à une photo dans le maquis...

Brassac retrouva Faret à leur hôtel, près du port. Après une journée éreintante consacrée à des auditions, dont absolument rien n'était sorti, ce dernier n'avait ni l'envie ni le courage d'aller en ville. Ils décidèrent de dîner sur place. Ils eurent le choix de la table : le restaurant était désert. Ils s'installèrent près de la baie vitrée face à la mer. Il faisait nuit. Les quelques spots allumés sur la plage leur permettaient d'apercevoir sur la droite une énorme masse rocailleuse en forme de cétacé, l'île de la Pietra. Les deux hommes entreprirent le récit de leur journée.

Brassac s'était coltiné une vieille irascible dans une pièce glaciale de la mairie de L'Île-Rousse. Après s'être épanchée sur son passé, Madeleine Ferracci s'était refermée comme une huître. Son « J'ai rien à dire ! », asséné en boucle d'un ton sec, résonnait encore dans ses oreilles. Dans son survêtement gris, elle avait vraiment l'air d'une sale gosse. Elle lui avait bien pris la tête.

Faret, lui, avait pris ses quartiers à la gendarmerie de L'Île-Rousse. Si le bureau qu'on avait mis à sa disposition était chauffé, l'accueil qu'on lui avait réservé s'était révélé assez frais. Les pandores avaient du mal à accepter que le parquet antiterroriste, en l'absence d'une revendication, ne se soit pas encore saisi de l'enquête sur l'attentat perpétré contre leurs locaux, « alors qu'une simple photo de famille affole le sommet de l'État », dixit le major Renaud. Faret, prenant soin d'éviter la polémique, avait laissé glisser. Après cet amuse-bouche, il avait été contraint d'encaisser sans modération la mauvaise foi des quatre premiers trublions convoqués.

— J'ai commencé par le boucher de Belgodère, Pieru Birelli. Il m'a donné le ton pour la suite. Le mec s'est bien foutu de ma gueule ! Un boulot bien soigné. Il a commencé par un joli discours politique, puis il a bétonné son bel alibi en papier mâché, relata Faret en sortant une liasse de feuilles de son cartable. Tiens ! Lis sa déposition.

Brassac prit le procès-verbal, mais le posa immédiatement sur la table en le retournant. Le serveur arrivait. Il leur tendit la carte et précisa avec insistance que tous les produits proposés étaient corses, sauf le rhum dans le baba. Les deux flics prirent une Colomba[20] en apéritif avec une assiette de charcuterie à partager et optèrent pour le menu du jour avec des cannellonis au brocciu[21] en plat principal et un fiadone[22] en dessert. Pour rester dans le local, ils choisirent un pichet de cinquante centilitres de vin rouge du Domaine 'Alzipratu. Le garçon retourné en cuisine, Brassac put lire les trois extraits que lui indiquait son collègue.

*... Personnellement, je suis un sympathisant nationaliste, mais je ne me reconnais dans aucun des mouvements existants. Je n'ai jamais été un militant actif et je suis choqué par la multiplicité actuelle des mouvements d'obédience nationaliste. Je ne pense pas que cela puisse faire évoluer les choses. Nous faisons partie en tant que Corses d'une communauté spécifique dont on ne reconnaît pas les droits. Je souhaiterais que le message des nationalistes soit clair et unitaire auprès du public, à savoir redonner au peuple corse certains espaces de souveraineté pour qu'il puisse reprendre son destin en main et retrouver ses droits en tant que peuple libre, qu'il ait droit à sa langue et qu'il puisse gérer son avenir en tant que territoire à part entière. Il est nécessaire qu'une solution politique soit trouvée le plus rapidement possible...*

*... Vous me présentez une photographie publiée à la une du journal Corse-Matin du mardi 4 janvier 2000, sur*

20. Bière blanche corse aux herbes du maquis.
21. Fromage de brebis corse.
22. Gâteau corse.

*laquelle figurent vingt-cinq individus cagoulés en tenue militaire, qui exhibent des armes. Cette photo semble avoir été prise de nuit dans une forêt. Le titre au-dessus annonce la création d'un groupe clandestin : Banditi Fora. Je ne reconnais personne sur cette photo. Je peux vous dire que je ne connais officiellement personne qui pourrait y appartenir. Maintenant, il est possible que je sois en contact avec certains de ses membres, sans savoir qu'ils en sont...*

*... Le soir du 1er janvier, j'ai quitté mon domicile après le dîner pour aller faire une partie de tarot avec quatre amis, dont je préfère taire les noms. J'avais volontairement laissé mon téléphone portable en évidence sur la table de la cuisine pour que ma femme ne me dérange pas en m'appelant toutes les cinq minutes, comme elle en a l'habitude. J'ai donc retrouvé trois copains du village et nous sommes partis avec une seule voiture pour rejoindre notre autre partenaire chez lui, à L'Île-Rousse. Je préfère ne vous donner aucun détail sur le déroulement de notre partie de cartes...*

— T'es drôle, Bernard ! C'est normal qu'il ne t'en dise pas plus. Les jeux d'argent sont interdits ! s'esclaffa Brassac.

— Évidemment, avec une porte grande ouverte comme celle-là, inutile de te dire que Tornatori le dentiste, Poggi le chauffeur de bus et Césari le garde champêtre se sont engouffrés dedans. Ou comment blinder un alibi en souplesse, renchérit Faret, contrarié. Je ne te fais pas de dessin pour après-demain. On va avoir la chance de rencontrer le cinquième joueur, chez qui s'est déroulée la partie de cartes. Je te parie qu'on va même trouver un jeu de tarot en perquise et peut-être même la feuille des scores. Le Dingue était optimiste. Bati n'aura même pas droit à son contrôle judiciaire. Et une photo qui fait pschitt !

— Écoute, on s'en fout ! Demain, on entend nos trois autres convoqués. Je te la fais courte. Le vieux Charles Bettoni s'est couché de bonne heure le lendemain du réveillon. Il s'est endormi comme un bébé, sans même faire un câlin à madame. Le plombier, Dominique Orlanducci, a passé la soirée chez son frère pour l'aider à réparer le chauffe-eau, qui venait de péter. Et pour agacer notre sagacité, le frangin, Ange, va nous ajouter une petite variante, sous le sceau du secret. Le coup du chauffe-eau, c'est la version officielle refourguée à la tendre et chère de Dominique. En fait, ils ont maté un film de boules ! Jeudi, on verrouille les portes avec Bati, et vendredi, retour maison.

— T'as raison ! La semaine prochaine, on passe à autre chose. Je te rappelle qu'on a une affaire d'État à traiter ! lança Faret en imitant la voix éraillée du Dingue.

# 13

Arrivé à Ajaccio, Charles Bettoni se dirigea vers le parking du port. Un gendarme lui indiqua un emplacement pour garer son Audi. Il avait du temps devant lui puisque le programme officiel débutait dans une heure. Il remonta à pied vers la préfecture et en profita pour faire une halte au Grisbi.

Ce bistrot dans la rue du Docteur-Stéphanopoli était l'annexe du commissariat de police. Les flics locaux ou continentaux, SP[23], PJ et RG[24] confondus, n'hésitaient pas à envahir cet établissement distant d'environ deux cents mètres du siège. Le matin, avant leur prise de fonction, ils s'attablaient tranquillement devant un café et un croissant. En revanche, le soir, après leur service, les représentants de l'ordre se lâchaient à l'apéritif avec pastis, bière, cacahuètes, parties de fléchettes et belotes de comptoir à volonté. Ce dimanche, les gardiens du temple étaient exceptionnellement en nombre.

Le vieux Charles salua le patron de l'établissement. Il posa son manteau sur un perroquet et s'installa au bout du bar. Il commanda un expresso et s'empara du journal. Deux ans jour pour jour après l'assassinat du préfet Érignac, la une du quotidien régional titrait sur l'enlisement de la police dans la recherche de l'auteur présumé des faits et anticipait sur le probable naufrage de la politique répressive du gouvernement sur l'île, digne du *Titanic.* Toutefois, ce qui était dénoncé comme un fiasco de l'État jacobin n'alimen-

23. Sécurité publique.
24. Renseignements généraux.

tait pas les conversations des consommateurs. La plupart d'entre eux étaient plus préoccupés par leurs prochaines vacances d'hiver sur le continent. En effet, les nombreux fonctionnaires officiant en Corse n'étaient pas des natifs. Ils compensaient la fuite des autochtones, qui, pourtant très attachés à leur île, s'en éloignaient bien souvent durant leur carrière pour exercer plus sereinement ailleurs. Charles avait lui aussi vécu cette déchirure. Plongé dans sa lecture, il tressaillit à l'intonation d'une voix singulière.

— Salut Charles, tu es encore en avance ? brocarda le patron de la DNAT.

— Raymond ! Tu m'as fait peur ! Encore par chez nous, même un dimanche ? Tu as décidé d'habiter ici ou quoi ? demanda Charles en guise de salutations.

— Tu sais bien que je suis un sentimental. Je ne peux pas trop m'éloigner de toi. Surtout quand je te sais fébrile. Dis-moi, comment vas-tu faire ce matin ? Où vas-tu te placer pendant la cérémonie, du côté des bons ou de celui des méchants ? persifla Le Dingue. Mais qui sont les bons et qui sont les méchants ?

— Bonne journée, monsieur Loyal, coupa Charles, irrité, mettant sèchement un terme à cet échange de viles civilités.

Il plia *Corse-Matin*, posa une pièce de deux francs sur le zinc, prit son manteau et s'éclipsa. Il préférait aller marcher et prendre l'air plutôt que supporter la rebutante compagnie du Dingue.

Dans le microcosme, la récente et soudaine conversion de Charles à la cause nationaliste constituait une véritable énigme. Il avait en effet attendu son soixante-septième anniversaire pour épouser les idées de Pascal Paoli[25]. Le mystère de sa foi était amplifié par sa version officielle et romanesque des circonstances l'ayant provoquée. Un jour d'été, de retour au village, en déménageant les combles du bistrot de ses beaux-parents, il avait eu une vision mira-

25. Homme politique, général (1725-1807), à l'origine de la Constitution corse.

culeuse. Un rai de lumière passant à travers une lucarne s'était projeté sur un livre posé sur une malle. C'était la Constitution corse[26]. Sa lecture avait été une révélation.

Le vieux Charles était-il illuminé ou éclairé, mythomane ou sincère, bonimenteur ou défenseur de l'identité corse et pourfendeur de l'iniquité de l'omnipotence française sur la chère terre de ses ancêtres ?

Ces interrogations contrastaient avec une trajectoire personnelle assez conventionnelle. Charles avait sagement fréquenté l'école communale de Belgodère, puis le lycée Marbeuf à Bastia. Il n'avait rien d'un sauvageon. Il avait juste témoigné d'une timide volonté d'émancipation à la fin de son adolescence. Deux semaines avant de passer son bac, il avait découché de l'internat pour aller vomir dans une cellule de dégrisement du commissariat de police de Bastia. Sa première et dernière cuite avant de commettre quelques mois plus tard son unique véritable fait d'armes. Un soir d'automne, son permis de conduire à peine en poche, il avait emprunté la voiture de son oncle pour aller chasser le sanglier avec trois autres gars du village, ses meilleurs amis : Joseph Ferracci, Jacques Albertini et François Saliéri. Traqués par une patrouille inopportune de la maréchaussée, ils étaient devenus gibier et avaient fini dans un fossé près d'Occhiatana.

Charles était marié avec Anne-Marie depuis bientôt trente-sept ans. Ils avaient eu une fille, Ornella, qui, elle-même, leur avait donné une petite héritière : Aurélie.

Après son service militaire en Algérie, Charles était entré dans la police en tant qu'agent contractuel, grâce au parrainage du conseiller général du canton. Titularisé, il avait ensuite grimpé quelques échelons en faisant toute sa carrière à Paris, à la DCRG. Il avait partagé son temps entre le continent et la Corse, où il était censé surveiller

26. Considérée comme la première constitution démocratique de l'histoire moderne, adoptée le 18 novembre 1755 à la Consulta Generale di Corte.

des indépendantistes, prendre la température et pêcher des infos.

Charles avait donc attendu d'être à la retraite pour se retrouver au milieu des intrigues. Contacté par un « compatriote corse » qui travaillait au cabinet du Premier ministre, il s'était laissé entraîner dans une opération complexe. Il pensait alors sincèrement être utile, avant de prendre conscience qu'il participait à un jeu trouble et pervers. Il avait longtemps fermé les yeux sur la destination finale des valises de billets qu'il convoyait entre Paris et son île natale. L'électrochoc survint lors d'une conversation, *a priori* hors contexte, avec son gendre. C'était un soir de 1995. Dumé semblait remué au téléphone.

— Qu'est-ce qui t'arrive, Dumé ? Ça ne va pas ?

— Non. J'ai eu une embrouille avec Joseph Ferracci, le menuisier, sur le chantier du grand hôtel qui se construit à Montesoro. J'ai pris du retard et, du coup, lui s'est retrouvé décalé dans son boulot. Vous le connaissez, non ?

— Ah ! Ça, pour le connaître, oui ! C'est un ami d'enfance, mais on s'est un peu perdus de vue. Ce n'est pas la première fois que ça arrive, un retard sur un chantier. Franchement, il n'y a pas de quoi en faire un drame.

— Non, c'est pas tellement ça le problème. En fait, c'est quand le conducteur des travaux, un jeune bon à rien, a appelé les propriétaires pour les informer que Joseph a pété un plomb.

— Explique ! Je ne comprends pas trop.

— En fait, Joseph s'est déchaîné sur moi quand il a entendu le nom des deux associés, Jacques Albertini et le maire François Saliéri. Il m'a insulté. Il voulait me taper dessus. Il est parti complètement en vrille. Il m'a traité de vendu et m'a dit que j'étais marié avec la fille d'un voleur et que je devais toucher moi aussi. J'ai rien compris à son délire. Encore heureux qu'on nous ait séparés, sinon, ça risquait vraiment de mal finir !

Après avoir raccroché, Charles avait immédiatement reconstitué la trame de l'histoire, comme Joseph avait dû le faire plus tôt dans l'après-midi. Ses amis d'enfance n'étaient que des escrocs. Tout le monde savait, en Corse, pourquoi les groupes armés étaient rentrés dans le rang et nul ne s'en émouvait. Que l'argent de l'État français finisse dans les caisses des mouvements nationalistes était admis dans une certaine logique des choses. Mais personne n'aurait osé imaginer que François Saliéri, le maire de Belgodère, considéré comme une référence morale dans toute l'île, le détournait à son profit pour monter des opérations immobilières avec l'argent sale des voyous. Joseph, choqué, avait dû ressentir cela comme un scandale et une trahison. Dans son esprit, lui, Charles, devait forcément être associé à ces combines. Et Dumé, qui se trouvait au milieu, avait ramassé pour tout le monde.

Charles avait décidé de regagner la Corse dès le lendemain pour avoir une explication avec François. Parler avec Joseph était impossible à cause de Mado et discuter avec Jacques était sans intérêt, puisque celui-ci avait depuis toujours clairement choisi le camp de l'illégalité.

Ornella, sa fille, était venue le chercher à l'aéroport de Poretta. La mine défaite et en larmes, elle s'était jetée dans ses bras.

— Ma chérie ! Il y a un problème ? avait-il demandé, inquiet.

— Oui, papa. C'est Dumé. Il a été arrêté par les gendarmes, avait-elle répondu en suffoquant.

— Mais... Que s'est-il passé ?

— Ferracci, le menuisier, a disparu depuis hier soir et sa femme a appelé les gendarmes. Ce matin, il n'a toujours pas été retrouvé et les gendarmes sont venus chercher Dumé tout à l'heure à la maison. Ils lui ont même mis les menottes devant Aurélie. Quelqu'un leur aurait parlé de la dispute d'hier, sur le chantier à Montesoro.

Ce n'est qu'en arrivant à Belgodère en début d'après-midi qu'ils avaient appris la mort accidentelle de Joseph. Dumé avait été rapidement mis hors de cause et relâché.

À l'été 1997, Charles était définitivement rentré au pays. Il avait cédé à Anne-Marie, qui souhaitait se rapprocher d'Ornella et d'Aurélie. Il avait alors décidé de se lancer dans un projet en forme de défi : redonner vie au bar-restaurant tenu autrefois par ses beaux-parents sur la place du village. L'établissement était resté fermé pendant cinq ans, personne ne s'étant manifesté pour reprendre l'activité depuis le départ des derniers gérants.

En janvier 1998, le bar L'Amitié était redevenu la case à palabres du village. Tout le monde y passait. Le rare à ne pas y mettre les pieds, avec Mado bien sûr, était le maire nationaliste du village : François Saliéri, l'ami d'enfance de Charles. Les deux hommes au caractère bien trempé ne s'adressaient plus la parole depuis trois ans. La raison officielle de leur fâcherie était une discussion politique conclue par le poing de Charles dans la figure de François. Toutefois, la réalité n'avait pas le même panache...

L'aménagement de la cuisine du restaurant n'était pas terminé. Les ouvriers travaillaient d'arrache-pied pour être dans les temps pour l'inauguration en grande pompe, prévue le mardi 3 février. Charles avait lancé des invitations aux notables du coin, jusqu'au capitaine des pompiers et au major de gendarmerie de L'Île-Rousse. Tous les conseillers municipaux étaient conviés pour honorer la soirée de leur présence. François Saliéri, que tout le monde savait bien malade, effacerait-il l'ardoise avec Charles et se mêlerait-il à ces agapes ?

La veille, en début de matinée, le garde champêtre Luca Césari avait remis à Charles une enveloppe cachetée de la part du maire. À l'intérieur, un bout de papier arraché d'un bloc-notes avec ces quelques mots écrits d'une main mal assurée : « Viens à mon bureau, il faut qu'on parle. »

Peu après, remplacé derrière le zinc par Anne-Marie, Charles avait filé à la mairie. Cette invitation de son vieil ami signifiait bien sûr une volonté de réconciliation, mais lui n'était pas vraiment enclin à passer l'éponge.

— Bonjour Charles, merci d'être venu, avaient été les premiers mots apaisants prononcés par François Saliéri.

— Qu'est-ce que tu as à me dire ? Pourquoi voulais-tu me voir ? avait attaqué Charles.

— C'était nécessaire, avait repris calmement François.

De retour au bar, Charles était chamboulé. Personne ne connaîtrait jamais la teneur de leur conversation.

Le lendemain, l'inauguration avait été annulée. Le maire de Belgodère avait succombé dans la nuit. Il souffrait d'un cancer du côlon depuis plusieurs mois. Ses obsèques s'étaient déroulées trois jours plus tard. Son entregent dans les arcanes du pouvoir parisien n'ayant d'égal que son aura dans le milieu nationaliste, de nombreuses personnalités de haut rang, représentants de l'État et élus de tous bords de Corse et du continent, avaient assisté à la cérémonie religieuse. La petite église de Belgodère n'avait jamais connu une telle affluence. Au cimetière, l'inhumation s'était déroulée dans la plus stricte intimité jusqu'à l'arrivée impromptue de quatre hommes en treillis, cagoulés et armés de pistolets. Avant que le cercueil ne soit mis en terre, les clandestins avaient rompu le silence en tirant chacun six balles dans le ciel gris de Balagne. L'écho de ce feu d'artifice avait sonné comme un coup de semonce aux oreilles des autorités, sur le chemin du retour. Cet hommage rendu au défunt constituait un mauvais présage. François Saliéri n'était plus là pour tenir les militants égarés.

Charles avait le moral en berne en rentrant chez lui. Le bistrot fermé, la soirée s'annonçait morose. Anne-Marie n'ayant pas le courage de préparer un dîner, il avait coupé quelques tranches de lonzu[27] et de tomme de brebis pour grignoter devant la télé. Au programme de ce vendredi 6 février 1998 sur France 3 Corse, le magazine *Territoires* était consacré à un débat sur la situation politique de l'île. Charles et Anne-Marie buvaient leur tisane quand l'émission s'était brusquement interrompue. Le journaliste Jean-Marc Leccia était apparu à l'écran pour lire d'une voix grave un communiqué qui avait jeté la stupeur dans tous les foyers insulaires. Ce genre d'événement était déjà arrivé dans le passé. Le 2 avril 1974, un autre intervenant, Philippe Harrouard, avait pris la parole avec un

27. Filet de porc salé, fumé et affiné durant plusieurs semaines.

visage de circonstance sur la deuxième chaîne nationale, au milieu de l'émission des *Dossiers de l'écran*, pour annoncer la mort du président Pompidou. Cette fois, c'était le préfet Claude Érignac, le plus haut dignitaire de la République sur l'île, qui avait été assassiné de plusieurs balles dans la tête, devant un théâtre à Ajaccio.

Aujourd'hui, Charles, qui avait toujours été plus ou moins impliqué lors des négociations entre nationalistes et représentants de l'État, avait viré de bord, mais la nébuleuse de sa motivation apportait une note sulfureuse à sa démarche. Pour beaucoup, son véritable rôle restait un mystère : était-il un petit télégraphiste, un homme de poids dans les prises de décision, un barbouze ou un escroc ?

Le respect de la parole donnée à un ami et l'esprit de famille étaient un sacré fardeau à porter. Durant toute la cérémonie d'hommage dédiée à la mémoire du préfet, Charles repensa à la réflexion insidieuse du Dingue. Il avait touché juste. Normal, il le connaissait mieux que personne.

# 14

Alanguie, Ornella s'étira doucement, puis ouvrit les yeux. Il était en caleçon debout près de la fenêtre, une cigarette à la main.

— Quelle heure est-il ? C'était trop bon, chuchota-t-elle.

— Tu es tombée comme une masse, répondit-il. Il est près de six heures.

— Quoi ?! s'écria-t-elle en bondissant hors du lit. Tu es fou ! Tu aurais dû me réveiller. Faut que j'y aille ! Je n'ai même pas fait les courses.

Ornella fila sous la douche. Il écrasa son mégot dans un cendrier et la suivit. Elle se blottit dans ses bras. L'eau était tellement chaude que la salle de bains se transforma en hammam.

Il était trop tard pour aller au supermarché à L'Île-Rousse. Elle fit un détour chez ses parents avant de rentrer à la maison et jeta un coup d'œil dans leur réfrigérateur pour voir ce qu'elle pouvait récupérer. En hiver, le restaurant était fermé le soir. Elle trouva tout de même un reste de gratin dauphinois, du jambon et des yaourts. Aurélie étant invitée chez une copine pour une soirée pyjama, cela ferait l'affaire pour manger ce soir en tête à tête avec Dumé devant le match de foot à la télé.

Dumé, lui, avait travaillé tout l'après-midi dans la villa que faisait construire Stéphane Tornatori à la sortie de Belgodère. À la tombée de la nuit, il rangeait ses outils dans son Renault Express quand son ami arriva avec un pack de Pietra[28].

---

28. Bière ambrée corse à la farine de châtaigne.

— Tu es pressé, Dumé ? On a quand même le temps de boire une bière ?

— Vite fait ! Y a le match ce soir et je dois encore aller récupérer tout mon merdier pour demain. J'ai un chantier à Calenzana.

— Pourquoi vas-tu aussi loin ? Tu as bien assez de boulot autour du village.

— Oui, mais là c'est chez Yvette Birelli, la sœur de Pieru. Je ne pouvais pas refuser.

Ils burent leur bière en commentant la composition de l'équipe de France alignée ce soir face à l'Autriche. Les deux hommes se firent la bise avant de se quitter.

Dumé se gara devant son atelier. Il prépara le matériel dont il avait besoin, puis fit plusieurs allers-retours pour le charger dans son véhicule utilitaire. Le quartier était quasiment désert. Seul Luca traînait au bout de la rue, alors qu'une moto passait. Cette souillure devait aller à la pêche aux ragots. Dumé ne le calcula pas. Il était en retard pour casser la croûte avant le match et il ne s'était pas encore douché. Il prit des vêtements propres dans une armoire, retira ses chaussures et ses chaussettes, puis ôta son bleu de travail et son tee-shirt. En caleçon, il se dirigeait vers la salle d'eau lorsqu'il entendit un bruit de tôles, suivi d'énormes jurons. Surpris, il se retourna et découvrit celui qu'il ne voulait surtout pas voir en ce moment. Depuis l'embrouille dans le bar de Biguglia, une rumeur malsaine courait dans le village.

— Putain, tu m'as fait peur ! Je t'ai pas vu arriver. Qu'est-ce que tu fous là ?! cria Dumé sur un ton agressif.

— Il faut qu'on parle ! Ce n'est pas ce que tu crois. Il n'y a absolument rien avec Ornella. Il n'y a plus jamais rien eu avec elle. Ce sont des conneries ! Tu ne vas pas croire cet abruti de Luca ?! Il est comme les carpes, celui-là. Il a toujours la gueule ouverte ! On a toujours été amis, se justifia Bati Saliéri. Tu le sais bien. Je n'ai jamais rien dit pour ça, comme pour le reste. J'ai toujours été de ton côté. Tu as toujours pu compter sur moi.

— Bien sûr ! Tu parles ! Tu fais toujours tout par intérêt. T'es qu'un traître ! T'es qu'une ordure, un salopard !

l'injuria Dumé. Et moi, comme un con, je t'ai signé une promesse de vente. Tu sais où tu peux te la mettre, la putain de baraque de tes vieux ? T'es pas près de récupérer mon fric. Maintenant, fous-moi le camp !

— Je m'en fiche, de ton pognon ! Je te dis la vérité, c'est tout. Demande à Ornella. Tu fais chier ! Tu n'es qu'un con ! Tu ne veux rien comprendre, riposta Bati en faisant demi-tour pour quitter l'atelier.

— C'est ça, casse-toi ! lança Dumé en entrant dans la douche.

De retour chez elle, Ornella reçut un appel sur le téléphone fixe. C'était son beau-frère.

— Oh ! J'arrive pas à avoir Dumé ! Il ne répond pas sur son portable. Tu peux me le passer ? lui demanda Ange, la voix enrouée.

— Non, il n'est pas encore là. Je lui dis de te rappeler quand il arrive. Tu veux venir regarder le match à la maison ?

— Non, j'ai la crève ! Je reste chez moi. Dis donc, tu sais pas si Dumé a vu Kiki Albertini ? Il paraît que cet enculé traînait dans le coin ce matin avec l'autre connard de Rossetti !

— Non, pourquoi ? Il y a un problème ? s'enquit-elle, gênée, en se mordant la lèvre, bien qu'elle ignorât les pressions subies par les deux frères.

— Non, laisse tomber, c'était juste comme ça.

Ornella prépara la table pour le dîner, puis alluma la télévision pour regarder le journal de vingt heures. Son mari n'était toujours pas rentré. Cela ne lui ressemblait pas, quand il y avait du foot à la télé. Il regardait tous les matchs, y compris et surtout ceux de l'équipe de France. En dépit de ses convictions nationalistes, il était un fervent supporteur des Bleus. Il s'enthousiasmait lors des victoires et criait « On a gagné ! », avant de se corriger immédiatement en baissant d'un ton : « Euh... Ils ont gagné... C'est super !... Enfin, pour eux. »

L'heure du coup d'envoi approchait et Dumé n'était toujours pas là. Ornella ne parvenait pas à le joindre. Elle rappela son beau-frère.

— Je vais aller voir à l'atelier, au cas où il lui soit arrivé quelque chose, dit Ange.

— Au cas où il lui soit arrivé quoi ?!

— Je sais pas, je disais ça comme ça, mais après ce qui est arrivé aux chiens, on sait jamais.

— Qu'est-ce qui est arrivé aux chiens ? s'énerva-t-elle. C'était pas la mort-aux-rats qu'avait laissé traîner Dumé ? Vous avez encore raconté des conneries ? C'est quoi encore cette histoire ?

— Non, non. Calme-toi ! Ça va aller ! Je veux dire que, des fois, il oublie des trucs. Il a peut-être plus de batterie sur son portable et il a pas fait gaffe à l'heure, bredouilla-t-il en tentant de rattraper sa bourde.

— N'importe quoi ! Y a le match à la télé, il ne peut pas avoir raté l'heure.

— Eh bé, justement ! Je vais aller voir s'il est là-bas.

La porte de l'atelier était ouverte. Ange tâtonna dans l'obscurité pour appuyer sur l'interrupteur, en vain. Normal ! Par sécurité, Dumé coupait toujours l'électricité en partant. En revanche, ce n'était pas dans ses habitudes d'oublier de fermer à clé. Fiévreux, Ange avait la chair de poule. Il s'empara de la lampe torche accrochée à un clou, près de l'entrée. Il l'alluma et fit un mouvement circulaire pour regarder autour de lui. Il ne vit d'abord rien de particulier, puis il remarqua que la porte du local de douche était entrouverte. Il avança lentement. Il frissonnait. Il se figea en entendant un bruit de moto au-dehors, puis reprit sa progression. Plus il s'approchait de la salle de bains, plus il sentait une odeur bizarre assez désagréable, plus son pouls s'emballait. Il cria comme pour se rassurer et se donner du courage :

— Dumé, arrête de jouer au con ! Qu'est-ce que tu branles dans le noir ? Tu fais chier ! Dépêche-toi, on va finir par rater le match !

Aucune réponse. Il entra dans la salle d'eau, fit encore deux ou trois pas et heurta quelque chose. Il braqua son faisceau lumineux au sol. À ses pieds, il découvrit alors une masse informe en partie recouverte par le rideau de douche tombé de la tringle. Ange crut halluciner.

Dumé gisait dans une flaque de sang, nu comme un ver, ventre à terre, l'arrière du crâne éclaté, les jambes écartées et un fer à souder planté dans l'anus. Horrifié, Ange ne put se retenir. Plié en deux, il projeta une gerbe de vomissure sur le corps de son frère. Il se redressa et eut alors une réaction aussi décalée que stupide. Il se dit que, par chance, le disjoncteur avait sauté, quand il s'aperçut que le fer à souder était branché à la prise électrique située au-dessus du lavabo.

# 15

Les soirs d'hiver, les rues de Belgodère jouaient aux belles endormies. Les gens dînaient tôt ici, *a fortiori* quand des footballeurs s'invitaient en prime time à la télévision. Ce mercredi de mars ne dérogeait pas à la règle. Mais, alors que l'arbitre s'apprêtait à siffler le début de la deuxième mi-temps d'un match France-Autriche assez soporifique, un festival son et lumière sortit le village de sa torpeur.

Deux gendarmes de la brigade territoriale de L'Île-Rousse ouvrirent le défilé des gyrophares dans un concert de sirènes, suivis des pompiers et du médecin de garde du canton. Ces premiers intervenants ne purent que constater le décès de Dominique Orlanducci, dit Dumé, né le 2 décembre 1962 à L'Île-Rousse de feu Georges et de feue Odette Grimaldi, marié à Ornella Bettoni le 8 juin 1986 à Belgodère, père d'Aurélie, née le 2 avril 1986, plombier, inconnu des services de police et de justice en tant qu'auteur d'infraction.

En se rendant sur les lieux, le chef de la BT[29] avisa téléphoniquement le procureur de la République de Bastia.

— Major, je vous laisse procéder aux premières investigations, signifia le magistrat. Je ne vais pas vous faire l'affront de vous les énumérer : constatations, audition du témoin qui a découvert la scène de crime et de « la toute nouvelle veuve » et plus généralement tous les actes que vous pourrez juger utiles et nécessaires à la manifestation de la vérité.

29. Brigade territoriale.

— Merci ! lâcha Patrick Renaud, passablement courroucé. Je vais essayer de ne rien oublier. Je vous en rendrai compte à l'issue.

— Oui, s'il vous plaît, poursuivit le procureur, qui lui asséna le coup de grâce en ajoutant : je saisirai dès demain matin la section de recherches de la gendarmerie de Bastia pour la poursuite de l'enquête.

Le major Renaud raccrocha sans commentaire. Il appréciait modérément qu'on lui parle comme à un demeuré. Il était officier de police judiciaire depuis une vingtaine d'années et supportait de moins en moins le ton didactique et arrogant de certains magistrats. Cette façon inique et cavalière de le pousser sur la touche au profit de la SR[30] était encore plus dure à avaler. Quant au trait d'humour à deux balles du proc concernant la conjointe de Dumé Orlanducci, il préférait ne pas l'avoir relevé. S'accrocher avec lui était inutile et improductif. Devant l'ampleur de la tâche nocturne qui l'attendait, il rameuta l'effectif de la brigade au grand complet.

Les deux éclaireurs zélés de la maréchaussée avaient rapidement délimité un périmètre de sécurité autour de l'atelier et relevé les identités des badauds qui avaient délaissé leur passion footballistique pour jouer aux voyeurs. Parmi eux figuraient Charles Bettoni, le beau-père de la victime, Démétrius Tornatori, le nouveau maire fraîchement élu de Belgodère, et Luca Césari, le garde champêtre.

Ange Orlanducci, qui avait découvert la scène de crime, fut entendu dans un fourgon aménagé en mini-salle d'audition. Trois militaires se rendirent au domicile de Dumé. Vu le traumatisme émotionnel d'Ornella, ils décidèrent de ne pas enregistrer sa déclaration. Ils effectuèrent une perquisition assez souple, qui s'apparentait plus à une visite domiciliaire.

Après l'examen du corps du défunt, le médecin rédigea le certificat de décès. Le major Renaud lui demanda ses premières conclusions.

---

30. Section de recherches.

— *A priori*, la mort est consécutive à une décharge de plombs reçue à l'arrière du crâne. La rigidité cadavérique n'est encore que très partielle au niveau du cou et des extrémités des membres. Les lividités cadavériques commencent à être prégnantes sur la face ventrale du corps. La mort doit maintenant remonter approximativement à trois heures. Elle a dû survenir entre dix-neuf et vingt heures. La victime présente en outre une brûlure apparemment post-mortem au niveau de l'anus. Je vous enverrai demain mon rapport de constatations, qui reprendra tous ces éléments, mais vous aurez évidemment plus de détails et de certitudes avec les résultats de l'autopsie.

— C'est fou, cette mise en scène ! s'exclama Renaud. Pourquoi s'acharner comme ça ?

— Ce n'est pas à moi de répondre ! Je ne fais que vous décrire ce que j'ai constaté. À part enfoncer une porte ouverte en disant qu'il faut certainement une bonne dose de haine pour commettre un tel acte, je ne peux pas plus vous aider.

— Je m'en doutais ! lâcha Renaud, sans filtre, sérieusement irrité par tous ces notables suffisants.

Le médecin sur le départ, trois techniciens en identification criminelle investirent les locaux pour effectuer les constatations, sous l'œil affûté d'un procédurier chargé de retranscrire ce fastidieux travail de fourmi. Ils se mouvaient comme en apesanteur dans leur tenue immaculée et chacun jouait une partition bien déterminée avec des gestes précis et assurés. Rien n'était laissé au hasard, jusqu'aux températures ambiantes : huit degrés à l'extérieur, quatorze dans l'atelier et dix-neuf dans le local de douche.

Le premier expert, muni d'un appareil photo argentique dernier cri, multipliait sous tous les angles des prises de vues de l'environnement extérieur, de l'atelier, de la scène de crime et plus spécifiquement de la victime. Le second, tel un géomètre, s'appliquait à prendre diverses mesures et à dessiner des croquis pour préciser la position exacte du cadavre et de chaque objet. Le troisième scrutait avec une méticulosité extrême la surface de tous les supports possibles, puis répandait dessus de la poudre magnétique, à la recherche d'éventuelles traces et d'indices.

Peu avant minuit, l'ambulance des pompiers emporta la dépouille de Dumé Orlanducci vers la morgue du centre hospitalier de Bastia. Deux heures plus tard, les gendarmes terminaient leurs opérations. Avant de quitter les lieux, le major Renaud réunit toute son équipe pour faire un point sur les investigations de la soirée.

— Avant toute chose, annonça-t-il, je dois vous informer que le proc a déjà décidé de nous dessaisir au profit de la SR de Bastia.

— Encore une fois, on se paye tout le sale boulot ! rétorqua amèrement un des militaires. Ce connard nous juge juste bons à ramasser les débris !

— Quoi qu'il en soit, reprit Renaud sans vouloir alimenter la polémique, on a assez à faire avec nos collègues de la BR de Calvi dans l'enquête sur l'attentat de nos locaux.

Personne n'était dupe, mais tous préféraient éluder et se concentrer sur le résultat de leurs travaux. Les trois techniciens en identification criminelle déplorèrent de concert la pollution de la scène de crime par les vomissures du témoin. Celui que ses collègues surnommaient « Le Saupoudreur » n'avait retrouvé aucune empreinte exploitable.

— Rien de rien ! À peine deux traces sur le fer à souder, mais on ne peut rien en tirer, releva-t-il. Le type, qui a fait ça ne portait pas de gants. Il a dû l'attraper avec un morceau de tissu, soit la serviette ou une des fringues retrouvées dans la salle de bains, soit plus sûrement avec le bord de sa propre manche.

En revanche, il avait prélevé sur le bord du lavabo un long cheveu, qui ne semblait pas correspondre à ceux de la victime. Cependant, il doucha aussitôt l'espoir qu'il avait suscité.

— En supposant qu'il appartienne à un tiers, voire à l'auteur des faits, il est peu probable qu'on puisse en retrouver le propriétaire, précisa-t-il. Les prélèvements ADN commencent juste à être généralisés. Il n'existe encore aucune base de données centralisée, car ce sont des laboratoires privés qui gèrent le truc. C'est chasse gardée, uniquement pour une question de fric. L'intérêt opérationnel passe après. Ce cheveu pourrait toutefois nous être utile pour une comparaison en cas d'identification d'un suspect.

Les gendarmes s'attardèrent ensuite sur la déposition d'Ange Orlanducci et la visite domiciliaire chez Ornella.

— Il explique que sa belle-sœur l'a appelé autour de vingt heures, car elle s'inquiétait que Dumé ne soit pas rentré pour regarder le match de foot à la télé. Il s'est donc rendu à l'atelier pour voir si son frangin y était encore. Quand il est arrivé, la porte était ouverte, mais il n'y avait pas d'électricité. Il a fait le tour avec une lampe torche. Et c'est dans la salle de bains qu'il a découvert le corps de Dumé et qu'il a « dégueulé tripes et boyaux ! », selon sa délicate formule. Il dit qu'il ne comprend pas qui a pu faire ça. Soit il ne sait rien, soit il a peur, soit il ne veut rien dire. Personnellement, je penche pour la troisième solution. Je crois que c'est un sacré bourrin. On n'est peut-être pas au bout de nos surprises avec lui, commenta celui qui avait entendu Ange.

— Pour Ornella, ça va être rapide. Elle était tellement choquée qu'elle était même incapable de se souvenir de son emploi du temps de la journée, relata un de ceux qui s'étaient rendus chez elle. Dans la perquise, on a juste ramassé l'agenda de Dumé et son fusil... Attendez... Je prends la fiche de scellé... : « Un fusil superposé Falcor - modèle 958 - calibre12/70 - canon de 70 cm - chokes fixes ½ Full. » Je n'y connais pas grand-chose, mais à mon avis, ça peut être le même type d'arme que celle utilisée pour la commission des faits.

Le major Renaud, en spécialiste éclairé, se livra alors à une impressionnante démonstration.

— Oui, bien sûr, l'arme du crime est un fusil de chasse, mais il faut savoir qu'on distingue cinq calibres pour ces armes. Le douze est le plus répandu et c'est le plus gros. Le choke, lui, sert à augmenter la concentration des plombs et par la même occasion la distance. Ce qui veut dire que la charge de plombs sortie du canon « choké » a la forme d'un cône. Elle pénètre mieux dans l'air et se disperse donc moins. Tout ça pour vous dire que notre plombier n'a pas pu se faire tuer par son propre fusil ou un similaire. Vu la dispersion des plombs dans son crâne, l'arme utilisée est un fusil à canon lisse, qui ne peut pas être « choké ». Et je pense même que le tireur a utilisé de la chevrotine en calibre seize ou vingt. Autrement dit, on a un profil de suspect relativement flou, puisqu'il correspond à un chasseur de sangliers. Et dans la région, on n'en manque pas ! conclut-il, assez fier de son effet, devant son équipe médusée.

Renaud remercia ses hommes et leur donna rendez-vous pour une prise de service dès neuf heures.

— Avant de passer la main à la SR, on se fait un point d'honneur à mettre en ordre la procédure. Prenons les choses du bon côté ! ajouta-t-il. On évite le pire. Ce sont les Bastiais qui vont se taper l'enquête de voisinage !

Il était près de trois heures. En rentrant, le major décida d'optimiser son temps de trajet. Plutôt que d'attendre le lendemain matin pour faire son avis à magistrat, il s'accorda un malin petit plaisir, un peu puéril mais tellement bon : il réveilla le procureur de la République.

# 16

Bati Saliéri n'avait pas réussi à dormir. Il se sentait vaseux, une vraie gueule de bois ! Pourtant, il n'avait pas bu une seule goutte d'alcool au cours des dernières vingt-quatre heures. Il était tôt. Tous les commerces étaient encore fermés à L'Île-Rousse. Il rentra directement chez lui. Le deux-pièces était dans un désordre total. Ses derniers visiteurs n'avaient rien rangé avant de partir ! Il s'allongea sur le canapé du salon, sans même prendre un café. Il ne parvint toujours pas à fermer l'œil. Il se repassa le déroulé des événements. Il envisagea plusieurs possibilités, mais sans jamais trouver de solution. Il se mettait encore plus la rate au court-bouillon. Désormais, ça devenait compliqué de trouver un pigeon pour la baraque. Or, il avait vraiment besoin de ce fric, car ce n'était pas avec ce que lui lâchait le vieux Charles, qu'il pouvait se la jouer. Et comme il n'avait pas l'intention de se mettre au boulot... il était dans la panade.

Après la mort de son père et le placement de sa mère en EHPAD, il avait mis en vente leur maison à Belgodère. Malheureusement, les acheteurs potentiels n'étaient pas légion. Ce n'était pas un taudis, mais elle méritait bien une petite rénovation. Et puis, cette foutue bicoque était mal située, dans une rue où deux vélos avaient du mal à se croiser. Seul cet idiot de Dumé s'était laissé tenter. En homme de l'art, le plombier était convaincu qu'en la retapant bien, il pouvait réaliser une belle plus-value. Sauf que tout était à recommencer. La faute à cet imbécile de Luca, qui, encore une fois, n'avait pas pu s'empêcher de la ramener. Et non seulement Dumé ne voulait plus acheter la baraque, mais, plus grave, il avait fini avec un fer à souder planté dans le cul.

Bati était évidemment apparu comme le premier suspect. Il avait été aperçu près de l'atelier de Dumé peu de temps avant sa mort et, surtout, il couchait avec Ornella. La rumeur avait tellement enflé qu'elle était parvenue jusqu'aux oreilles de la maréchaussée. Il venait donc de passer ses dernières vingt-quatre heures en garde à vue chez les pandores. Heureusement, la promesse de vente signée par Dumé chez le notaire, le père Tornatori, avait joué en sa faveur. S'il s'en tirait blanchi, il était quand même marron avec les poches vides. Pour couronner le tout, il devait encore supporter l'autre décérébré d'Ange, qui l'inondait d'injures et traitait Ornella de « sale pute » sur tous les toits. Du coup, il n'avait pas trop envie d'aller prendre le café à Belgodère.

Pour se changer les idées, Bati décida qu'il irait à Furiani dans la soirée pour assister au match entre Bastia et Cæn. Pas de quoi rêver, mais en rentrant, il finirait son samedi en boîte. Il trouverait bien une âme sœur pour embellir sa nuit. Il collectionnait les conquêtes comme d'autres les armes ou les timbres. Encore que lui, il était assez branché par les calibres. Il en avait une quinzaine léguée par son père et judicieusement confiée à la vieille Mado, d'un Glock[31] à un HK[32] en passant par un CZ[33] et un Beretta[34] entre autres. En revanche, côté timbres, il n'avait jamais kiffé.

Bati sortit vers onze heures. Il passa au Balto, le bar du tabac presse sur la place Pascal-Paoli. Il acheta *Corse-Matin*, puis s'installa au comptoir pour le lire en prenant un café. Il remarqua rapidement une présence désagréable, celle de Toussaint Rossetti. Ce dernier était attablé avec un jeune devant deux verres de pastis. En voyant ce guignol, Bati eut une idée. Dès qu'il en aurait l'occasion, il parlerait avec Kiki Albertini.

31. Arme autrichienne.
32. Heckler & Koch - arme allemande.
33. Ceska Zbrojovka - arme tchèque.
34. Arme italienne.

Bati feuilleta le quotidien. Il n'y avait bien sûr aucune mention de son récent passage chez les gendarmes. C'était trop frais. Il s'attarda sur le compte rendu de la dernière réunion du conseil municipal de Belgodère. Il y avait été décidé de donner le nom de l'ancien maire à la nouvelle salle des fêtes. Il demanda une paire de ciseaux au patron.

— Oh, Bati ! Tu feras gaffe ! lui dit celui-ci. Y a pas que la réunion du conseil municipal de Belgodère à virer. Y a aussi les articles sur l'attentat de la gendarmerie et l'assassinat d'Orlanducci. Ils parlent de ton père. Ils disent que s'il était toujours là, ça serait sûrement pas arrivé, parce que, lui, il les tenait les « natios » et il était respecté par les voyous !

— Ouais, merci, mais ne t'inquiète pas, je vérifie tout. De toute façon, je ne sais même pas pourquoi je m'emmerde ; elle ne percute plus sur rien.

— C'est malheureux ! Tu parles d'une fin de vie. Des fois, on se dit qu'il vaut mieux partir avant de connaître une telle déchéance. La pauvre ! La mort de ton père l'a détruite.

— Qui c'est le jeune avec Toussaint, là-bas ? coupa Bati, qui n'avait pas envie de poursuivre dans la lamentation.

— C'est son neveu. T'as déjà dû le voir. Il travaille à l'EHPAD.

Bati continua de découper le canard en buvant un second expresso. Son travail manuel terminé, il lâcha la paire de ciseaux et posa une pièce de deux francs sur le zinc. Le journal sous le bras, il sortit du Balto en jetant un regard noir à Toussaint Rossetti.

Bati ressassait encore sa rancœur en se rendant à la maison de repos. À part les calibres, il avait récupéré un sacré héritage avec sa mère complètement déphasée, cette vieille baraque dont personne ne voulait maintenant et cette fameuse rente mensuelle versée par l'officieux légataire universel de son paternel, le vieux Charles. Il se demandait d'ailleurs d'où pouvait bien provenir cet argent. Si c'était un trésor de guerre, il était plutôt miséreux, vu ce qui tombait dans sa poche !

Il retrouva sa mère dans sa chambre du deuxième étage. Elle s'empara du précieux journal et se précipita pour compter les trous. Elle adorait ce jeu. À l'heure du déjeuner, Bati l'accompagna jusqu'au restaurant. Anastasie mangeait seule la plupart du temps, sauf lorsque sa vieille copine Mado venait partager un repas de midi. Elle s'informa du menu auprès de son fils.

— Pas de chance, le plat que tu détestes le plus au monde : du petit salé aux lentilles ! annonça Bati.

— Mais qu'est-ce que tu racontes ?! J'adore ça ! Tu perds la tête ! le rabroua-t-elle en rejoignant sa table attitrée.

— Ah ! Peut-être que je confonds. Bon ben, bon appétit ! Je te dis au revoir, j'y vais, dit-il en l'embrassant dès qu'elle fut assise à sa table.

— Tu devrais quand même consulter. Tu as peut-être un trouble cognitif. J'espère que ce n'est pas génétique. Je ne voudrais pas que ça arrive à Aurélie, s'inquiéta-t-elle.

— Oui, tu as sûrement raison. Je vais le faire, dit-il, blasé, en s'éloignant.

Il se dirigea vers les toilettes pour faire une petite halte avant de repartir. Il dévisagea l'aide-soignant qui en sortait. Le jeune homme hésita brièvement en croisant son regard. Bati connaissait ce type. Évidemment, il l'avait vu une heure plus tôt au Balto. C'était le neveu de Toussaint Rossetti.

Anastasie Saliéri ne s'attarda pas dans la salle de restaurant. Il était à peine treize heures quand elle remonta dans sa chambre. Elle s'installa dans son fauteuil et reprit *Corse-Matin.* Elle le parcourut pour chercher le règlement du jeu. Elle était curieuse de découvrir ce qu'elle avait gagné, car elle en était sûre : elle avait compté le bon nombre de trous. Déçue de ne rien trouver, elle se dit que la presse ne savait plus quoi inventer pour vendre. C'était à la limite de l'escroquerie.

# 17

Kiki Albertini remontait à pied le quai du port de Saint-Florent. Il avait passé la nuit chez la responsable du bureau de l'ANPE[35]. Il ne cherchait pas un travail, mais il s'était découvert pas mal d'affinités avec elle. Arrivé devant Le Petit Navire, anciennement la Voile Bleue, il regarda à l'intérieur. Toussaint Rossetti, assis au fond du bar, lui signalait sa présence en agitant le journal. Kiki entra. Il salua le serveur et commanda un petit noir, avant de se fondre dans l'établissement pour rejoindre son ami passablement nerveux.

— Oh, Toussaint ! C'est sympa d'être venu me récupérer, dit-il, alors qu'il ne lui avait pas vraiment laissé le choix. Qu'est-ce que tu as à être excité comme ça, dès le matin ? T'as chopé la tremblante du mouton ?

— Kiki, c'est le bordel ! Lis ça, répondit Toussaint en lui montrant *Corse-Matin*. On a allumé la mèche, mais maintenant ça risque de nous péter à la gueule !

— Quoi ?! s'exclama Kiki, dont le sourire s'effaça en découvrant le titre, qui barrait la une : « Nouvelle piste dans l'enquête sur l'assassinat du plombier de Belgodère ».

Le quotidien régional reprenait dans le détail la présentation de la victime, les circonstances sordides de son assassinat et l'avancée de l'enquête :

*... Dominique Orlanducci dit Dumé laisse derrière lui une femme et une fille de quatorze ans. C'était un homme sans histoires, affichant des idées nationalistes*

35. Agence nationale pour l'emploi (avant Pôle emploi créé en 2008).

*modérées et jusqu'alors inconnu des services de police et de justice. Les habitants de Belgodère sont encore sous le choc... Les premiers soupçons des gendarmes s'étaient préalablement orientés vers un prétendu amant de son épouse, mais interpellé et placé en garde à vue, l'homme a rapidement été mis hors de cause et relâché. Les enquêteurs étudient désormais de nouvelles pistes, crapuleuses ou autres. Ainsi, une source proche du dossier évoque, avec toutes les précautions d'usage, une tentative de racket dont auraient pu être victimes Dumé Orlanducci et son frère Ange. Une autre hypothèse, comme l'éventualité d'un crime à caractère purement sexuel, n'est pas exclue...*

— Kiki, tu savais qu'il était pédé, Dumé ? interrogea Toussaint, mi-incrédule, mi-amusé.

— Arrête tes conneries ! Au lieu de délirer, c'est le moment de faire marcher les neurones. Ça part vraiment en couille, tout ça ! Les pandores vont finir par nous tomber dessus. On avale notre café et on monte là-haut pour voir ce qui se dit.

— Eh ! T'as pas peur qu'ils nous reçoivent à coups de fusil ?

— Pourquoi ? T'as quelque chose à te reprocher ?

— Ben, quand même...

— Non, au contraire ! Si on y va, ça prouve qu'on est clean. Enfin, une qui est habillée pour l'hiver dans le journal, c'est Ornella.

— Un peu normal ! Dire qu'elle se fait baiser par cet enfoiré de Bati ! Franchement, elle aurait pu trouver mieux !

— T'inquiète ! Si je te donne la liste de tous ceux qui l'ont baisée, tu verras qu'à part toi, il ne manque pas grand monde.

— Sans déconner ?! Remarque, c'est vrai qu'elle est bonne !

— Je vais même te confier un scoop. Apparemment, vu le timing, j'ai un alibi en béton. Pendant que Dumé se faisait enculer par son fer à souder, j'étais en train de la sauter !

Kiki et Toussaint arrivèrent à Belgodère vers midi. Le bar L'Amitié était encore fermé pour cause de deuil familial. De toute façon, ils n'y auraient certainement pas été les bienvenus. Ils entrèrent en face, au bar PMU Le Galop. Tous les turfistes du village y avaient trouvé refuge dans le tumulte habituel. Vu l'heure, la principale préoccupation des consommateurs était de finaliser leurs paris dans la première course de trot attelé, programmée en début d'après-midi à Vincennes. Kiki s'approcha du comptoir pour commander deux pastis. Il sentit une main sur son épaule et un souffle chaud au creux de son oreille.

— Il faut qu'on parle, lui glissa discrètement Bati Saliéri, mais pas ici. Ce soir vers vingt et une heures au Penalty à L'Île-Rousse. Viens tout seul sans ton dégénéré de porte-flingue, on sera plus tranquille pendant le match de foot.

— *Sarebbe un bel godere per essere noi fronte del nemico*, répondit Kiki en reprenant à son compte la phrase gravée dans l'histoire moyenâgeuse du village : « Ce sera un bon plaisir d'être face à l'ennemi. » Toutefois, ses connaissances s'arrêtaient là. Il était bien incapable de savoir qui, du marquis de Massa[36] ou de son vassal, le vicomte Marovello, l'avait prononcée.

Kiki et Toussaint prirent leur pastis au coin du zinc près de la devanture. Les gens les saluaient froidement, mais personne ne s'aventurait à leur faire une réflexion déplacée. Bati les frôla en sortant, sans même leur adresser un regard. Il traversa la place. Il passait devant l'église lorsqu'il fut accosté par un homme sensiblement de son âge. Pendant un long moment, ils eurent un échange apparemment musclé. Quand le type se retrouva à proximité du Galop et tourna la tête vers eux, Kiki et Toussaint surprirent son rictus haineux et le reconnurent. C'était Ange Orlanducci, le frère de Dumé.

Bati récupéra sa Twingo, garée près de la poste. Avant de retourner à L'Île-Rousse, il passa chez Mado. C'était en

36. Seigneur féodal ayant fortifié et aménagé le site en 1268.

fait la vraie raison de sa venue au village ce matin. Arrivé devant chez elle, il sortit une bonbonne de gaz du coffre et grimpa les quatre marches du perron. La porte était ouverte. Mado s'apprêtait à sortir.

— Ah ! T'es là, toi ! s'étonna Mado. T'as quand même pensé à ma bonbonne ?! T'as qu'à enlever l'autre et à mettre celle-ci à la place. Je croyais que tu viendrais plus !

— Non, non. Je te l'avais promis. C'est juste que je suis passé au Galop avant.

— Ah ! C'est vrai que l'autre est fermé ! Je croyais que t'avais été consoler l'Ornella !

— Mado, je t'ai déjà dit que c'était des conneries, ces histoires !

— Bien sûr, et moi je suis la reine des courges ! Tu racontes ça aux gendarmes, mais pas à moi ! Même l'autre demeuré, le frère du cocu, il te croit pas !

— Détrompe-toi ! Je me suis expliqué avec Ange ce matin.

— Ah ! C'est pour ça que t'es pas venu plus tôt ? T'as passé la matinée avec lui ? Vous êtes quand même pas redevenus les meilleurs copains du monde ?

— Non, faut pas exagérer ! J'ai aussi croisé cet enfoiré de Kiki Albertini.

— Il était là, lui ? Il manque pas d'air !

— Comme tu dis !

— Tu lui as parlé ?

— Non, j'ai évité. Y avait trop de monde. Je lui ai juste donné rencard ce soir au Penalty pour qu'on s'explique.

— C'est pas ta première connerie, ni ta dernière ! Bon ! Allez, dépêche-toi de me changer cette bonbonne. Faut que j'y aille !

— Tu vas où, au cimetière ?

— Non, j'en viens. Je vais voir ta mère. J'y ai pas été ce week-end.

Le Penalty affichait complet les soirs de retransmission de matchs de football sur écran géant. Ce lundi, la Premier League était à l'honneur avec le derby du Merseyside entre

Liverpool et Everton. Kiki Albertini poussa les portes battantes de la brasserie. Il jeta un œil circulaire à l'intérieur et aperçut Bati, assis sur un tabouret près du bar. Il s'approcha au moment où Liverpool ouvrait la marque au milieu d'une immense clameur, qui, du stade d'Anfield Road, rejoignait la place Pascal-Paoli à L'Île-Rousse. Les deux hommes, en désaccord sur tout d'habitude, communièrent ensemble devant la somptueuse reprise de volée en pleine lucarne de Michæl Owen.

— Ouah ! Quel but ! s'enthousiasma Bati.

— Tu verras ! C'est le prochain Ballon d'or, celui-là ! reprit Kiki.

— Je ne t'ai pas demandé de venir pour commenter le match ! Tu es toujours en retard à tes rencards ? attaqua le nationaliste.

— Je t'emmerde ! Qu'est-ce que tu veux ? répliqua le voyou.

— Savoir ce qui est arrivé à Dumé. Et pourquoi ? Déjà, les chiens, c'était dégueulasse !

— Comment tu me parles ?! En quoi ça me concerne ? J'ai rien à voir là-dedans !

— À part toi, je ne vois pas qui aurait pu faire ça. Tout le monde sait que tu essayais de le carotter !

— Et d'une, j'ai pas de compte à te rendre et de deux, j'en sais rien et de trois, j'en ai autant à ton service ! J'ai cru comprendre que c'était chaud entre vous ces derniers temps. Peut-être que Dumé n'était pas trop ravi que tu niques sa femme !

— Si tu crois toutes les conneries qui sont écrites dans le journal ! Va plutôt demander aux gendarmes, c'est plus fiable ! Je suis blanc comme neige dans cette histoire.

— Ça, c'est toi qui le dis ! Et son crétin de frangin, qu'est-ce qu'il raconte ?

— Il me les casse ! Mais toi et ton abruti de Toussaint, il vous a dans le collimateur. Les chiens, il n'a pas digéré. Il va vite devenir incontrôlable.

— Qu'il monte sur moi ! Je l'attends, cette petite merde. Laisse-le baver, je m'en branle !

Les deux hommes, captivés par l'intensité du match, buvaient leur Pietra en silence. Ils se contractèrent simultanément et firent un même geste de dépit lorsqu'Owen faillit doubler la mise de la tête. Le ballon heurta la transversale avant de sortir, puis l'écran devint subitement noir. Des cris et des sifflets fusèrent dans la salle. Au bout de quelques secondes, un journaliste en plateau apparut à l'image pour annoncer que la diffusion était interrompue à la suite d'une rupture de faisceau. Kiki en profita pour finir sa bière et s'effacer.

Kiki s'engagea à pied dans la rue Napoléon, déserte et plongée dans le noir. Tous les volets étaient clos. L'éclairage public faisait relâche. La municipalité renâclait à remplacer les ampoules défectueuses des lampadaires. Il ne voyait pas grand-chose. Une moto surgit au loin. Dans une pétarade infernale, le phare de l'engin, qu'il avait en point de mire, arriva sur lui à grande vitesse. Ébloui, il mit sa main devant ses yeux pour se protéger. Quand, à vingt mètres de lui, le pilote casqué leva le pied, Kiki sentit une bouffée d'angoisse l'assaillir. Il ne pouvait fuir nulle part. Il était coincé. Il se vit mourir.

Le motard le dépassa au ralenti, puis accéléra à nouveau pour filer vers la place. Kiki était aveuglé mais soulagé. Il avait été à deux doigts de se faire dessus. Il se reprit et respira un grand coup. Il poursuivit son chemin. Il marchait à nouveau dans le noir total. Il ne distinguait plus rien. Le lourd silence du quartier, qui semblait sans âme qui vive, l'angoissait désormais. Où ce connard de Toussaint avait bien pu se garer ? Il tressaillit en entendant une porte se refermer. Il crut ensuite percevoir un halètement dans son dos. Il se retourna, mais il n'y avait personne. Il secoua la tête, agacé. Il lui était impossible de discerner la provenance de ces quelques sons anodins, qui lui paraissaient désormais amplifiés. Son ouïe compensait la déficience ponctuelle de sa vue. La paranoïa le guettait.

Arrivé à l'angle de la rue Dominique-Fioravanti, il reconnut le ronronnement du moteur de la Clio de Toussaint. Il était à une centaine de mètres devant lui. Cet idiot, qui roulait sans lumière, lui fit un appel de phares, puis s'arrêta et descendit de voiture. Kiki continua d'avancer pour aller à sa rencontre. Soudain, le bruit sec d'un choc métallique, comme le claquement de la culasse d'un fusil, le fit sursauter. Une violente détonation déchira la nuit. Kiki n'eut pas le loisir de chercher à déterminer son origine. Il s'affala par terre comme un pantin désarticulé.

Toussaint s'approcha et se pencha sur le corps de son complice, étendu au bord du trottoir. Il contempla les dégâts. La décharge de chevrotine avait été particulièrement dévastatrice. Vu l'état de sa tête, Toussaint conclut rapidement que Kiki avait définitivement quitté ce monde impitoyable.

En quelques minutes, le quartier était bouclé par les gendarmes. Les rues Napoléon et Dominique Fioravanti vécurent plusieurs heures d'une inhabituelle agitation. Le calme revint alors que la nuit s'étiolait. Les nombreux curieux, privés de la retransmission du match et accourus immédiatement pour assouvir leur soif d'émotions fortes, étaient rentrés chez eux. Les pompiers enlevèrent le cadavre de Kiki pour le transférer à l'hôpital de Bastia. Les constatations terminées, la maréchaussée plia bagage.

En rentrant, le major Renaud fit le bilan de la soirée. Les événements se bousculaient. Il éprouvait une impression de déjà-vu avec l'assassinat de Dumé Orlanducci, survenu dix jours plus tôt à Belgodère. Cela sentait le règlement de comptes. Trois questions le taraudaient. La première concernait le mode opératoire. Traditionnellement, ce type d'homicide s'opérait à l'arme de poing. Pourquoi ces deux-là avaient-ils été perpétrés au fusil de chasse ? La deuxième le faisait s'interroger sur la présence d'un éventuel témoin. Si Kiki Albertini, qui n'habitait pas à L'Île-Rousse et qui ne conduisait pas, errait dans cette rue paumée en sortant du Penalty, c'était certainement pour se faire récupérer par quelqu'un. Qui était donc cet inconnu installé aux premières loges pour assister à son exécution ? La troisième anticipait la suite. Qui serait le prochain ?

Peu motivé par la première devinette du major, Toussaint Rossetti avait préféré laisser en suspens la deuxième et ne pas devenir une option pour la troisième. Il avait décarré des lieux à toute allure. Il avait un peu de ménage à faire à la maison et une valise à préparer.

# 18

Le jeune procureur de la République de Bastia avait la rancune tenace. Dix jours après avoir eu son sommeil contrarié par un appel intempestif, il savourait sa revanche. Après avoir laissé entendre la veille au major Renaud qu'il envisageait de le laisser poursuivre l'enquête de flagrance sur l'assassinat de Kiki Albertini, il lui annonça sans ambages qu'il avait changé d'avis et qu'il le dessaisissait. Il avait beau jeu de justifier sa décision en reliant cet homicide à celui de Dumé Orlanducci. Le gendarme subissait la double peine : une frustration professionnelle et un ego blessé.

Renaud avait cependant assez de bouteille pour faire la part des choses. Il était évidemment plus chagriné pour la forme que pour le fond. La hiérarchie judiciaire parallèle à l'administrative ne pouvait fonctionner qu'avec un peu de respect mutuel et non du mépris. Tout était une question de personne et, quand ça coinçait à ce niveau-là, l'ambiguïté du système provoquait un méchant hiatus. Aujourd'hui, ce n'était pas le sens du devoir et de l'honneur qui lui faisait courber l'échine, mais l'expérience. Il se disait qu'avec le temps, le petit proc gagnerait forcément en humilité et connaîtrait lui aussi des dessaisissements contraints au profit d'une entité spécialisée. Dès sa prise de fonction en tout début d'année, il en avait d'ailleurs eu un premier échantillon avec la photo des clandestins dans le maquis. Mais manifestement, cette leçon n'avait pas suffi.

Renaud accueillit amicalement ses collègues de la SR. Il connaissait l'adjudant-chef Éric Crémont et l'adjudant Claude Peyrard de longue date et les appréciait sincèrement. La pilule était plus facile à digérer.

— Désolé, s'excusa Crémont. Le proc a refusé la cosaisine. Il n'a rien voulu entendre, prétendant que ça crée plus de problèmes que d'avantages.

— Je sais, Éric. Tu n'y es pour rien. C'est juste pénible ! On a pourtant l'habitude en gendarmerie de regrouper les compétences des BT et des SR sur les dossiers criminels. Il n'y a pas de guerre de services chez nous !

— Ce n'est pas comme dans la police ! reprit Peyrard, déclenchant des sourires entendus.

— Bon ! Pour en revenir au flingage, reprit Renaud, d'après la rumeur, Kiki fléchait toujours avec Toussaint Rossetti. Ce serait peut-être bien de le ramasser assez vite. Il crèche sur la commune de Moltifao. Sa baraque est assez paumée dans la cambrousse. Un de mes hommes connaît l'endroit. Quand vous irez le serrer, il pourra vous accompagner.

— D'accord, répondit diplomatiquement Crémont, mais avant, on va d'abord essayer de travailler un peu dessus. Aujourd'hui, on va déjà se taper l'enquête de voisinage avec notamment les gars qui étaient au Penalty et on doit aussi faire la perquise chez Kiki à Corbara.

— À ce propos, on n'a pas trouvé de clés sur lui, précisa Renaud. Il faudra penser à réquisitionner un serrurier avant d'y aller.

Installé au bar, Toussaint Rossetti descendait sa quatrième bière lorsqu'une hôtesse annonça au micro l'arrivée du ferry au port de Toulon et invita les passagers à rejoindre le pont inférieur en vue du débarquement. Le pied sur la terre ferme, Toussaint récupéra une voiture de location. Il avait préféré abandonner la sienne sur un parking à Bastia. Elle ne risquait pas d'attirer l'attention avant plusieurs jours. Cela lui laissait un peu de répit. Il arriva à destination après une petite heure de route.

L'appartement était sûr. Il était au nom de la sœur de Kiki, qui était mariée à un maçon d'Ajaccio. Elle venait rarement ici. Le précédent passage de Toussaint dans cette planque remontait à près d'un an. Il y était resté une dizaine de jours avec Kiki, après le braquage d'un fourgon de la Brink's sur une bretelle d'autoroute près du péage de Puget-sur-Argens. Avec six autres mecs que Kiki avait connus au ballon, ils avaient récupéré près de cinq millions de francs en douze minutes chrono. Quand la pression était retombée, ils étaient repartis sereinement chez eux en bateau. Ils avaient laissé dans la cave leur part du butin, près d'un million trois cent mille francs. C'était une belle assurance en cas de coup dur. Kiki lui avait confié un jeu de clés. Et là, il fallait reconnaître qu'il avait eu une riche idée.

Une fois posé, il commença à réfléchir. Le doute surgissait. Peut-être avait-il fait une connerie en se barrant aussi vite ? Il avait manqué de patience. Il n'était qu'un témoin après tout. On ne pouvait rien lui mettre sur le dos. Il devait élaborer une version à servir aux pandores quand il se ferait serrer, car s'il était sûr d'une chose, c'était bien que ça lui pendait au nez. La meilleure stratégie pour démontrer sa bonne foi aurait été de se présenter spontanément devant eux, mais c'était trop tard. Il était maintenant en cavale.

Le serrurier tourna un peu dans Corbara avant de trouver les gendarmes dans le hameau de Pietralta. Il se gara au pied du petit immeuble ocre de trois étages devant lequel ils l'attendaient. Après les salutations d'usage, tout ce petit monde s'engouffra à l'intérieur et grimpa l'escalier au pas de course. Au deuxième étage, on lui indiqua la première porte à droite. L'artisan mit à peine deux minutes pour l'ouvrir. Un des militaires lui remit une réquisition et un mémoire de frais, puis le pria de bien vouloir rester pour assister à la perquisition. Un autre frappa chez le voisin de palier pour lui demander d'être le second témoin.

L'appartement, un deux-pièces d'environ cinquante mètres carrés, était sommairement meublé. Le ménage n'avait pas été fait depuis plusieurs jours. Kiki Albertini n'était manifestement ni une fée du logis ni un adepte du rangement. Sur la table de la cuisine étaient dispersés une grosse clé en partie rouillée, un trousseau de cinq clés, dont deux à points, et un mug contenant un fond de café.

Le réfrigérateur ne contenait qu'une brique de lait et une plaquette de beurre entamée. Quelques canettes de bière cabossées jonchaient le sol du salon et un carton de pizza vide était abandonné sur la table basse. Dans la chambre, une penderie renfermait une garde-robe réduite au plus strict minimum avec quelques tee-shirts, des slips et des chaussettes, mais curieusement pas de pantalon. Deux pochettes de préservatif déchirées traînaient sur une table de nuit.

— Fallait s'en douter, râla Crémont. C'est juste une garçonnière. Il n'y a même pas la télé. Pas étonnant qu'il n'y ait rien d'intéressant. Je serais quand même curieux de savoir à quoi correspondent ces clés.

— Vous pouvez peut-être le savoir, dit le serrurier. Je peux jeter un œil ?

— Je vous en prie, faites ! lança Crémont en les lui tendant.

— Celle-là, c'est mort ! constata le serrurier en regardant la grosse clé. Il n'y a ni marque ni numéro. Ça ressemble au passe-partout d'une vieille baraque. Oh ! Avec celles-là, vous avez de la chance ! annonça-t-il triomphalement en étudiant les cinq autres. Les deux à points doivent ouvrir des portes d'immeuble et d'appartement. Ces deux autres, plutôt une cave et un garage. La plus petite, c'est une clé de boîte aux lettres. Ce sont des « Vachette » et elles ont toutes un numéro d'organigramme. Chacune correspond à une serrure unique. Il vous suffit de contacter la société et de lui donner ces numéros. Avec ça, elle pourra retrouver le bon de commande et vous indiquer une localisation exacte.

Deux jours plus tard en milieu de matinée, l'adjudant Claude Peyrard de la SR de Bastia et trois gendarmes de la brigade de Saint-Tropez pénétraient dans le hall de la résidence Saint-Barnabé au 77 de l'avenue Paul-Roussel du célèbre village varois. En consultant les boîtes aux lettres, ils relevèrent un patronyme particulièrement intéressant parmi les résidents : celui de Mélanie Duriani, appartement quatorze au troisième étage.

Toussaint Rossetti ouvrit la porte à la quatrième sonnerie. À peine menotté, il se vit notifier ses droits. Ses hôtes indésirables décidèrent dans la foulée d'effectuer une perquisition du logement et de ses dépendances : un garage et une cave. Sans surprise, les clés saisies chez Kiki ouvraient bien toutes les portes. Peyrard entendit ensuite Toussaint sur les deux assassinats récemment perpétrés à Belgodère et à L'Île-Rousse. À l'issue de ces auditions, le procureur de la République de Bastia suivit l'avis de l'OPJ et ne retint aucune charge contre lui. Toussaint avait fait un bel effort de coopération. Il avait lâché une petite bombe : Kiki était l'amant d'Ornella Orlanducci, la femme de Dumé.

En revanche, la découverte incidente d'un sac en toile de jute déposé à même le sol dans la cave avait posé un réel problème. À l'intérieur était dissimulé un joli paquet de billets de banque à l'effigie de Saint-Exupéry[37], Cézanne[38], Montesquieu[39] et Pascal[40] pour un montant total d'un million deux cent soixante-six mille francs. Toussaint fut relativement mal à l'aise pour s'exonérer des circonstances dans lesquelles cet argent avait atterri là. Sa cavale inappropriée aboutissait ainsi, après quatre-vingt-seize heures de garde à vue dans le cadre d'une information suivie des chefs de vol en bande organisée avec usage d'armes, à sa mise en examen et à son placement en détention provisoire à la maison d'arrêt de Draguignan. C'était l'effet papillon.

37. Billet de cinquante francs.
38. Billet de cent francs.
39. Billet de deux cents francs.
40. Billet de cinq cents francs.

# 19

L'hiver jouait les prolongations. Le mois d'avril s'annonçait pourri. Ce matin, les automobilistes parisiens se montraient particulièrement empotés sur la chaussée enneigée. Brassac passa près d'une heure et demie dans les bouchons. Après trois tours du quartier, il trouva une place de stationnement dans la rue du Cirque. Il traversa la place Beauvau, remonta la rue des Saussaies et s'arrêta dans un café. Le Griffon était le lieu de tombée matinale des flics du ministère. Il retrouva son collègue Faret au coin du bar.

— Salut Bernard. Ton week-end en famille s'est bien passé ?

— Oublie ! Je crois que je préfère encore bosser. Avec ce temps de merde, j'ai chopé la crève et j'ai passé les deux jours dans mon lit. Comme Isabelle travaillait, les gamines ont bien sûr mis le souk, parce qu'elles étaient coincées à la maison. Comble du bonheur ce matin, je ne sais pas si c'est les médocs ou le fait de revenir au boulot, mais je me sens mieux. Et toi ?

— Le pied ! Week-end chez les beaux-parents.

— Enfin, on s'en fout ! Vu la récente hécatombe en Balagne, on va sûrement aller se la couler douce au soleil, loin de nos soucis familiaux. Le Dingue va bien nous organiser ça, ironisa Faret, un brin fataliste.

— C'est probable. À propos, il t'en reste encore, des boules Quies ? s'inquiéta Brassac. Moi, je suis à sec. J'ai oublié de faire le plein.

— T'inquiète ! Je l'ai fait en sortant du métro à Miromesnil, le rassura Faret. La pharmacienne était encore tout sourire. Elle m'a même demandé la date d'anniversaire du Dingue. Elle envisage de lui envoyer un cadeau !

— Normal ! Grâce à lui, elle doit sacrément gonfler son chiffre d'affaires !

La voix du Dingue résonnait dans le couloir de la DNAT. Ses adjoints assistaient plus qu'ils ne participaient au briefing du lundi matin, qui tournait au one-man-show.

— Le parquet de Bastia a été dessaisi des deux assassinats en Balagne à la demande du parquet antiterroriste. Deux informations ont été ouvertes auprès des juges de la galerie Saint-Éloi[41]. Nous serons cosaisis avec les gendarmes de la SR de Bastia qui ont fait les premières investigations, puisque c'était dans leur zone de compétence territoriale. Pour l'instant, ils n'ont rien dans les deux dossiers. Ils sont tellement dans le flou qu'au vu du mode opératoire, ils ont même envisagé une piste sexuelle dans le premier. Le seul élément qu'ils ont aujourd'hui est l'appartenance de la victime à la mouvance nationaliste. Dominique Orlanducci est présumé, je vous le rappelle, avoir participé au simulacre de création du groupe clandestin Banditi Fora. Il est aussi le gendre de Charles Bettoni, le porteur de valises des nationalistes. Pour la petite histoire et pour votre gouverne, Bettoni est un ancien de la maison. Il était brigadier-chef à la DCRG. Il est à la retraite depuis une quinzaine d'années. Ça, je ne suis pas sûr que les pandores le sachent. Encore que tout se sait en Corse. La deuxième victime, Christian Albertini, est le fils de Jacques Albertini, le parrain de la Voile Bleue, mort en galante compagnie il y a quatre ans. Ces deux affaires sentent le règlement de comptes. On a toujours pensé que les nationalistes et la Voile Bleue se partageaient le territoire en Balagne, mais on n'a jamais rien pu démontrer sur le papier. On devrait bientôt recevoir les commissions rogatoires. Pour l'instant, c'est entendu avec les magistrats, on laisse la main aux gendarmes. On fait le service

41. Galerie dans l'ancien palais de justice de Paris où se trouvaient les cabinets des juges d'instruction antiterroristes

minimum avec une mission de liaison. Dès que vous les voyez fleurir ce matin, vous m'envoyez Brassac et Faret jouer les touristes à Bastia pour aller prendre la température et récupérer une copie du dossier. Tant que la guerre entre « natios » et voyous ne tourne pas au génocide, on reste sur notre priorité. Je vous rappelle qu'on a une affaire d'État à traiter !

Quand les flics des services centraux débarquaient en province, les collègues locaux les accueillaient toujours avec méfiance, voire défiance. La première réflexion récurrente qu'ils prenaient dans les gencives était : « V'là la grande police ! » et la seconde, avec un peu plus d'acrimonie : « On vous laisse faire ! C'est vous les pros ! » Pour briser la glace, il fallait toujours faire preuve d'humilité, effort presque surhumain pour Brassac, voire simuler l'allégeance, et là c'était carrément impossible pour lui. Faret se révélait plus performant dans cet exercice hypocrite avec sa botte fétiche : « Les gars, on compte sur vous pour nous éclairer. C'est vous qui maîtrisez le terrain ! » Une fois que les coqs s'étaient suffisamment jaugés, le travail pouvait débuter dans un climat plus serein.

Brassac et Faret atterrirent en fin d'après-midi à l'aéroport de Poretta. Ils se rendirent au bureau de la police de l'air et des frontières, où ils récupérèrent la clé et les papiers d'un véhicule laissé à leur disposition par l'antenne de PJ locale. Le chef de poste les informa que deux gendarmes les attendaient au bar situé au niveau des départs dans l'aérogare. Intrigués, Brassac et Faret traversèrent le hall pour retrouver les deux pandores. Aimantés, les deux flics se rapprochèrent du comptoir. Ils abordèrent deux types sensiblement de leur âge, un petit gros et un grand d'allure sportive en jean, baskets et blouson de cuir.

— C'est incroyable ! lança le petit gros. Systématiquement, même au milieu d'une foule, on se repère de suite entre nous.

— C'est l'instinct ! On se sent, mais après il faut quand même qu'on se renifle un peu plus pour se connaître ! répliqua Brassac, revêche.

— Moi, c'est Éric, reprit le petit gros. Éric Crémont, je suis adjudant-chef à la SR.

— Claude Peyrard, adjudant, intervint le sportif. On était en vérifs pas loin à Biguglia. Comme on savait que vous deviez arriver dans ce créneau horaire, on en a profité pour passer vous saluer.

— C'est toujours plus sympa de se rencontrer autour d'un verre que dans une réunion de travail ! renchérit Crémont.

— Excellente idée ! enchaîna Faret sur un ton volontairement enjoué pour couper l'herbe sous le pied de Brassac, toujours prompt à refroidir l'ambiance. On a le temps, on n'a rien de prévu à part aller se poser à l'hôtel. Bernard Faret, capitaine de police, et voilà mon ami grincheux ! ajouta-t-il en désignant son collègue.

— Antoine Brassac, capitaine. Je vais prendre un demi.

— Pareil pour moi, dit Faret.

— Nous aussi, on tourne à la bière. Quatre demis s'il vous plaît ! commanda Peyrard en faisant signe au serveur.

— Si vous voulez, on peut aller se faire une croque ce soir, proposa Crémont.

— Moi, perso, j'ai pas trop envie de traîner, objecta Brassac, peu enthousiaste à l'idée de passer la soirée avec les deux gendarmes.

— On peut manger de bonne heure. On n'est pas obligés de rentrer tard, insista Peyrard.

— Mais oui, avec plaisir bien sûr ! On n'est pas des ermites ! intervint Faret, avide de savoir pourquoi ces deux pandores se montraient aussi prévenants avec eux.

— Impec ! On vous récupère à dix-neuf heures à l'hôtel. Vous êtes où ? demanda Crémont.

— Pas loin de la gendarmerie, au Napoléon, répondit Faret.

— Ils savent que vous êtes flics là-bas ?! s'étonna Peyrard.

— Ben oui. Pourquoi ? Il y a un problème ? interrogea Brassac.

— L'hôtel appartient en sous-main à des voyous, dévoila Peyrard sous le sceau de la confidence.

— C'est le problème chez nous. Ce sont les secrétaires qui font les réservations. Elles n'ont pas l'habitude de la jouer agent secret, justifia Brassac, feignant l'ignorance.

— Depuis la mort de Jacques Albertini, la redistribution de ses parts provoque pas mal de rififi au sein de la Voile Bleue et cet hôtel fait partie des bijoux de famille, expliqua Crémont.

— Ah bon ?! Ça pourrait être une piste pour l'assassinat de Kiki, alors ?! Mais *quid* des « natios » ? lança Brassac, poursuivant dans l'étonnement et laissant ainsi libre cours aux pandores pour exposer leurs hypothèses.

— C'est vrai qu'à première vue, ces deux flingages ressemblent à des règlements de comptes entre les « natios » et la Voile Bleue avec une histoire de racket en toile de fond. Cependant, pour l'instant, rien n'exclut qu'ils soient dissociés et qu'on ait affaire à un règlement de comptes interne entre voyous pour Kiki, argumenta Peyrard.

— Et pour Dumé Orlanducci ? intervint Faret.

— Si c'est le cas, là, on doit reconnaître qu'on est dans le flou. C'était un militant nationaliste, mais en bas de l'échelle, un suiveur. Personne ne le calculait vraiment. Il n'a jamais eu d'embrouilles avec personne sauf une fois. Ça doit remonter à 1995 et encore, il a été rapidement mis hors de cause, développa Crémont. C'était à la suite de la disparition d'un type avec qui il s'était engueulé et en était venu aux mains sur un chantier. Il l'aurait même, soi-disant, menacé de mort. En fait, Dumé n'y était pour rien. Le mec a été retrouvé dans un ravin. Il s'était tué dans un accident de bagnole. Du coup, avec le fer à souder, l'hypothèse d'une histoire de cul n'est pas écartée, crut-il bon de souligner, sans parler de sa femme Ornella, qui a une fâcheuse inclination à aller voir ailleurs, ajouta-t-il avec un sourire en coin.

— C'est vrai que ce mode opératoire n'est pas banal. N'empêche, c'est quand même un peu tiré par les cheveux. Vu le contexte, un règlement de comptes entre « natios » et mafieux reste le plus crédible, conclut Faret.

— On reprend une tournée ? suggéra Peyrard.

— Non, on va y aller. On aura le temps d'en boire une autre ce soir et de reparler de tout ça, prédit Brassac.

Faret avait bien fait de se montrer conciliant avec la maréchaussée. La discussion, même si elle ne faisait pas vraiment avancer le dossier, avait été instructive et l'approfondir pourrait s'avérer intéressant.

# 20

Au petit-déjeuner, Brassac et Faret avaient la tête dans le gaz. Ils ajoutèrent une bonne dose de paracétamol à leur café. Leurs deux partenaires de la veille s'étaient révélés de joyeux lurons. Claude Peyrard et Éric Crémont les avaient emmenés manger dans un endroit improbable. La cantine des pandores se trouvait à moins de trois cents mètres de l'hôtel de police de Bastia. Du dehors, le petit restaurant dans la contre-allée de l'avenue Émile-Sari ne payait pas de mine. En revanche, dès qu'on poussait la porte, ça changeait la donne. On était saisi par l'odeur de poisson frit et le tumulte. Les murs de la salle étaient blancs. Des appliques dorées avec des abat-jour rouges diffusaient une lumière blafarde. Les tables recouvertes de nappes en toile cirée à carreaux rouges et blancs, disposées autour d'un bar en forme d'îlot central peint en vert, créaient une ambiance à la fois désuète et kitch. Bienvenue au Portugal ! Un Lusitanien quinquagénaire au fort embonpoint et au teint rosé les avait accueillis avec de grandes tapes dans le dos. Il les avait installés dans un coin sous un poster de l'équipe de football de Boavista.

— Vous serez tranquilles à cette table. Ce soir, la patronne propose : morue à la portugaise ou feijoada[42]. Vous avez le temps de réfléchir. Je vous amène le porto en attendant, avait annoncé en préambule José avec un accent à couper au couteau.

Sauf que José avait la main lourde. La bouteille n'avait pas résisté longtemps à ses rotations de poignet. La police

42. Cassoulet portugais.

et la gendarmerie, unies dans un même effort, avaient ensuite fait honneur au plat de morue accompagné d'un vin blanc sec de la vallée du Douro. Des *pasteis de nata*[43] pour la note sucrée, puis José avait sorti l'arme fatale : le brandy Macieira !

— Moi, je dis que les Portugais, ils savent vivre et recevoir ! avait bredouillé Peyrard.

— Remarque, j'ai connu un Auvergnat comme ça aussi, avait ajouté Crémont. Quand j'étais à Saint-Flour, y avait un vieux qui tenait un bistrot pas loin de la brigade. Et je vais vous dire, là-bas, l'hiver, on se les pèle ! Eh ben, tous les matins, Roger, il s'appelait... Roger Barbarin, euh... Non, Bastide... Ouais, c'était Roger Bastide ! Eh ben, le vieux Roger, tous les matins, il nous payait une verveine avec le café. Tous les matins !

— Une tisane avec le café ? s'était étonné Faret.

— Mais non pas une tisane ! s'était outré Crémont. Une liqueur ! Tu connais pas la verveine du Velay ?! Le Roger, il avait son frère au Puy, Le Puy-en-Velay. Il était paysan. C'était un gros producteur de lentilles. Comment c'était déjà son prénom, au frangin... Michel, euh non... Marcel, Marcel Bastide. Eh ben, le Marcel, il lui ramenait les bouteilles de verveine au Roger. Je crois que le Marcel, il était copain avec le gars qui faisait la liqueur et qu'il les avait pas chères, les bouteilles. Mais quand même !...

— C'est marrant, tous les Roger sont pas pareils, avait repris Faret. Moi, j'en ai connu un Roger à Romorantin quand j'étais gamin. Il tenait une épicerie. On y allait tous les jours en sortant de l'école pour acheter des saloperies à bouffer. Je peux vous dire qu'on lui en a laissé du fric à celui-là, mais jamais il nous a rien donné ce vieux con ! Même pas un Carambar ! Ce Roger, c'était un sacré radin !

— Vous voulez que je vous dise, avait repris Brassac, on dit les Auvergnats radins, mais c'est pas vrai, ils sont pas

43. Tartelettes à la crème.

radins ! Enfin, y en a comme partout, mais ils le sont pas tous ! Et pas plus que les Juifs ou les Écossais !

— Oui, peut-être, mais je peux pas le certifier non plus, avait nuancé Crémont. Moi, je peux parler que de Roger Bastide. Les autres Auvergnats qu'y avait à Saint-Flour, ils m'ont jamais rien donné. Et pourtant, y en avait pas mal d'Auvergnats à Saint-Flour !

— J'vous dis que c'est une légende ! Ils sont pas radins et je le prouve ! avait déclamé Brassac en se levant tel un seigneur pour aller payer l'addition.

— Non ! T'es auvergnat ?! s'était exclamé Faret. Tu l'avais jamais dit.

— Et pourquoi tu voulais qu'il le dise ? T'as déjà vu quelqu'un s'en vanter ?! avait rétorqué Peyrard, provoquant l'hilarité des flics et des pandores en pleine entente cordiale.

Brassac et Faret arrivèrent à la gendarmerie un peu avant dix heures. Crémont leur proposa un café avant d'attaquer dans le vif du sujet.

— Claude va arriver. Notre chef, lui, ne participera pas à la réunion. C'est plutôt un administratif. Le judiciaire ne le branche pas trop. Avant d'arriver ici, il était dans une brigade motocycliste dans les Landes. Il a l'avantage de ne pas nous faire chier. C'est un mec sympa. Il regrette de ne pas avoir été des nôtres hier soir. Il a proposé de nous rejoindre à midi.

— OK, mais aujourd'hui, je bois de l'eau, crut bon de préciser Faret.

— Je te rassure, je crois qu'on sera tous à l'eau, lui assura Crémont. Ce matin, quand je me suis levé, c'était Mururoa dans ma tête. Ça bougeait de partout.

Le dossier des gendarmes comprenait les procédures de flagrant délit des deux assassinats, la commission rogatoire à la suite de l'information ouverte pour celui de Dumé Orlanducci et des commissions rogatoires techniques. L'entourage proche de Dumé, son frère Ange, sa femme Ornella et l'amant de celle-ci, Bati Saliéri, avaient été placés sur écoute.

De l'aveu même de Crémont, la garde à vue de Bati avait été bâclée.

— La hiérarchie, pas chez nous à la SR bien sûr, mais au niveau du commandement de région, a poussé dans tous les sens pour qu'on le serre rapidement. Du coup, on n'avait pas trop de biscuit sur lui à part des rumeurs quand on a été le chercher. On s'est retrouvé un peu le bec dans l'eau en audition et inutile de vous dire qu'on n'en a rien tiré !

— C'est comme au tennis : si tu montes au filet en tongs, tu te fais transpercer ! lâcha Peyrard avec un sourire amer.

— On l'a quand même branché une fois qu'on l'a remis dehors, précisa Crémont.

Brassac et Faret échangèrent furtivement une mimique. Zonzonner[44] un mec après l'avoir ramassé laissait les deux flics circonspects pour ne pas dire sceptiques. Cela ressemblait à une tentative désespérée pour sauver les meubles.

Bati utilisait uniquement un téléphone cellulaire. Il n'y avait aucune conversation entre lui et Ornella. Son sujet de prédilection portait sur la gaudriole. Son terrain de chasse privilégié était une boîte de nuit de L'Île-Rousse sur la route de Calvi. Il ne travaillait pas. Cependant, on apprenait qu'il avait des rentrées d'argent régulières. En parlant avec Stéphane Tornatori, il avait évoqué une rente mensuelle.

— Tornatori ? C'est pas un de nos joueurs de tarot, le soir de la photo de Banditi Fora ? s'enquit Brassac en s'adressant à Faret.

— Si, c'est le dentiste, confirma celui-ci.

— Oui, Bati et lui étaient souvent ensemble avec d'autres gars de Belgodère, précisa Peyrard. Avec eux, il y avait Pieru Birelli, Xavier Poggi, Luca Césari et bien sûr les frères Orlanducci. On a hésité. Eux, on ne les a pas tous encore branchés.

— Enfin d'après ce qu'on peut comprendre, il n'y a plus que Bati et Tornatori qui se voient régulièrement depuis le début de l'année. Il y aurait eu une dispute à cause de la

44. Écouter.

femme de Dumé. Birelli, Poggi et Césari ont plus ou moins coupé les ponts. Quant à Ange, lui, c'est rideau complet, précisa Crémont.

— Ça peut renforcer l'idée de l'histoire de cul, émit Brassac.

— Oui et l'explication de Bati est d'ailleurs un peu légère là-dessus, compléta Peyrard. Il dit que c'est parti d'une mauvaise blague qui a mal tourné parce qu'ils avaient pas mal picolé. C'est pour ça qu'il est allé voir Dumé à l'atelier, le soir où il a été buté. Il voulait parler avec lui pour arranger le coup. Autrement, il chique pour ce qui est de sa relation supposée avec Ornella. Bon, c'est vrai qu'à part ça, il n'avait pas vraiment intérêt à éliminer Dumé, puisqu'il était en train de lui vendre la baraque de ses parents au village.

— En revanche, intervint Crémont, on a appris, par la suite, que Dumé et Ange se faisaient racketter par Kiki Albertini et Toussaint Rossetti. Ça faisait un bon mobile à Ange pour descendre Kiki. Il pouvait raisonnablement penser que Kiki était monté sur Dumé.

— Et Ange, quand vous l'avez entendu le soir du meurtre de Dumé, il en a parlé, de ce racket ? interrogea Brassac.

— Non, mais on verra ça quand on l'aura en garde à vue. On ne va pas précipiter les choses avec lui. On va essayer de le travailler sérieusement avant. On ne veut pas se planter comme avec Bati.

— Tiens, pour en revenir à Bati, reprit Faret, ça me fait penser à la perquise qu'on avait tapée chez lui dans l'affaire Banditi Fora. Il avait plusieurs autorisations de détention d'armes, mais pas la queue d'un calibre ! On avait juste trouvé un fusil de chasse.

— Pareil pour nous, confirma Crémont. Il a dit qu'elles étaient en sécurité chez un ami, dont il ne voulait bien sûr pas donner le nom. Comme il avait les autorisations et que ça ne pouvait pas correspondre aux assassinats, on n'a pas insisté. Quant au fusil de chasse, ce n'était pas le bon calibre. Et même en supposant qu'il ait correspondu, ce n'est pas avec ça qu'on aurait pu l'encrister. Tout le monde en a un ici.

Brassac et Faret se plongèrent dans les auditions de Toussaint Rossetti. Malgré la révélation de la liaison entre Ornella Orlanducci et Kiki Albertini, ils restèrent sur leur faim.

— C'est bien un voyou, celui-là. Quand il est acculé, il lâche un peu, sinon il la ferme, remarqua Brassac en découvrant son implication dans le braquage de fourgon de Puget-sur-Argens. Les gendarmes de Saint-Tropez ont eu du pot avec cette saisie incidente.

— Surtout les collègues de Draguignan, qui ramaient sur cette affaire depuis plus d'un an, compléta Peyrard. Pour eux, c'était l'extase ! Ce n'est pas tous les jours que tu boucles un dossier avec une embellie pareille. En revanche, pour nous, c'était presque une mauvaise surprise. On ne s'attendait pas à le trouver là, ce con ! Comme pour Bati, c'était trop tôt pour nous, même si ce n'était pas pour les mêmes raisons. On n'avait encore pas grand-chose à lui servir dans l'affaire de Dumé. On avait bien cette info sur un racket, mais on ne savait pas encore qui était derrière. Et pour le flingage de Kiki, pareil ! Au départ, on le voyait plus comme un factotum sans envergure, on ne l'imaginait pas rouler pour sa pomme.

— C'est dommage, parce qu'à la lueur de ce qu'on sait maintenant, s'il y en a un qui cumule, c'est bien lui. Il a le profil pour Dumé comme pour Kiki, confirma Brassac, qui, un poil censeur, finit par lâcher : il aurait peut-être fallu travailler un peu sur cet appartement avant d'aller le crever !

— C'est vrai, reprit Crémont, faisant comme s'il n'en prenait pas ombrage ou plutôt comme s'il n'avait pas entendu la critique. Pour Kiki, entre le butin du braquage et les bisbilles pour le partage des biens de la Voile Bleue dont on parlait hier à votre arrivée, il y a de la place pour un mobile.

Les enquêteurs abordèrent ensuite le volet des surveillances techniques des deux lignes d'Ange Orlanducci, fixe et portable. Il n'y avait essentiellement que des conversations professionnelles. Ange paraissait totalement dans le jus. Ce devait être Dumé qui faisait tourner la boutique avant. Les gens passaient leur temps à râler. Au bout d'un moment, le deuil ne suffisait plus à faire illusion. Excédé, un client lui avait même répondu : « Ton excuse, tu peux te la mettre au cul ! »

— Et le branchement d'Ornella, ça donne quoi ? relança Brassac.

— Pour l'affaire, c'est plutôt sans intérêt, regretta Crémont. En revanche, par moments, c'est savoureux, s'emballa-t-il. C'est une cagole[45] dans toute sa splendeur ! On n'a pas résisté à faire quelques retranscriptions, juste pour le fun. Tiens ! Lisez celle-là, elle n'est pas mal dans le registre :

*Index 179 ; samedi 18 mars 2000 à 11 h 32 min 23 s ; durée 27 min :*
*Ornella reçoit un appel du 06 00 00 00 22 attribué à Livia Poggi.*
*Les deux femmes parlent des obsèques de Dumé et font des commentaires sur les personnes présentes, puis Ornella évoque le retour de sa fille Aurélie au collège et la réaction de ses camarades. Sans intérêt jusqu'à l'index 441.*
*Index 442 :*
*Livia : Tu as vu le fils de Stéphane, le plus jeune ? Qu'est-ce qu'il est beau, ce gamin ! Il a tout de son père : les cheveux, les yeux, la bouche...*
*Ornella : Arrête ! Tu vas finir par m'exciter, si tu commences à descendre. (rire)*
*L : C'est vrai que toi aussi tu l'as pratiqué ! (rire)*
*O : Mais t'es sortie quand avec lui, toi ? C'était avant ou après son mariage ?*
*L : Ça faisait deux ans qu'il était marié. On est restés ensemble trois ou quatre mois environ. C'était compli-*

45. Femme dont l'attitude et la tenue sont vulgaires et provocantes (expression familière dans le sud-est de la France).

*qué. En plus, sa femme est tombée enceinte de leur premier. On a préféré arrêter. Mais tu sais, depuis, j'ai rebaisé une fois avec lui !*
*O : Ah bon ?! Moi, je croyais qu'il s'était rangé quand il a eu ses enfants !*
*L : Tu parles !!! Il n'y a pas très longtemps en plus. Ça doit remonter à l'automne dernier. Je lui avais emmené Kevin, qui avait mal aux dents. D'ailleurs, il la lui a bien soignée, sa carie. Tu sais, c'est un bon dentiste Stéphane.*
*O : Oui, je sais, mais raconte. Je m'en fous de la carie de ton gamin ! (rire)*
*L : Attends ! Il avait vachement mal, Kevin.*
*O : C'est pour ça que Stéphane a soigné aussi sa mère ! (rire)*
*L : T'es conne ! (rire)*
*O : Oui, mais raconte !*
*L : Eh ben, après s'être occupé de Kevin, il lui a demandé d'aller dans la salle d'attente, parce qu'il devait aussi vérifier mes dents.*
*O : Ne me dis pas qu'il t'a sautée dans son cabinet avec Kevin à côté ?!*
*L : Je te jure ! J'te dis pas comment on était excités. (rire)*
*O : Arrête ! Tu me fais mouiller ! T'es une vraie salope ! Tu sais que Stéphane, ça a été mon premier ?*
*L : Non ?! C'est pas vrai ?! Je croyais que c'était Pieru !*
*O : Non ! C'est ce que je faisais croire pour faire la grande. Avec lui, c'était juste des bisous.*
*L : Je me disais aussi. Ornella dépucelée par un boucher, ça faisait pas trop princesse ! (rire)*
*O : Oh ! T'es trop conne toi aussi ! (rire) Et toi, avec qui t'as baisé la première fois ?*
*L : Si je te le dis, tu vas te foutre de moi.*
*O : Je te jure que non, ma chérie ! Dis-le-moi, s'il te plaît.*
*L : Tu promets que tu ne te moqueras pas ?*
*O : Promis ! Je le jure sur la tête d'Aurélie.*
*L : C'était Luca.*

*O : C'est pas vrai ! Je le crois pas ! (rire). Lui, qui avait un pistulinu à la place de la bite a dépucelé ma meilleure amie ! Je le crois pas ! (rire).*
*L : T'es chiante ! Je savais que tu me la ressortirais, cette histoire.*
*O : On peut bien rigoler. Tu ne vas pas te vexer ?! Excuse-moi !*
*L : OK ! Bon j'te laisse. À plus.*
*O : J't'embrasse.*
*L : Bise.*
*Fin de la conversation. Index 501.*

— Et c'est tout dans la même veine ! On ne peut pas dire qu'elle le pleure beaucoup, ce pauvre Dumé ! enchaîna Crémont.

En quittant les gendarmes avec une copie des procédures sous le bras, Brassac et Faret échangèrent leurs impressions.

— Incroyable ! s'exclama Brassac. J'ai rarement vu autant de précipitation dans un dossier. Entre la pression de leurs chefs et la maladresse, ils nous ont fait un joli paquet de boulettes, les pandores ! Elle est plutôt mal embarquée, cette enquête !

— Et ce n'est pas nous qui allons arranger les bidons ! Je te rappelle qu'on a autre chose à faire. On a une affaire d'État à traiter ! conclut Faret, désabusé.

# DIX ANS PLUS TARD...

# 21

Sa mère s'apparentait à un légume. Elle végétait à l'EHPAD de L'Île-Rousse depuis plus d'une dizaine d'années. Quand Bati passait la voir, il en profitait pour lui apporter le journal. Avec le temps, *Corse-Matin* avait oublié François Saliéri. Bati n'avait plus besoin de jouer des ciseaux. Sa lecture n'en était que plus fluide quand il buvait son café au Balto.

Depuis peu, Anastasie avait un nouveau compagnon dans la résidence : le père Tornatori. Physiquement en pleine forme, Démétrius connaissait en revanche, lui aussi, quelques problèmes à son étage supérieur. À soixante-douze ans, le notaire avait en quelques mois lâché son étude à L'Île-Rousse et la mairie de Belgodère. Ses neurones avaient alors pris la fuite. Du matin au soir, il passait son temps dans la salle commune, scotché devant la télévision. Bati allait le saluer régulièrement. Il l'aimait bien, l'ancien. En l'observant planté devant l'écran, il se souvenait des premières soirées entre copains chez les Tornatori.

Démétrius était un des premiers au village à avoir acheté un poste en noir et blanc. Le salon de la famille Tornatori était devenu une vraie salle de cinéma pour les gamins et même pour les grands. C'était là où Bati avait vu pour la première fois *Les Tontons flingueurs*. C'était devenu son film culte. Depuis, il avait dû se le refaire une dizaine de fois et il se marrait toujours autant en écoutant les dialogues d'Audiard. Cependant, il riait jaune en imaginant le casting avec son père dans le rôle de Louis le Mexicain, le vieux Charles dans celui de Fernand Naudin et Démétrius dans celui de maître Folace.

En cette fin de matinée, Bati entreprit son biathlon hebdomadaire. Il attaqua sa tournée par le Balto pour acheter le journal et boire le café. Il y croisa les abonnés du petit noir et un revenant. Toussaint Rossetti, sorti de prison depuis peu, y était attablé avec son neveu. Il enchaîna avec l'EHPAD pour rendre visite à sa mère. En arrivant dans le hall, il se retrouva nez à nez avec Stéphane Tornatori, qui en terminait avec sa propre corvée dominicale. Les deux hommes s'embrassèrent.

— Ça va, monsieur le maire ?

— Arrête, c'est une belle prise de tête ! répondit Stéphane, qui n'était pas loin de regretter d'avoir repris le fauteuil de son père au conseil municipal du village.

— Normal ! C'est le début. Ça ne fait même pas un an que tu as été élu. Ça va finir par rouler.

— J'espère. Tiens, Bati, tu tombes bien ! Le successeur de mon père cherche à joindre Aurélie. Je lui ai donné le numéro de L'Amitié. Il l'appellera sûrement la semaine prochaine.

— Aurélie ?! C'est bizarre... Qu'est-ce qu'il peut bien lui vouloir, ce notaire ? dit Bati, songeur.

— Écoute, il ne m'a rien dit de plus. Elle verra avec lui. C'est un mec sérieux, un vrai Parisien.

— Dis donc ! C'est bien la première fois que tu fais un compliment sur un pinzutu ! s'amusa Bati.

— Il fallait bien que ça arrive un jour ! Allez, je file.

— Salut ! Je vais aller dire bonjour à ton vieux avant de monter voir ma mère.

En toute logique, Bati aperçut Démétrius Tornatori avachi dans un fauteuil, bloqué devant le générique des *Feux de l'amour*. Un sourire béat lui fendait le visage. Bati sentit alors vibrer son mobile. C'était un appel d'Ornella. Il décrocha.

— Oui, qu'est-ce qu'il y a ?

— T'es où ? demanda Ornella.

— Chez les vieux. Je vais voir ma mère.

— Tu rentres quand ?

— Je n'en ai pas pour longtemps. Je lui passe son journal, je l'accompagne à la salle de restaurant et je rentre.

— Après manger, ça te dit, si on va voir Aurélie à L'Amitié ?

— Oui, pas de problème. Je ne vais pas tarder. Dis donc, là, je suis devant le père de Stéphane... ça ne s'arrange pas. Il est complètement dans le cirage ! Entre lui et ma mère, je ne sais pas ce que la Mado peut leur raconter quand elle vient manger avec eux.

— Évidemment, pourquoi voudrais-tu que ça s'arrange ? Ça ne peut qu'empirer.

— Oui, ce n'est pas drôle. Ah ! Je viens de croiser Stéphane. Faudra penser à dire à Aurélie qu'elle va recevoir un coup de fil du notaire qui a remplacé Démétrius.

— Ah bon ! En quel honneur ?

— Stéphane n'en sait rien. Le notaire n'est pas rentré dans le détail. Il lui a juste demandé ses coordonnées. Elle verra avec lui.

— Bon, d'accord.

— Au fait, j'oubliais, bonne fête !

— De quoi tu parles ?

— C'est la Saint-Valentin aujourd'hui. On est le quatorze.

— C'est gentil de me la souhaiter, sauf que c'était le mois dernier. On est en mars ! Bon, dépêche-toi. À tout à l'heure !

Bati rangea son téléphone dans sa poche. Il renonça à déranger le vieux Démétrius, absorbé maintenant par une énième rediffusion de la mythique émission *Tournez manège*. Il prit l'ascenseur pour rejoindre sa mère dans sa chambre au deuxième étage.

— Bonjour maman, dit-il en l'embrassant. Ça va ?

— Bonjour, c'est gentil de m'apporter *Corse-Matin*. Tu sais pourquoi ils ont arrêté leur jeu ? C'est dommage ! Au début, j'avais du mal à m'y faire, mais après j'aimais bien compter les trous.

— Bon ! Tu veux descendre pour aller manger ?

— Tu peux me dire ce qu'ils nous donnent aujourd'hui ?

— En entrée, c'est une salade de chèvre chaud, ensuite il y a du saumon à l'oseille et le dessert, c'est une mousse au chocolat. Avec ça, tu devrais te régaler.

— Pouah ! Je suis comme Aurélie, je déteste le poisson, réagit Anastasie Saliéri en grimaçant.

Bati accompagna sa mère dans la salle de restaurant. Les tables pour quatre personnes n'étaient occupées que par deux pensionnaires. Les résidents déjeunaient côte à côte sans vis-à-vis, hormis lorsqu'ils recevaient des invités. Anastasie avait la sienne attitrée : celle au plateau stratifié couleur coquille d'œuf avec en son centre un bouquet de violettes artificielles dans un vase en plastique blanc. Son voisin était Démétrius. Ironie du sort, les deux anciens, qui s'étaient côtoyés toute leur vie dans un village de moins de huit cents âmes, se saluaient comme des étrangers. Bati préféra ne pas s'attarder. Cette ambiance lui donnait le cafard.

Une envie pressante l'obligea à faire un petit détour avant de quitter les lieux. Assis dans les toilettes, il fut surpris de voir la porte s'ouvrir. Il le fut encore plus en voyant ce que tenait dans la main la personne en face de lui, une personne qu'il connaissait particulièrement bien. Il n'eut pas le temps de se reprocher sa mauvaise manie de ne pas verrouiller la porte des commodités.

Anastasie mangea d'un bon appétit pour quelqu'un qui n'aimait pas le poisson. Elle but une camomille, puis remonta dans sa chambre. Elle s'allongea et ferma les yeux. Elle ne dormait pas. Elle voyageait deux décennies plus tôt. Elle était à nouveau avec Mado. Elles participaient au loto annuel des pompiers dans la salle des fêtes de L'Île-Rousse. Les hommes n'étaient pas venus. Ils avaient une réunion d'A Cuncolta Naziunalista, la vitrine légale du FLNC[46], à Corte. Elle finissait de remplir sa première grille, lorsqu'une aide-soignante fit irruption dans la chambre.

— Madame Saliéri ! Il est arrivé un malheur ! commença-t-elle, affolée. C'est votre fils... Il est mort !

46. Front de libération nationale de la Corse.

— C'est pas grave ! Tant que ça reste dans la famille. Je préfère que ça soit lui qui gagne, plutôt qu'un étranger !

Effectivement, Bati Saliéri avait gagné. Il avait reçu en toute discrétion un lot de deux balles de neuf millimètres dans la tête, alors qu'assis sur le trône, le pantalon descendu, il était en train de déféquer, pendant que sa mère dévorait son saumon à l'oseille.

# 22

Il entendit frapper à la porte. Il jeta un coup d'œil au réveil sur la table de nuit. Toussaint Rossetti crut revenir trois semaines en arrière. Il était six heures, l'heure habituelle de la relève des surveillants. Il venait de purger exactement neuf ans, dix mois et vingt jours de prison, mais aujourd'hui il humait à nouveau l'air de la Balagne.

Il entendit à nouveau taper. Il comprit. Après le western de dimanche dernier à l'EHPAD, c'était plus sûrement l'heure des pandores. Depuis sa malencontreuse cavale à Saint-Tropez, il avait eu tout le temps de cogiter et il savait comment se comporter avec eux : ne pas se précipiter pour leur répondre et surtout leur en dire un minimum ! Il était ainsi tout particulièrement fier de ne pas avoir balancé ses complices sur le braquage du fourgon, abstraction faite de Kiki, mais ce dernier ne pouvait plus lui en tenir rigueur. Le seul tuyau qu'il avait daigné donner au juge d'instruction était qu'il s'agissait de types de la banlieue parisienne, originaires du nord de l'autre côté de la Méditerranée. Son mérite restait toutefois limité, puisqu'il ne les connaissait pas.

Toussaint se résigna. Il se leva, enfila un pantalon de survêtement et un pull, puis traversa le couloir pour aller ouvrir. Cinq gendarmes lui faisaient face. Le temps de dire bonjour à ces messieurs, il était collé contre le mur et pincé dans le dos. Celui qui devait être leur chef attaqua une ritournelle bien connue, selon laquelle il pouvait solliciter la présence d'un avocat, consulter un médecin et informer de sa situation la personne de son choix.

Toussaint pensa spontanément à son neveu Jean-Michel, dont il était proche. Bien qu'ils aient *a priori* peu de choses en commun, ils se voyaient pratiquement tous les jours. Jean-Michel Luciani avait la réputation d'un gars sérieux, respectueux de la loi et même du code de la route au guidon de sa moto. Il n'avait jamais eu affaire aux gendarmes. Son seul secret avait juste été éventé quelques semaines plus tôt. Sa nouvelle copine n'était plus une inconnue pour personne, sauf pour son oncle.

Surpris, Claude Peyrard, le commandant de la BT de L'Île-Rousse, fit part de son étonnement à son collègue Éric Crémont de la BR de Calvi, cosaisi du dossier.

— Éric, tu as vu qui il demande d'appeler ?

— Oui, son neveu.

— Mais tu sais qui c'est, Jean-Michel Luciani ?

— Euh... Non.

— C'est le type, qui vit avec Aurélie Orlanducci. Autrement dit, le gendre de Bati du côté de la cuisse !

— Oh, non ! Ça, pour une surprise !

— Oui, et en plus, elle est vachement plus jeune que Luciani, la gamine ! Ils doivent avoir une douzaine d'années d'écart.

— Tu ne vas pas jouer au père la pudeur ! Dans le genre poncif : telle mère, telle fille ! commenta Crémont, faisant allusion à la réputation légère d'Ornella Orlanducci née Bettoni, épouse de feu Dumé, maîtresse de feu Kiki Albertini et compagne de feu Bati Saliéri.

— Arrête de déconner, Éric ! Tu sais où il bosse, le gars ?

— Non, pourquoi ?

— Il est aide-soignant à l'EHPAD de L'Île-Rousse. Tu vois le bazar ?

— Ah, merde ! On a été trop vite avec ce con ! On aurait dû le brancher avant de le ramasser, regretta Crémont. Écoute, on va essayer de rattraper le coup en évitant de gaspiller trop d'heures de GAV[47]. On fait la perquise et si on ne trouve rien, on l'entend rapidement et on le refout

47. Garde à vue.

dehors. Quand on sera en commission rogatoire, on le creusera sérieusement avec le neveu. On pourra toujours se le refaire plus tard.

Alors qu'il dormait à poings fermés avec sa bien-aimée, Jean-Michel fut donc sorti de son lit par l'appel téléphonique d'un gendarme l'informant que Toussaint était en garde à vue dans le cadre de l'enquête de flagrant délit sur l'assassinat de Bati Saliéri. Choqué, il s'attacha à ne pas divulguer son inquiétude à son interlocuteur.

De retour à la brigade, quatre gendarmes se partagèrent les contraintes procédurales et le cinquième, tiré au sort, partit à la boulangerie acheter les croissants et les pains au chocolat. Peyrard eut le privilège d'auditionner Toussaint, qui nia toute relation avec Bati et relata sommairement son dimanche.

— J'ai retrouvé Jean-Michel au Balto vers onze heures pour l'apéro. Il ne travaillait pas ce jour-là. Vous pouvez demander là-bas. Le patron, les clients, tout le monde nous a vus. Il devait être une heure ou une heure et demie, quand on est partis. Moi, je suis rentré chez moi. J'ai bouffé une assiette de pâtes et j'ai fait la sieste.

— Apparemment, ta mémoire coince un peu, Toussaint, le reprit Peyrard. Ton neveu travaillait ce dimanche-là. Il était à l'EHPAD, quand on est arrivés sur place.

— Ah ! Il travaillait peut-être l'après-midi. J'en sais rien. J'étais plus avec lui.

— Il a commencé à midi. Tu es donc un peu dans le flou dans la tranche horaire qui nous intéresse. Qu'est-ce que tu en penses ?

— J'en pense rien. Je regarde pas ma montre quand je prends l'apéro. Je suis peut-être rentré plus tôt chez moi. Je ne me souviens pas. Faut demander au patron du bistrot.

— Oui, bien sûr ! Tu as raison. Il note sûrement toutes les entrées et sorties des pochtrons dans son rade. Bon, quand vous y étiez, Jean-Michel et toi, est-ce que vous avez vu Bati ?

— Oui, on l'a aperçu quand il est venu boire son café.

— Est-ce que vous lui avez parlé ?

— Non. Pourquoi voulez-vous qu'on lui parle ? Je vous ai déjà dit que je n'avais jamais eu affaire avec lui, et j'ai rien à voir avec ce qui lui est arrivé.

— Ton neveu, lui, il ne lui a pas parlé ?

— Jean-Michel, il ne le connaît même pas, Bati ! Qu'est-ce que vous voulez qu'il lui dise ?

— Tu es sûr de ce que tu racontes, Toussaint ?

— Ben, évidemment.

— T'es sorti quand de taule ? Il y a trois semaines, non ?

— Vingt-trois jours. Pourquoi ?

— Tu restes dix ans au placard et juste quand tu sors, Bati en profite pour se faire buter ! On a le droit de se poser des questions, non ?!

— Si vous voulez. À part ça, vous avez quelque chose contre moi ?

— Rien et, crois-le bien, ça m'attriste. Donc, Bati et Jean-Michel ne se sont pas salués, même pas un signe ?

— Ben non.

— OK. Tu n'as rien d'autre à ajouter ? conclut Peyrard, préférant ne pas insister et en terminer au plus vite.

— Ben non.

Toussaint n'en revenait pas. Les pandores étaient vraiment des pitres. C'était facile de venir le serrer, lui, à six heures du matin. Il avait tout de la bonne poire. À chaque fois, il y avait droit. Mais aujourd'hui, il s'en sortait mieux que la dernière fois. D'un autre côté, ils ne risquaient pas de trouver grand-chose chez lui, puisqu'il n'avait plus rien. Il était à sec. En y pensant, il se dit que ça méritait bien d'aller boire un coup. Il était midi, l'heure de l'apéro.

# 23

L'imprimante crachait les télex dans un crépitement exaspérant. Antoine Brassac, promu commandant lorsqu'il avait quitté l'antiterrorisme, avait repris le travail depuis trois semaines. Il était désormais affecté à l'état-major de la direction centrale de la police judiciaire. Son job, certes fondamental, était purement administratif au sein de cette gare de triage en temps réel des informations opérationnelles récoltées sur l'ensemble du territoire national. Brassac bénéficiait de ce qu'il exécrait le plus auparavant : la sédentarité et des horaires réguliers. Il aurait préféré réintégrer un service actif pour oublier son spleen en s'aérant l'esprit sur le terrain. Mais comment aurait-il pu gérer sa fille ?

Le bureau de Brassac était attenant à celui du directeur central, au cinquième étage d'un immeuble enserré dans un ensemble haussmannien du 8e arrondissement parisien. De sa fenêtre, il bénéficiait d'une vue plongeante sur le jardin privé du ministre de l'Intérieur, où se déroulaient, aux beaux jours, les cocktails officiels. Il avait fait partie des convives à quatre reprises en vingt-cinq ans, quand l'immense majorité des flics de France n'y avait jamais mis les pieds. Il se souvenait surtout de la première fois. Cela remontait à mai 1986. Il était tout jeune inspecteur. Juste après leur intronisation, les duettistes Charles Pasqua et Robert Pandraud avaient organisé un raout pour fêter le retour aux affaires de la droite. Tous les fonctionnaires du ministère, des huiles aux sous-fifres, avaient été invités. Le champagne avait coulé à flots. La soirée s'était finie assez tard. À l'époque, la mode n'était ni aux restrictions budgétaires ni aux contrôles d'alcoolémie sur les routes. Les deux manifestations suivantes, auxquelles il avait participé, avaient été plus conventionnelles : une remise de décoration et une présentation des vœux. Son ultime présence à une réception dans le parc s'était révélée, celle-là, beaucoup moins festive et sans bulles. Elle s'était même avérée carrément lugubre, puisqu'en hommage à un collègue décédé en service.

Cette dernière pensée finit de plomber le moral de Brassac. Elle le renvoyait au présent. Le ciel était gris à Paris et lui broyait du noir. Il appréhendait de retrouver sa fille. Il ne se sentait pas à la hauteur. Il lui donnait bien tout son amour, mais il redoutait de ne pas lui apporter suffisamment de réconfort. Il naviguait entre le désarroi et l'incompréhension. Comment pouvait-elle supporter l'absence de sa maman ? Pourtant, Jeanne semblait affronter cette situation de manière plus rationnelle que lui. Elle faisait preuve d'une maturité tellement précoce. Elle qui était arrivée au monde à la plus grande surprise de ses parents, qui n'y croyaient plus, et surtout à leur plus grande joie, le déroutait. Quand, ce sombre matin, après son retour précipité de Nicosie[48], il était entré en sanglots dans une lugubre chambre d'hôpital, Jeanne, à peine réveillée, lui avait asséné un cinglant : « Essuie tes larmes, j'ai compris. » Il n'avait toujours pas digéré cette réplique. Était-ce un reproche ? Une enfant de six ans avait-elle un rapport différent avec la mort après lui avoir échappé ? Sa mère, qui s'était sacrifiée pour la protéger, lui avait-elle aussi donné un supplément d'âme et de caractère dans son ultime acte d'amour ? Il était perdu au milieu d'un océan de questions, sans aucune certitude. Mais peut-être que sa fille était tout simplement plus forte que lui, du moins l'espérait-il.

Enfin, la porte du bureau s'ouvrit. Il regarda sa montre. Pas vraiment ponctuel, le collègue : une demi-heure de retard. Brassac quitta le ministère en courant après avoir brièvement salué Du mont. Il n'avait ni le temps ni l'envie de discuter avec lui. Sans trop le connaître, ignorant jusqu'à

48. Philippe Jarzaguet, *Une tache indélébile*, Éditions Persée, 2018.

son prénom, il ne le sentait pas. Dans le prisme déformant de son humeur maussade, ce n'était pas un vrai flic. Il avait juste le profil du petit fonctionnaire avec pour principaux objectifs : piquer une rondelette pendant sa permanence de nuit, toucher sa prime d'heures supplémentaires et profiter des cinq jours de repos derrière. Le timing était serré. Brassac devait récupérer Jeanne à dix-huit heures au centre de loisirs. Il s'engouffra dans le métro en espérant ne rencontrer aucun problème sur la ligne, un aléa jamais futile dans sa situation. Il y avait la cohue, mais ce qui l'incommodait vraiment était au plus profond de lui.

Le chagrin l'asphyxiait depuis ce funeste instant où sa vie avait basculé, où tout s'était anéanti six mois plus tôt. Des sonneries brèves résonnaient constamment dans sa tête comme une alarme impossible à stopper. Un numéro de téléphone en 09 clignotait indéfiniment sur l'écran de son portable. Il relisait ce SMS elliptique qui lui demandait simplement de rappeler l'hôpital Béclère à Clamart, mais qui lui avait pourtant fait l'effet d'un coup de poignard. Un noir pressentiment lui avait immédiatement tenaillé les tripes. Le malheur l'avait alors accablé par le truchement de la voix excessivement douce et pleine d'empathie d'une infirmière. Claire et Jeanne avaient été renversées sur un passage protégé par un chauffard qui avait pris la fuite. Jeanne n'avait que des blessures superficielles, mais était choquée. Claire n'avait pas survécu à l'accident.

Ce maudit dimanche 9 novembre 2008 marquerait à jamais le début de son pire cauchemar, dans lequel il se débattait encore aujourd'hui. Submergé de regrets et de remords pour n'avoir jamais su, pu ou voulu privilégier sa famille à son travail, il se sentait désormais désespérément seul et démuni pour accompagner Jeanne dans la vie. Il était inexorablement plongé dans un apitoiement sur son propre sort, tout en percevant que c'était égoïste, puéril, ridicule et surtout une vaine tentative pour étouffer son sentiment de culpabilité. Brassac ne parvenait pas à entrevoir la moindre lueur naturelle d'espoir ; néanmoins, il avait toujours résisté à la spirale de la pharmacopée.

Ces sombres états d'âme, mêlant la douleur à la désolation et à l'injustice liée aux circonstances de la mort de Claire, le dévoraient. Il remontait la grande avenue menant jusqu'à l'école, au pied de son immeuble. Il longeait le cimetière, cet endroit où il appréciait tant se balader jadis et qu'il parcourait aujourd'hui le cœur déchiré. Les portes étaient fermées. Après dix-huit heures, les défunts ne recevaient plus de visites. La sonnerie de son portable le sortit de son abyssale morosité.

— Antoine, c'est Vincent. Tu peux venir directement à la maison. Jeanne est chez nous. Le centre allait fermer quand je suis allé chercher Lina et Victor, et je l'ai aussi récupérée.

— Merci Vincent. J'arrive, je suis en bas de la rue.

Carton plein ! Pas un seul jour, il n'était arrivé à l'heure. Le timing n'était pas serré, il était trop juste. Après la mort de Claire, Brassac avait posé tous ses congés annuels et éclusé tous ses jours de récupération accumulés en service actif pour s'occuper de Jeanne et tenter de se reconstruire. Il ne s'était pas répandu sur sa situation personnelle au sein de la boîte. Il ne voulait pas ajouter à son accablement leur compassion parfois feinte, voire hypocrite. Ainsi, son éloignement des mois précédents à Chypre l'avait bien aidé en le faisant retomber dans l'oubli auprès de la plupart de ses anciens collègues. Seuls le patron du SCTIP[49] et sa secrétaire étaient dans la confidence, en dehors de ses proches et de quelques rares relations, comme bien sûr son ancien adjoint, Cédric Laumont. Officiellement, pour la majorité des gens, Brassac avait pris une disponibilité pour développer un projet personnel. Maintenant, le retour au travail, même s'il était sédentaire, ne se révélait pas simple. Heureusement que les voisins du dessous étaient sympas. Jeanne s'entendait bien avec leurs deux enfants. Le garçon avait son âge et la fillette, un an de moins.

49. Service de coopération technique international de la police, devenu en 2010 la direction de la coopération internationale (DCI).

Vincent, le sourire aux lèvres, ouvrit la porte. Brassac, gêné, se confondit en excuses et en remerciements.

— Je t'en prie, Antoine. C'est normal. J'ai d'ailleurs une proposition à te faire. La semaine prochaine, nous avons une cousine qui s'installe à la maison. Elle est étudiante, mais avec son emploi du temps, elle va pouvoir gérer les enfants. Elle ira les récupérer à l'école à quatre heures et demie. Ça les dispensera de rester au centre de loisirs. Elle les fera manger et prendre leur douche avant qu'on rentre. Si tu veux, elle peut aussi s'occuper de Jeanne.

— Merci, ce serait génial, mais trois enfants, ça risque d'être beaucoup pour elle.

— Tu plaisantes ! Tous les trois, ils sont cool et en plus ils s'entendent super bien. Ce sera plus facile pour toi. Tu sais, pour nous aussi c'est le stress. On en est tous là à jongler avec les horaires !

— C'est d'accord ! Mais je donnerai quelque chose à ta cousine pour la remercier. Et tu me diras pour partager les courses.

— Oublie pour les courses ! Faire manger deux ou trois gamins, c'est la même chose.

Jeanne était ravie de cette solution. Elle savait qu'elle gagnait au change : vu les talents culinaires de son papa, elle mangerait mieux et en plus elle pourrait s'amuser le soir avec Lina et Victor. Franchement, elle ne serait pas pressée de voir son père rentrer à la maison avec sa tête d'enterrement.

Le lendemain, Brassac déposa Jeanne à l'école, puis se rendit au cimetière deux rues plus bas. Ce rituel matinal était devenu un arrache-cœur, ce refuge un enfer. Lui qui trouvait un certain bien-être à s'y promener dans le passé éprouvait fatalement une profonde détresse. Il avança en automate dans une allée de gravier au milieu de sépultures majoritairement grises ou noires jusqu'à un simple rectangle en ciment de couleur sable. Cinq mois plus tôt, il avait lui-même déposé au fond de la fosse l'urne en marbre marron contenant les cendres de Claire, qui avait toujours émis le souhait d'être incinérée si elle devait disparaître. Brassac avait respecté sa volonté, mais il ressentait un grand vide quand il venait se recueillir. Aucune inscription ne figurait sur la tombe. Seul était posé un portrait illuminé par des yeux pétillants et le plus beau des sourires. L'esprit malmené, Brassac ne parvenait pas à camper son regard dessus. Il fixa le ciel quelques instants et s'imagina aspiré dans les nuages. Il quitta Claire, les yeux humides, et marcha dans sa propre brume jusqu'à la station de métro.

En dépit de sa tristesse, Brassac se sentait toutefois un peu moins miséreux que les jours précédents en arrivant au bureau. Il salua Dumont et lui demanda s'il y avait des consignes ou une urgence particulière à traiter.

— Rien de saillant, dit celui-ci, à part une tentative d'évasion foirée à la centrale d'Yzeure et le compte rendu d'une garde à vue des gendarmes dans une enquête sur un homicide en Corse. Le directeur est rentré de Londres. Il n'arrête pas de gueuler ce matin. Il a demandé après toi. Je pense qu'il va t'appeler dans pas longtemps. J'ai fait du café ; il en reste. Allez, bon courage. Je file. J'ai mon train dans quarante minutes à la gare du Nord. À la semaine prochaine !

Brassac se servit une tasse et commença par compulser la main courante pour s'informer des événements de la nuit. C'était le moment qu'il préférait dans son nouveau travail. Lire l'activité nocturne des collègues lui redonnait un semblant de vie. Cela étant, ces dernières heures avaient été relativement calmes, comme l'avait annoncé Dumont. Il s'approcha de l'imprimante dans un coin de la pièce pour collationner les télégrammes qui ne cessaient d'arriver. Il les classa par type d'infraction et les déposa dans différentes bannettes en vue de les dispatcher aux offices centraux spécialisés. Il prenait connaissance d'une note de la PJ de Bastia, qui rendait compte indirectement d'un dossier criminel traité en Balagne par la gendarmerie, quand une voix reconnaissable entre toutes se mit à brailler : « Envoie-le-moi ! » La secrétaire l'appela et lui transmit de façon courtoise cette injonction du patron.

Il pénétra dans le bureau du directeur, le visage crispé. Le Dingue avait pris du grade au cours de ces dix dernières années, mais il n'avait pas changé d'un iota : il était toujours aussi agité et fort en décibels et son empathie envers ses subordonnés, aussi peu prégnante. Intrigué par le retour express en France de Brassac et sa demande d'intégrer l'état-major, il avait épluché son dossier personnel et avait ainsi appris le décès de son épouse dans de cruelles circonstances. Ainsi, la tirade qu'il entreprit, fut, à son échelle, un pur moment de tendresse et d'affection, mais sans trop de sensiblerie.

— Ça va ?

Et sans même attendre la réponse, Le Dingue enchaîna :

— Tu dois rebondir ! Tu as vécu un drame, mais c'est le passé. Tu ne vas pas faire le rat de bureau toute ta vie ! Faut te remettre au boulot ! J'ai décidé de créer une unité spéciale d'investigation. Elle prendra la main sur certaines affaires sensibles et me sera directement rattachée. Le ministre veut des résultats. Il m'a donné son accord. Je n'ai aucune confiance dans les chefs des offices, sans parler de celui qui m'a remplacé à l'antiterrorisme ! Comme je ne peux pas tous les virer, cette unité sera mon bras opérationnel. Je ne te demande pas ton avis. Je compte sur toi ! Vous serez cinq. Si tu souhaites quelqu'un en particulier pour travailler avec toi, tu me le dis rapidement. Sinon, je m'occupe du recrutement. Cet après-midi, tu vas d'ailleurs rencontrer la première élue, la lieutenante Camille Hetling. C'est une Alsacienne. Elle est jeune et motivée. Elle vient de la première DPJ[50]. Au niveau logistique, tout est déjà calé. Ta demande d'habilitation d'OPJ à compétence nationale est partie chez le procureur général de la cour d'appel.

— Merci de votre confiance, monsieur le directeur, bredouilla Brassac, mais avec ma fille, je ne peux pas reprendre un service actif dans l'immédiat.

50. Division de police judiciaire.

— Pas de problème ! Tu as la fin de la semaine pour t'organiser, mais après tu attaques.

Brassac en eut le souffle coupé. Devait-il décliner cette proposition ou pouvait-il seulement refuser cet ordre ? En fait, la seule issue possible ne consistait-elle pas à saisir cette perche que lui tendait Le Dingue pour rebondir ? Il pensa immédiatement à sa belle-mère. Elle qui voulait se rendre utile... Le Dingue, lui, abordait déjà la prochaine étape.

— Bati Saliéri, le joueur de tarot, ça te dit quelque chose ? éructa-t-il. Tu te souviens en 2000, la photo des pieds nickelés à Belgodère et les dommages collatéraux ? On n'avait pas vraiment planché dessus parce qu'on avait une affaire d'État à traiter. Et depuis, ni les gendarmes ni mes successeurs n'ont bossé là-dessus. Récemment, il y a eu la suite du feuilleton avec Bati dans le mauvais rôle. Il a été exécuté dans les toilettes de la maison de repos où vit sa mère. Pour te compléter le tableau, Bati vivait avec l'ancienne femme de Dumé Orlanducci, celui qui a tout fait disjoncter avec son fer à souder. Vu les précédents, le parquet antiterroriste a récupéré l'affaire. Une information va être rapidement ouverte. Je vais demander une cosaisine. La SDAT[51] a d'autres préoccupations en ce moment. Dès qu'on recevra la commission rogatoire, tu iras mettre ton nez dans la procédure des gendarmes de la brigade de recherches de Calvi. Tu as de la chance pour ton premier dossier : tu connais déjà la distribution. Je te donne carte blanche. Et tu tiens bien les pandores par la bride ! Ils ont un peu trop tendance à vouloir aller plus vite que la musique, ceux-là. Hier, leur dernière opération dans le dossier a encore fait un joli flop ! Ah ! Quand tu passeras voir le vieux Charles Bettoni dans son bistrot à Belgodère, tu lui présenteras mes condoléances. C'est quand même la deuxième fois qu'il perd son gendre. Ça tourne à la négligence ! conclut Le Dingue, caustique.

51. Sous-direction anti-terroriste (ex-DNAT)

# 24

La secrétaire du Dingue s'était mélangé les crayons en leur réservant un vol pour Ajaccio de bon matin. Brassac avait dû déposer Jeanne chez ses voisins avant de se rendre à Orly. Il aurait préféré partir en début d'après-midi et atterrir à Bastia. Cela aurait été plus simple pour gérer sa logistique personnelle et plus rapide pour rejoindre la Balagne. Il attendait sur le parking de l'aéroport de Campo dell'Oro, tandis que sa jeune collègue, Camille Hetling, était partie récupérer une voiture de location à l'agence Hertz. Un homme pressé lui tomba littéralement dessus. Il le reconnut immédiatement ; c'était le technicien de l'OCRB[52].

— Max ?! Qu'est-ce que tu fous là ? Tu es en mission ?

— Antoine ! Eh non, je suis à la retraite. Je suis installé au pays maintenant.

— Attends ! Je ne savais même pas que tu étais corse.

— Et toi ? Comment ça va ? Tu es en vacances ?

— Non, en mission.

— Ah bon ! Je croyais que tu avais quitté la boîte !

— Non, j'étais juste en disponibilité, biaisa Brassac, omettant volontairement d'exposer les vraies raisons de sa mise en retrait des derniers mois.

— Écoute, interrompit Max, je n'ai pas trop le temps de discuter, ma femme arrive de Nantes. On doit rentrer à Lumio, on a plus de deux heures et demie de route. Ça m'a fait plaisir de te voir. Si tu viens en Balagne, passe à la maison. J'ai une exploitation de cinq hectares d'olivier. Je

52. Office central pour la répression du banditisme.

te ferai faire le tour du propriétaire. Prends mon numéro de téléphone.

Camille arriva peu après à bord d'une Kia Picanto blanche. Brassac lui laissa volontiers le volant. Dès la sortie d'Ajaccio, il avait déjà oublié sa rencontre inopinée avec Max. Il piquait du nez. Il zappa ainsi une bonne partie du trajet passant par le col de Vizzavona et flirtant avec la citadelle de Corte. Plongé dans ses turpitudes, il s'autoflagellait. Il se reprochait d'avoir cédé au Dingue, non par manque de courage, mais par pur égoïsme. Il abandonnait sa fille après avoir délaissé sa femme. Son boulot avait toujours été prioritaire dans ses choix. En rouvrant les yeux, il aperçut la mer.

— Alors, Camille, sympa la route ?

— En tous les cas, elle t'a bien bercé ! Tu as dormi plus de deux heures. Chapeau ! Tu veux qu'on s'arrête manger avant d'aller se poser à l'hôtel ?

— Pourquoi pas ?! On n'a rien de prévu aujourd'hui. On va aller faire un tour à Belgodère. On n'en est pas très loin. Vers Losari, il faudra que tu prennes à gauche. Tu feras attention, ça tourne pas mal. J'en ai une mauvaise expérience. Je m'y suis vautré sur une plaque de verglas, il y a une dizaine d'années !

Après avoir enchaîné quelques courbes en bord de mer, Camille attaqua des virages serrés au milieu du maquis pour atteindre un des balcons de la Balagne. Elle se gara sur une grande place arborée de platanes. Ils descendirent de voiture et se dirigèrent vers le bar-restaurant L'Amitié en passant devant le monument aux morts. La terrasse était déserte. Pourtant, les parasols rouges et blancs étaient ouverts et quelques verres étaient posés sur les tables. La porte vitrée de l'établissement était close. Brassac jeta un coup d'œil à l'intérieur. Personne. Ils regardèrent autour d'eux. La mairie et la poste étaient fermées. L'église sonnait creux. En face, le bar PMU Le Galop était bondé. Quelques personnes faisaient la queue devant la boulangerie. Un client solitaire quittait la boucherie Birelli. Ils s'y rendirent.

— Pardon monsieur, le bar-restaurant L'Amitié est fermé aujourd'hui ? demanda Brassac.

— Non, je ne crois pas. Ils étaient ouverts ce matin. Quelle heure est-il ? s'interrogea le boucher en regardant la pendule. Midi et demi. Normalement, c'est ouvert le midi. Bizarre.

— C'est toujours le vieux Charles qui tient ?

— Non, ce n'est plus lui depuis trois ans. C'est sa petite-fille Aurélie maintenant, mais le vieux est toujours dans le coin. Il était encore là ce matin à l'ouverture. Il buvait le café dehors à sa place habituelle, aux pieds du poilu.

— Dommage ! On l'a raté, fit Brassac apparemment déçu.

— Passez donc lui dire bonjour à la maison ! Il n'habite pas loin. Vous pouvez y aller à pied. Je vais vous indiquer.

Malgré son tablier blanc maculé de sang, le boucher, la cinquantaine, des lunettes rondes en écaille sur le bout du nez assorties à son physique de gros nounours, dégageait une impression débonnaire. Il les entraîna hors du magasin. Il tendit le bras droit devant lui et se lança dans des explications très pointilleuses.

— Vous voyez la rue en face ? À droite, vous suivez la rigole pavée. Vous faites cent mètres. Non, deux cents mètres. Là, vous verrez deux maisons étroites. C'est pas là ! Juste après, vous tournez dans la ruelle à gauche. Vous continuez environ cent cinquante mètres. Là, vous avez un portail en fer rouillé. C'est pas là !

— On ne va jamais trouver. On repassera plus tard, l'interrompit Camille, sceptique.

— Non, non, c'est pas compliqué, reprit le boucher. À peine cent mètres après le portail rouillé, à droite, vous verrez une maison avec un escalier extérieur sur la droite. Mais c'est pas là ! Derrière, vous allez prendre à gauche. Vous allez longer un muret en pierre et vous allez voir un ruisseau sur la gauche.

— C'est bon, là ! le coupa sèchement Camille, excédée. On ne va jamais trouver.

— Si, si, vous y êtes presque, poursuivit le boucher, sûr de son fait. Quand le muret s'arrête, il y a un grillage...

— Non, c'est très gentil à vous, intervint Brassac, pour calmer Camille et ne pas froisser le boucher. On ne va pas aller le déranger chez lui. Il doit être en famille. On reviendra une autre fois.

— Comme vous voulez, répondit le boucher un brin vexé, mais toujours aussi attentionné. Donnez-moi votre numéro de téléphone, je le passerai au vieux pour qu'il vous appelle.

Les deux continentaux remercièrent le brave homme et le saluèrent. Ils se rendirent ensuite au bar PMU de l'autre côté de la place et s'installèrent en terrasse. Un serveur vint prendre leur commande. Ils choisirent chacun un sandwich, Brassac, une Pietra et Camille, un Perrier.

— On n'a pas de Perrier ici. C'est de l'Orezza ! rétorqua le ténébreux garçon, qui s'en retourna sans attendre une quelconque réaction de Camille.

— Bravo Camille ! Tu as été impeccable, on est vraiment passés pour des touristes. Sois tranquille, avec ton sale caractère, tu ne lui as laissé aucun doute, lui reprocha Brassac.

— Parce que tu crois, que je devrais connaître le nom des eaux pétillantes de tous les trous perdus de la planète ?! se rebiffa Camille.

— Je ne te parle pas de ça, je te parle du boucher.

— Attends, sois honnête ! Tu comprenais quelque chose à ses explications ? De toute manière, c'était stupide de faire comme si on connaissait le père Bettoni. On reviendra demain. La journée a déjà été bien remplie pour arriver ici. On va profiter de notre après-midi pour continuer de faire du tourisme. Dis donc, en parlant du boucher, tu n'aurais pas pris un coup de vieux en dix ans ?! Birelli ne t'a même pas reconnu.

— C'est normal. Il ne m'a jamais vu. C'est Bernard Faret qui l'avait entendu à l'époque.

— Tiens, lui, pourquoi Le Dingue ne l'a pas repris ? De l'expérience, la connaissance des dossiers corses, il avait un peu ton profil, non ?

— Ce n'est pas Le Dingue qui n'a pas voulu, c'est Bernard. Pour tout te dire, sa motivation à quitter la DNAT était si grande qu'il est parti en commissariat dans le 19e arrondissement sans même demander une promotion. Alors, imagine comme il en avait sa dose du Dingue !

— Et toi, pourquoi tu en es parti ?

— J'étais en galère dans mon couple. Je voulais calmer le jeu. J'espérais trouver un service plus cool, moins chronophage. Et quand j'ai fait ma demande, on m'a proposé le galon de commandant à l'OCRB.

— Ah, super ! Vachement plus cool ! se moqua Camille.

— Non, pas vraiment, mais c'est un truc que tu ne peux pas refuser.

— Excuse-moi, mais je crois plutôt que tu as provoqué l'opportunité et que l'option de refuser n'a jamais été dans ton intention. Et après, comment tu t'es retrouvé pendant six mois en dispo ? s'étonna Camille, qui ignorait tout de l'épisode professionnel à Chypre[53] ainsi que du drame personnel de son collègue.

— J'étais arrivé à la fin de l'histoire, chez moi et au boulot, répondit-il succinctement, ne souhaitant pas étaler sa vie et ses états d'âme. Il fallait que je fasse un break.

— Courage, fuyons ! Typique des hommes, laissa tomber Camille, ne se doutant pas de l'atroce blessure qu'elle rouvrait chez son nouveau collègue.

Pour elle, Brassac n'était qu'un énième flic divorcé avec un enfant sur les bras. Sa femme avait, à coup sûr, ressenti le besoin de prendre le large.

En fin d'après-midi, Camille découvrait le désert des Agriates au-dessus de Saint-Florent avant de rejoindre L'Île-Rousse, où les attendait leur hôtel. Son passager somnolait. À la troisième sonnerie, il réagit enfin. Hagard, il farfouilla dans le vide-poche de sa portière. Il réussit à mettre la main sur son téléphone et le colla à son oreille. Ses neurones furent alors vite reconnectés.

53. *Une tache indélébile*, préc.

— Quoi ??? Oh, merde !!! s'exclama-t-il, maintenant tout à fait lucide... Merci de m'avoir prévenu.

— Qui est-ce ? Qu'est-ce qu'il y a ? s'enquit Camille, intriguée.

— C'était ton copain Bison Futé, le boucher de Belgodère. Le vieux Charles a fait une crise cardiaque. Il est mort.

# 25

À quatre-vingt-deux ans, Mado était la doyenne du village. La plupart des gens de sa génération avaient rejoint leur dernière demeure. Seule son amie Anastasie était encore de ce monde, mais elle n'avait plus les idées en place. Elle résidait à l'EHPAD de L'Île-Rousse depuis la mort de son mari François, douze ans plus tôt et était incapable de tenir une discussion. Sa mémoire récente se faisait la belle. Elle vivait dans le passé. Étonnamment, ses souvenirs anciens étaient très précis. Quand elle commençait à replonger dans ses histoires, il ne fallait surtout pas l'interrompre, sinon elle perdait le fil et se mettait alors à débiter n'importe quoi. Elle avait maintenant un nouveau « coreligionnaire » à la maison de repos. Démétrius Tornatori, bien que plus jeune, y avait récemment pris ses quartiers. L'ancien notaire avait bataillé le plus longtemps possible pour repousser l'âge de la retraite. À soixante-douze ans, quand l'heure avait sonné, sa cessation d'activité l'avait plongé dans une dépression irréversible. En six mois, il avait totalement perdu les pédales.

Mado, elle, était toujours d'attaque, bien dans sa tête et dans ses jambes. Quelques rhumatismes articulaires lui rappelaient peut-être son âge, mais au moins elle était autonome. Elle se déplaçait encore au volant de sa 2 CV bleue. Sa voiture, qu'elle bichonnait, était elle aussi la doyenne du village dans sa catégorie. Joseph la lui avait achetée en 1964 chez André Orsini, le garagiste à l'entrée de L'Île-Rousse. C'était pour leur deuxième anniversaire de mariage. À l'avant-garde de ses contemporaines, Mado venait de passer son permis de conduire. Longtemps son plus long trajet fut pour aller chez Orsini, à peine trente-cinq kilomètres aller-retour. Sa deudeuche avait ses habitudes chez lui. Tous les six mois, elle avait droit à sa révision, plus par prévention qu'en raison de son kilométrage plutôt faible. Depuis une trentaine d'années, Jean-Luc avait succédé à son père pour cette mission sacrée. André Orsini avait été une des trop nombreuses victimes de la rivalité meurtrière entre les différentes factions nationalistes. Il avait été abattu devant son garage. Ironie du destin, c'était arrivé le 9 octobre 1981, le jour de l'abolition de la peine de mort en France. Plus qu'un mécanicien, Jean-Luc était un magicien. La 2 CV de Mado était comme neuve. Le bruit caractéristique de son moteur d'origine était reconnaissable entre tous. Certains l'auraient peut-être confondu avec un engin de chantier, mais pour Mado c'était une mélodie qui lui rappelait de doux souvenirs avec Joseph. L'entretien de la carrosserie, lui, était son apanage. Pas un seul samedi en presque un demi-siècle sans qu'elle la briquât.

C'était lorsque Anastasie, fatiguée des méninges, avait pris ses quartiers à l'EHPAD que la 2 CV avait le plus roulé. Mado venait tenir compagnie à son amie au moins une fois par semaine. Puis, avec le temps, lassée de toujours écouter les mêmes histoires et déprimée de voir des gens de son âge cassés physiquement ou fêlés du bocal, elle avait espacé ses visites. Elle n'avait plus mis les pieds dans ce mouroir depuis que Bati y avait été surpris en fâcheuse posture. Ce grand con aurait dû savoir qu'il fallait verrouiller la porte quand on était aux toilettes.

La semaine commençait bien avec un doux matin tellement différent des autres. Pas un seul nuage n'entachait ce magnifique ciel bleu. C'était le début du printemps. Il y avait longtemps que Mado n'avait pas été d'aussi bonne humeur. Depuis la mort de Joseph, elle n'avait jamais ressenti une telle sensation. Comme d'habitude, elle partit à pied au cimetière pour aller faire un petit brin de causette à son homme. Elle éprouva un certain plaisir en traversant la place du village. Il était près de dix heures et tous les commerces étaient ouverts, sauf L'Amitié. Sur la poignée de la porte vitrée du café était apposé un joli écriteau avec la mention : « FERMÉ POUR CAUSE DE DEUIL ». Elle sourit, preuve de son bel entrain. À quatre-vingts ans, le cœur de Charles avait lâché. Celui de Mado, de deux ans son aîné, tenait bon. Elle appréciait l'instant. Durant toute sa vie, elle avait éprouvé des sentiments d'injustice, de jalousie, de rancœur et de haine envers lui. Il n'y était peut-être pour rien, mais peu importe. Il lui renvoyait perpétuellement l'image de son père, qui l'avait rejetée.

Mado se signa devant la sépulture de Joseph. C'était une pierre tombale en granit gris, surmontée à son extrémité d'une stèle sur laquelle était incrustée sur toute la hauteur une croix en fer noir et inscrit en haut à gauche en lettres dorées : « Joseph Ferracci - 1930-1995 ». Un simple vase noir en céramique était posé dessus. Il contenait des œillets blancs, symboles d'une passion fidèle. Mado vérifia l'eau des fleurs dans le vase, puis entama la conversation ou plutôt une longue tirade. Rien n'avait changé ; la mort n'y avait rien fait. Déjà, du vivant de Joseph, et ce, dès leur première rencontre, leurs discussions étaient rythmées par Mado. Plus jeune que sa femme, Joseph était un taiseux. Il avait surtout un bon caractère. Ils n'échangeaient pas. Elle parlait. Il l'écoutait, plus ou moins. Depuis son mariage, il n'avait ainsi plus jamais adressé la parole à Charles, son ami d'enfance. Mado démarra en le taquinant :

— Tu vas enfin pouvoir lui parler dans mon dos à ton copain ! Depuis le temps que vous vous êtes pas vus ! Vous devez avoir pas mal de choses à vous raconter. Surtout lui ! Et comme tu sais bien écouter, tu vas pouvoir lui servir de confesseur ! Bon, je vais arrêter de parler de cette ordure, sinon ça va me mettre de mauvaise humeur et j'ai pas envie ! De toute manière, je suis pas tout le temps derrière toi pour te surveiller. Tu feras bien ce que tu veux. Plus important ! Je voulais te dire ! Avant-hier, j'ai vu qu'y avait une rayure sur la portière de la deudeuche. C'est de mon côté, près de la poignée. J'ai pas réussi à l'enlever. J'ai frotté avec le *polish*, mais ça a l'air assez profond. Faut que je le montre au Jean-Luc. Il pourra peut-être y faire quelque chose. Je me demande si quelqu'un a pas essayé de la voler. Si ça se trouve, c'est peut-être bien sur le parking, la dernière fois que j'ai été à L'Île-Rousse. Ou alors c'est des gamins qui l'ont fait exprès pour s'amuser. Les gamins aujourd'hui, tu sais, ils sont mal élevés ! Ils ont plus de respect pour rien. Tiens, l'autre jour, j'ai aperçu le plus jeune des fils du Stéphane Tornatori. Il doit avoir seize ans aujourd'hui. Tu devineras jamais ce qu'il faisait ! Il pissait sur le perron de l'église ! Imagine si le Démétrius était encore là avec toute sa tête. Il lui en aurait passé une et au Stéphane aussi par la même occasion ! Ça aurait été mérité ! Pour la voiture, je vais quand même m'en occuper cet après-midi, puisque je vais à L'Île-Rousse. Tu sais comment je suis ! Faut que j'aille la voir, l'Anastasie. J'en profiterai pour passer chez le Jean-Luc. Je t'embrasse, mon Joseph. À bientôt. Je reviendrai pour te dire pour la voiture.

Ce n'était pas pour partager la peine de son amie, en plein deuil après la mort de son fils, que Mado avait décidé d'aller la voir à L'Île-Rousse. C'était l'irrépressible envie de lui annoncer la bonne nouvelle : ce bâtard de Charles avait enfin avalé son extrait de naissance !

En repartant, elle fut intriguée par un couple qui flânait dans une allée. L'homme, qui devait avoir dans les quarante-cinq ans, lui rappelait vaguement quelque chose. La femme paraissait beaucoup plus jeune, à peine la trentaine, une petite blonde, mais pas le genre des filles du coin. Ce n'était pas des gens d'ici. Fallait vraiment être tordus, comme peuvent l'être des pinzuti, pour faire du tourisme dans un cimetière. Mado avait l'impression que l'homme ne la lâchait pas des yeux. Elle poursuivit son chemin comme si de rien n'était.

Mado prit le volant de sa 2 CV en tout début d'après-midi pour se rendre à L'Île-Rousse. Elle roulait prudemment, ne dépassant que très rarement les quarante kilomètres-heure. Elle aborda avec un petit pincement au cœur le virage où Joseph avait eu son accident quinze ans plus tôt.

Elle n'eut pas le temps d'avoir peur. Elle entendit le bruit avant d'apercevoir la moto, qui arrivait en face. Elle donna un coup de volant à droite, plus par réflexe que par nécessité. La voiture alla percuter un talus. Mado se cogna contre le volant. Par chance, elle ne se fit pas mal. Un peu choquée toutefois, elle descendit de la 2 CV. Un vent bienfaiteur venu de la mer, le libeccio[54], allié au parfum des asphodèles, la revigora. La moto était déjà loin. Elle fit le tour de sa deudeuche. Tout l'avant droit avait souffert. Le pare-chocs était enfoncé, le phare cassé et l'aile froissée. Elle traversa la route, s'appuya sur un rocher et jeta un œil au fond du ravin. Elle essuya une larme et retourna à sa voiture. Elle tourna la clé de contact, inquiète, mais réussit à redémarrer sans problème. Elle enclencha la marche arrière pour se remettre sur la route et repartit encore plus doucement en direction de L'Île-Rousse.

Lorsque Jean-Luc Orsini vit arriver la vieille, il se précipita pour lui demander ce qui s'était passé.

— C'est arrivé dans le virage, là où mon pauvre Joseph s'est tué. Tu te rends compte ?! Un petit con de jeune en moto, qui roulait comme un fada au milieu de la route. J'ai été obligée de donner un coup de volant pour l'éviter et je suis partie dans le fossé. Heureusement que j'étais pas du côté du ravin.

— Qu'est-ce qu'il a dit ? Il s'est excusé au moins ? demanda le garagiste.

— Tu parles ! Pour ça, il aurait fallu qu'il s'arrête ! Mais aujourd'hui, les jeunes, ils ont plus de respect.

— C'est vrai ! Mais vous avez pu voir qui c'était ?

— T'es bête ou quoi ?! Je viens te dire qu'il s'était pas arrêté. J'ai juste vu que la moto avait les couleurs du drapeau français. Avec ça, pour le retrouver, c'est pas gagné ! Bon, y va te falloir combien de temps pour la réparer ma deudeuche ?

— Je vais essayer de vous la faire pour la fin de la semaine. On vous la ramènera à Belgodère vendredi. Ça vous va comme ça ?

54. Vent de sud-ouest en Corse.

— Ben, oui. J'ai pas trop le choix, tant pis !

— Mon apprenti va vous reconduire chez vous.

— Avant de me ramener, dis-lui à ton gars de me déposer à l'EHPAD. Je vais voir l'Anastasie. Ça sera pas long. Ah ! Faudra aussi que tu regardes la porte avant gauche, près de la poignée. Y a une rayure. J'aimerais bien que tu y fasses quelque chose.

Mado trouva Anastasie, qui buvait une infusion dans la salle commune du rez-de-chaussée de la résidence. L'accident de voiture n'avait pas réussi à lui ôter entièrement son enthousiasme. Elle s'assit près de son amie et lui annonça tout de go la bonne nouvelle.

— Cette saloperie de Charles a enfin passé l'arme à gauche !

— Tu l'as dit à ma petite-fille ? demanda Anastasie à la grande stupéfaction de Mado.

— De qui tu parles ? T'as pas de petite-fille !

— Tu es folle, ma pauvre ! J'te parle d'Aurélie ! De qui veux-tu que je te parle ?! s'offusqua Anastasie.

— Mais c'est pas ta petite-fille ! C'est celle du Charles ! s'énerva Mado.

— Tu racontes n'importe quoi ! Je le sais quand même mieux que toi ! dit Anastasie sèchement. Charles est au courant. François lui a dit avant de mourir. C'est pour ça que Charles n'a pas pu refuser. Tout ça, c'est pour Aurélie. C'est normal. N'importe quel grand-père aurait fait pareil. Tu ne peux pas comprendre, toi, tu n'as jamais eu d'enfant !

## 26

Le café lui brûla la langue. Camille grimaça en reposant précipitamment sa tasse. Elle avala une gorgée d'eau pour atténuer la douleur, puis elle mordit dans un croissant. Brassac et elle avaient convenu qu'elle irait seule aux obsèques de Charles Bettoni. Elle n'était pas connue à Belgodère ; lui risquait plus d'être grillé, même si le temps avait passé depuis son dernier séjour dans le coin. Assister à cette cérémonie pouvait s'avérer instructif. Qui sait, elle aurait peut-être droit à un spectacle musclé en fin de séance, genre hommage à la mode nationaliste ? La messe était prévue à dix heures. Il était temps de partir. Elle remonta dans sa chambre pour se laver les dents et récupérer ses affaires. Elle quitta l'hôtel sans croiser son collègue.

Brassac s'attarda au lit. La journée s'annonçait calme. Toute la Balagne s'était donné rendez-vous à l'église de Belgodère pour le dernier adieu au vieux Charles. L'enquête sur l'assassinat de Bati Saliéri, qui n'en était qu'à ses balbutiements, était donc aujourd'hui - doux euphémisme - au point mort. La veille, il avait eu le plaisir de retrouver de vieilles connaissances chez les gendarmes. Les commandants de la BT de L'Île-Rousse et de la BR de Calvi, chargés du dossier, étaient respectivement l'adjudant-chef Claude Peyrard et le major Éric Crémont, deux transfuges de la SR de Bastia. Dix ans auparavant, il avait eu l'occasion de sympathiser avec eux lors d'une mission de liaison, qui avait dégénéré en libation. Cela pourrait faciliter les relations à venir et éviter des tensions, s'il devait émettre des critiques et freiner quelques futures démarches trop impulsives. Avant d'aller prendre son petit-déjeuner, Brassac passa un coup de fil.

Belgodère n'avait pas connu une telle affluence depuis les funérailles de l'ancien maire François Saliéri, douze ans plus tôt. Effectivement, toute la Balagne et même au-delà s'était déplacée. Camille gara sa voiture de location sur le bas-côté de la route, à plus de deux kilomètres du centre du village. Elle suivit à pied la longue procession, qui remontait jusqu'à la place. L'église était bondée ; il lui fut impossible d'y pénétrer. Elle resta donc à l'extérieur comme beaucoup d'autres. Ponctuel, le fourgon funéraire se fraya un passage au milieu de la foule pour parvenir au pied du parvis. Le chauffeur descendit et ouvrit le hayon du corbillard. Six hommes en costume noir, chemise blanche et cravate noire, se présentèrent pour s'emparer du cercueil. Ils le soulevèrent à hauteur d'épaule, pénétrèrent dans la nef et le déposèrent dans le chœur. Parmi les porteurs, Camille reconnut le boucher Pieru Birelli.

Brassac fit signe au conducteur d'un Citroën Berlingo rouge qui passait devant son hôtel au ralenti. La voiture s'arrêta. Il monta à bord.

— Salut Max. C'est sympa que tu sois venu.

— Non, tu rigoles ! Ça m'a fait plaisir que tu m'appelles. Je suis désolé pour l'autre jour, mais j'étais vraiment à la bourre. Ma femme rentrait de chez ses parents à Nantes. Je t'emmène visiter mon oliveraie et après on ira manger au resto dans mon village. Allez, raconte-moi tout, ta dispo, ton retour dans la boîte et ce qui t'amène ici !

Pour la première fois, Brassac se laissa aller et en parut étonnamment soulagé. Il évoqua longuement son drame personnel. Max en fut sincèrement attristé. Lui avait totalement coupé les ponts avec la police depuis son départ à la retraite six mois plus tôt, sans tambour ni trompette.

— Tu sais, quand je suis parti, j'avais vraiment les boules. J'ai bossé pendant trente-cinq ans dans la boîte sans compter mes heures. J'ai rendu un paquet de services à tout le monde et pas seulement à l'OCRB. T'es bien placé pour le savoir ! Chaque fois qu'il y avait besoin d'une solution technique, on venait me taper : « Eh Max, il nous faudrait un micro... Eh Max, t'aurais pas une balise en rab ? ... Eh Max, tu ne pourrais pas nous placer une caméra ? etc. » Bien sûr, un petit merci, mais jamais le moindre mot gentil ou signe de reconnaissance. Ah, si ! On me demandait si j'allais bien, mais personne n'écoutait ma réponse. Tout le monde s'en fichait ! À croire que j'étais transparent, juste bon à donner un coup de main ! La hiérarchie, elle, n'a rien fait pour moi. Ils auraient quand même pu me donner le grade de commandant fonctionnel six mois avant la retraite. Ça ne leur coûtait rien ! Au lieu de ça, quand ils m'ont dit au revoir, j'ai eu la sensation qu'ils n'en avaient rien à foutre. Fais du bien à Bertrand, il te le rend en caguant ! Alors tu comprends, du jour où je suis parti, ça a été terminé ! J'ai coupé tous les contacts. J'avais eu la chance de rencontrer ma nouvelle femme l'année précédente. Elle m'a bien aidé à tourner la page. Estelle est plus jeune que moi, elle a trente-sept ans. Quand je lui ai dit que je voulais venir en Corse pour exploiter l'oliveraie familiale, elle n'a pas hésité. Elle a lourdé son job pour m'accompagner. Elle était infirmière dans une clinique privée près du Trocadéro. Là, elle a retrouvé un poste à Bastia.

Brassac prit une partie de ces récriminations pour lui, et il comprenait d'autant plus son ancien collègue qu'il ressentait lui aussi une semblable amertume. Max et lui s'étaient souvent côtoyés dans le boulot, mais ils n'avaient jamais pour autant noué une quelconque complicité. Les flics de PJ étaient décidément de drôles de bêtes. Ils étudiaient en détail la vie des autres, sans vraiment se connaître entre eux.

Sous un ciel lumineux, les deux hommes parcoururent à pied les champs d'oliviers sur les hauteurs de Lumio. L'inédit oléiculteur était fier de ses terres, qui s'étendaient à perte de vue. Il paraissait heureux dans cette nouvelle vie. Max le bidouilleur, qui avait passé des années cloîtré dans son bureau, profitait désormais pleinement du grand air. La retraite l'avait sorti de sa bulle.

Ils arrivèrent dans un hangar. À l'intérieur étaient stockés un tracteur, une remorque, des outils et divers produits et matériels agricoles. Max entraîna Brassac au fond du bâtiment. Il ouvrit une porte qui donnait sur une pièce sombre. Il appuya sur un interrupteur. Un néon s'alluma. Brassac resta pantois. C'était une réplique à l'identique du bureau de Max à l'OCRB !

— C'est pas vrai ! D'où tu sors tout ce matos ? s'étonna Brassac, interdit.

— Je te rassure, c'est tout perso. Qu'est-ce que tu veux, j'ai toujours été passionné par mon boulot et curieux des supports techniques. Ce n'est pas parce que, comme nombre d'anciens collègues en fin de carrière, je me suis senti comme un amoureux éconduit, que j'oublie ou que je renie quoi que ce soit. Au contraire, ça me fait du bien de venir passer du temps dans mon bureau. Je bricole, je règle les appareils, je fais des essais, je m'amuse, quoi ! Mais avant que tu ne me poses la question, je te réponds de suite : je ne m'en sers pas. Je n'espionne personne !

— Pourquoi tu ne montes pas une boîte de sécurité ? Je suis sûr qu'il y a une clientèle potentielle dans la région, demanda Brassac en souriant.

— Non, ça ne m'intéresse pas. J'étais flic. Je ne suis pas un barbouze ! répliqua Max avec un brin de vexation dans la voix.

Camille prit son temps pour retourner à sa voiture à l'issue de l'office religieux. Elle était déçue de ne pas pouvoir se rendre au cimetière. L'inhumation ne se déroulait pas vraiment dans la plus stricte intimité, mais, toutefois, devant un parterre d'invités choisis. Elle n'espérait même plus entendre quelques détonations. Elle regagna son hôtel à L'Île-Rousse. La réceptionniste lui remit un mot de la part de Brassac. Il était sorti et ne serait de retour qu'en fin d'après-midi. Elle décida d'aller déjeuner dans un restaurant du centre-ville.

Au cimetière, le maire nationaliste de Belgodère fit un dernier éloge du défunt. Le prêtre récita deux prières : un *Notre Père* et un *Je vous salue Marie.* La dépouille fut ensuite descendue dans le caveau familial. Malgré la volonté du vieux Charles, de nombreuses fleurs et couronnes étaient déposées tout autour. Anne-Marie, sa veuve, se présenta au bord de la fosse. Elle se pencha, prit une poignée de terre, la jeta sur le cercueil et se signa. Elle fut imitée par la trentaine de personnes présentes, puis deux cantonniers en bleu de travail s'approchèrent pour replacer la pierre tombale. Anne-Marie proposa à l'assemblée de venir prendre une collation au bar. Tous quittèrent les lieux en suivant la première voiture, dans laquelle avaient pris place les trois femmes de la vie de Charles : Anne-Marie, sa fille Ornella et sa petite-fille Aurélie. Il ne leur restait plus qu'à trinquer à sa mémoire.

À midi, le cimetière était redevenu paisible. Finies les allées et venues des uns et des autres entre les tombes. Mado pouvait enfin passer voir Joseph. Elle aperçut les deux ouvriers, qui en terminaient avec leurs manœuvres sur le caveau des Bettoni. Elle sourit en pensant que ce salopard ne risquait pas de s'échapper de là où il était, une dernière demeure qui portait joliment son nom. Elle se dit qu'une fois rentrée à la maison, elle boirait un bon coup de blanc pour fêter ça !

Max et Brassac déjeunèrent dans une pizzeria à Lumio. Les deux hommes prirent chacun un plat de pâtes : des tagliatelles aux fruits de mer pour Max et des spaghettis au brocciu pour Brassac. Le patron leur conseilla de découvrir un Clos Culombu de Calvi. Brassac était encore choqué par sa visite du hangar. Max, lui, était curieux de connaître la raison de sa présence ici.

— C'est en lien avec le dernier flingage à L'Île-Rousse ?

— Tout juste, mais c'est une longue histoire et je me demande encore ce que je fous là.

— Allez, raconte ! s'impatienta Max.

Brassac se lança dans un long récapitulatif de l'affaire. Cela lui permit d'évacuer un peu son malaise. Il commença par relater comment il avait hérité du dossier de l'assassinat de Bati Saliéri. Le Dingue l'avait replongé dans le bain. Il se servait surtout de lui pour alimenter la rivalité entre les services. Max en profita pour déplorer la perpétuelle guerre des polices, qui était avant tout celle des chefs. Brassac remonta le temps avec les deux premiers homicides perpétrés en 2000 : ceux de Dumé Orlanducci et de Kiki Albertini. Il évoqua les différentes hypothèses, selon lesquelles les deux faits étaient liés ou alors totalement indépendants. Max ne put s'empêcher de lancer une boutade en avançant que « pour des nationalistes, c'était normal d'être indépendants ». Au fur et à mesure de son développement, Brassac préféra ne plus relever la philosophie de comptoir de Max. Il lista, avant tout pour lui-même, quelques éléments qui lui paraissaient devoir être éclaircis pour progresser dans son enquête. Le scénario du règlement de comptes tenait la route, mais pourquoi Bati était-il tombé dix ans plus tard ? Si cette piste était foireuse, d'autres devaient être explorées, dont une, qui s'imposait en raison d'un évident point de convergence entre les victimes : la femme, bien sûr ! Ornella, l'épouse de Dumé, la maîtresse de Kiki et la dernière compagne de Bati. Du trois en un, cousu de fil blanc. À suivre...

— Trop simple ! Crois-moi, en Corse, les problèmes des enfants découlent souvent de leur filiation ! asséna le Socrate des oliviers, laissant Brassac éberlué.

Au bar de l'hôtel, Camille attendait en sirotant un cocktail de fruits. Brassac arriva l'esprit ailleurs. Il s'assit sur un tabouret à côté d'elle, salua le serveur et commanda une bière.

— Tu étais passé où ? s'enquit-elle.

— J'ai mangé au resto et j'ai fait une longue marche. J'avais besoin de réfléchir, éluda-t-il.

Il préférait ne pas lui parler de son ancien collègue, qui lui avait mis un sacré bourdon avec son atelier. Max était manifestement dans le déni, un cas d'école pour un psy.

— Et toi, ton enterrement, c'était comment ? se ressaisit-il.

— Nase, sans intérêt. Je n'ai eu droit ni à l'église ni au cimetière, même pas une petite salve d'honneur pour me remercier d'avoir fait la route. L'église était archipleine et le cimetière réservé aux proches. J'ai quand même vu notre ami le boucher porter le cercueil avec cinq autres gus, dont le maire du village, d'après ce que j'ai compris. Pas mal, le mec, d'ailleurs, genre play-boy blond qui porte beau la cinquantaine, ajouta-t-elle en lui montrant une photo sur son téléphone portable.

— Stéphane Tornatori. Derrière lui, c'est Ange Orlanducci, le frère de Dumé, et Luca Césari. En revanche, tu n'as pas pris les trois de l'autre côté.

— Ce n'était pas vraiment simple de flasher sans se faire remarquer. De l'autre côté, je suis certaine que celui de devant était Birelli. Au milieu, c'était un type un peu plus jeune d'environ trente-cinq ans, et, derrière, un individu autour de la cinquantaine.

— Sûrement Xavier Poggi, le cinquième rescapé de la bande. Il nous en manque un, le plus jeune, mais on s'en fiche un peu.

— Tiens, j'y repense, un truc étonnant ! Je n'ai pas vu la vieille qu'on a croisée hier au cimetière. Vu le monde qu'il y avait, ce devait être la seule absente du village !

— Justement en parlant de ça. Hier au cimetière, tu n'as rien remarqué ?

— Non, à part la vieille qui parlait fort. Je ne vois pas.

— Non, non, je ne parle pas de la vieille. C'est courant ça de parler aux morts devant les tombes. Non, il y a quelque chose qui m'a fait tiquer, mais je suis incapable de savoir quoi. Pourtant, j'y ai pensé toute la journée et impossible de percuter.

— Tu es un peu spécial, toi, avec ta fascination pour les cimetières.

— Peut-être..., dit Brassac, songeur, sans relever le constat critique de Camille. Enfin, cette mission est un vrai bide ! reprit-il. Le Dingue n'a pas fini de bramer quand on va revenir. On a intérêt à être plus carrés pour préparer la prochaine.

— Je te signale que c'est lui qui nous a envoyés ici les mains dans les poches. Ce n'est pas de notre faute si le vieux Charles a décidé de décrocher !

— Peut-être, mais je n'aime pas voyager à vide. À partir de maintenant, on va faire à ma sauce.

— Waouh ! Tu deviens un homme, mon fils !

— Laisse tomber avec tes remarques à la con ! Moi, je me suis renseigné sur toi avant que tu arrives.

— Pourquoi tu réagis comme ça ? Qu'est-ce qu'on t'a donc dit sur moi ? répliqua Camille, vexée.

— Je te rassure, que du bien. Si j'avais eu des retours négatifs, tu ne serais pas là ! Simplement, je suis surpris que tu n'aies pas fait la même chose pour savoir à quoi t'en tenir à mon sujet.

— Je n'aime pas partir avec des préjugés. Je préfère me faire ma propre opinion.

— C'est la réponse bateau ! Tout le monde prétend ça. Il n'empêche, l'information ne nuit pas. C'est d'ailleurs la base dans notre job. Dans les relations personnelles, c'est pareil ! Quand on ne connaît pas l'autre, mais que l'on a entendu dire qu'il est susceptible, on évite de le brancher pour éviter les emmerdes. En ce qui me concerne, point de vue caractère, comme tu n'as rien demandé à personne, je vais te faire l'article. Non seulement je suis susceptible, mais je suis aussi autoritaire et râleur. Tu veux un trait positif ? Je ne suis pas rancunier, je tourne facilement la page et vite. Tu piges à peu près le topo maintenant ?!

Puis, après un court moment de silence, Brassac proposa en signe d'apaisement :

— Tu reprends ta mixture sans alcool ?

— Je vais peut-être demander un peu de vodka dedans, répondit-elle penaude avec un sourire crispé.

# 27

Lors d'un cours magistral de procédure pénale dans un amphithéâtre à Cannes-Écluse[55], un conférencier avait détendu l'ambiance en illustrant son propos sur un des premiers actes diligentés dans une enquête criminelle. Pour lui, l'enquête de voisinage jouait le rôle d'un ouvreur dans une compétition de ski : elle traçait la piste. Ce postulat était valable partout dans le monde. Et il avait ajouté : « Partout ? Non ! Une petite île au large de la Méditerranée peuplée d'irréductibles Corses résiste encore et toujours au bavardage inconsidéré. Son secret : l'omerta ! » Cet ancien commissaire divisionnaire, qui avait fini sa carrière en enseignant la bonne parole aux jeunes recrues après avoir longtemps œuvré à la prestigieuse brigade criminelle parisienne, savait de quoi il parlait. Il était corse !

Dans l'avion qui les ramenait à Paris, Brassac et Camille profitaient du vol pour compulser la procédure des gendarmes de L'Île-Rousse. Elle étudiait justement les procès-verbaux d'auditions des premiers témoins sur la scène de crime et aux abords de l'EHPAD. L'anecdote relatée par Brassac ne l'amusait pas vraiment. Elle n'en revenait pas.

— C'est incroyable ! Personne n'a rien vu ni rien entendu avant ou pendant les faits. C'est l'amnésie générale totale. En revanche, pour s'épancher en détail sur les faits et gestes des secouristes et des gendarmes, la magie a opéré. Leur mémoire est revenue.

---

55. Commune de Seine-et-Marne, siège de l'École supérieure des inspecteurs de la police nationale de 1974 à 1995, renommée École nationale supérieure des officiers de police jusqu'en 2012, puis École nationale supérieure de la police.

— Normal. L'effet de la potion magique ne dure qu'un temps sur eux, mais suffisamment pour zapper ce qui pourrait nous intéresser, dit Brassac. En même temps, c'est le but !

— Écoute celui-là, Eugène Nucci. C'est le roi de la mauvaise foi ! Le genre de mec qui doit toujours épier tout le monde. Il a sûrement été bignole[56] dans une autre vie, mais, manque de bol, il a raté le *big* événement qui se passait sous ses yeux et il l'explique dans les grandes largeurs.

— Vas-y, raconte.

— « Je vis ici avec mon épouse depuis plus de trente ans, commença à lire Camille. Nous sommes retraités tous les deux. Notre appartement se trouve en face de l'EHPAD, légèrement décalé sur la droite. Cela nous donne la vue sur l'entrée ou tout du moins sur son auvent. Nous passons, c'est vrai, beaucoup de temps sur notre balcon, mais avec la routine, nous ne faisons plus attention à rien. Je ne sors pas beaucoup de chez moi. Je ne vais jamais dans les cafés du quartier. Ma femme ne s'y rend pas non plus. Elle sort juste pour faire les courses. Personnellement, je ne m'occupe pas de ce qui m'entoure et de ce que font les gens dans la rue. »

— Je ne vois pas ce que tu lui reproches, à ce brave homme. Pour une fois qu'il y en a un qui s'exprime.

— Attends la suite. Je continue : « Dimanche vers midi, j'étais assis dans mon fauteuil sur le balcon, mais je ne regardais pas l'entrée de l'EHPAD. J'ai été surpris par des cris. Je n'avais rien remarqué de particulier avant. La rue était jusqu'alors aussi calme que d'habitude. Je pense avoir vu passer quelques personnes, mais je suis franchement incapable de vous dire qui. Quand il y a eu les cris, ma femme était aux toilettes. Je me suis levé et j'ai vu des gens, qui sortaient de l'EHPAD. Une femme criait "Au secours !" J'ai donc quitté mon appartement en avertissant ma femme qu'il y avait un problème dans la rue. Dans l'escalier, j'ai

56. Concierge.

croisé la dame du troisième, qui allait aussi aux nouvelles. C'est elle qui m'a dit "Ils ont tiré sur quelqu'un !" Je n'ai pas tout de suite compris de quoi elle parlait, mais j'ai fait la relation avec les cris que j'avais entendus. En bas de l'immeuble, j'ai traversé la rue. Je voulais en savoir un peu plus sur ce qu'il se passait. J'ai alors vu une femme assise par terre, complètement effondrée. Elle n'arrêtait pas de répéter "*E mortu! E mortu!*[57]" Des gens essayaient de la réconforter. En parlant avec d'autres personnes, j'ai compris que c'était cette femme qui avait découvert un homme tué par balle dans les toilettes de l'établissement. J'ai demandé si je pouvais faire quelque chose. On m'a répondu que non. Les gendarmes et le Samu avaient déjà été appelés. Les gendarmes sont arrivés les premiers sur place très peu de temps après. »

— Tu es dure, Camille. Il a été vachement coopératif. Ce n'est pas de sa faute s'il n'a rien vu qui t'intéresse. Il a quand même fourni un bel effort, commenta Brassac.

— C'est vrai, parce que la plupart des gens ont tapé directement en touche. C'est le cas de tous les habitants de l'immeuble d'à côté, rétorqua Camille en égrenant la liste. En fait, la seule qui a une bonne excuse de n'avoir rien entendu, c'est Agnès Grimandi, au troisième étage gauche. Elle est sourde !

— Tu vois que ce n'est pas seulement de la mauvaise volonté.

— T'inquiète, j'ai mieux avec le boulanger Fortuné Pizzi, au bout de la rue. Lui, c'est un bon vrai sauvage, mais sincère ! Écoute ça : « Il est hors de question que je réponde à vos questions ou que je vous signe quoi que ce soit ! Vous m'avez vu, vous avez vu mes mains ? Je n'ai pas de temps à perdre. Je travaille, moi ! Je ne connais ni l'EHPAD ni personne. Je ne sais rien. Je n'ai rien à dire. Vous, vous êtes payée par l'État, moi par mes mains ! J'en ai rien à foutre de vos histoires, j'en ai assez avec les miennes. Je vous emmerde ! »

57. « Il est mort ! »

— C'est pas tous les jours facile d'être gendarme en Corse ! s'amusa Brassac.

— Remarque, eux non plus, ce ne sont pas des épées. Le coup de se précipiter pour aller chercher Toussaint Rossetti, uniquement parce que Bati s'est fait occire trois semaines après sa sortie de prison, c'est un peu léger !

— On ne peut pas trop la ramener. Nous aussi, on fait des loupés. On a quand même couru pendant cinq ans derrière Yvan Colonna. Et pourtant, c'était une affaire d'État !

— Oui, mais là c'était l'inverse ! C'est justement parce que vous avez trop pris votre temps que vous l'avez raté ! le chambra Camille.

Ils poursuivirent l'étude du dossier avec les dépositions des proches de la victime. Brassac tomba sur celle de Charles Bettoni. Comme on pouvait s'y attendre, le ton était convenu et les propos sans grand intérêt.

— Ça t'intéresse, l'audition du vieux Charles ? proposa Brassac.

— Qu'est-ce qu'il dit ? Ça vaut le coup ?

— Non, pas vraiment. Le vieux n'avait rien à dire, mais dans le rôle du patriarche moralisateur, il n'était pas mal dans son genre.

— Je ne suis pas sûre d'avoir envie...

— Bon, je te lis un extrait, juste pour donner le ton : « ... Avant qu'Ornella ne s'installe chez lui à L'Île-Rousse, je voyais Bati plus souvent. Il passait régulièrement au bar. Je ne me mêlais pas de leur histoire. Ils faisaient leur vie. Cependant, j'ai eu l'occasion, lorsqu'on se retrouvait seuls, de lui faire un peu la morale en lui disant qu'il devrait travailler, qu'il ne pouvait pas rester sans rien faire et dilapider son argent. Bati ne prêtait pas vraiment une oreille attentive à mes conseils. C'était un mur. Il disait "Oui, Charles, bien sûr !", c'est tout. Je ne lui donnais pas ces conseils par rapport à d'éventuels actes délictueux qu'il aurait pu commettre, puisque je ne savais pas ce qu'il faisait. Je lui parlais plus comme un père à son fils. Je voulais lui faire comprendre que ça ne pourrait pas durer éternellement. Bati était à la fois ami avec tout le monde et personne... » J'arrête là, sinon tu vas t'endormir.

— Belle littérature ! lâcha Camille, désabusée. C'est pareil avec Ornella. Ce n'est pas grâce à ses déclarations qu'on va avancer. Elle est très forte pour se victimiser. Elle a quand même couché avec les trois mecs qui ont été assassinés ! C'est normal de lui poser quelques questions ! Je suis sûre qu'avec elle, on n'est pas au bout de nos surprises. Elle doit bien avoir un nouveau mec.

— Sûrement, mais tant que ce n'est pas un *Antechinus agilis*, on s'en fout ! Elle fait ce qu'elle veut de son cul ! On n'est pas chargés de faire respecter les bonnes mœurs.

— C'est quoi ton ante machin chose ? demanda Camille, interloquée.

— C'est un petit marsupial qui vit en Australie.

— Quel rapport avec Ornella ?

— Il meurt après l'accouplement ! répondit Brassac.

À peine de retour au service, Brassac et Camille furent reçus par Le Dingue. Celui-ci sortait d'un déjeuner au restaurant avec un magistrat de la section antiterroriste. Connaissant le penchant du juge Chaptard pour le jus de raisin fermenté, Brassac redoutait de notables effets sonores risquant d'ébranler les murs du bâtiment de la rue des Saussaies. Il laissa Camille faire le compte rendu de la procédure des gendarmes, puis il évoqua leurs futures cibles.

— On doit retravailler le cas de Toussaint Rossetti, que les gendarmes ont en partie bien saboté !

— Je ne te le fais pas dire ! C'est évident qu'il faut s'en occuper de celui-là, confirma Le Dingue.

— Si l'écoute de son portable continue de ne rien donner, on ira ramasser Ange Orlanducci. On doit aussi entendre d'autres proches de Bati, en particulier Stéphane Tornatori et Madeleine Ferracci, la meilleure amie de sa mère.

— La vieille, laisse-la à Camille ! décida Le Dingue. Toi, la dernière fois il y a dix ans, elle ne t'a même pas donné l'heure. Avec la petite, elle sera peut-être moins revêche. Il faut absolument se la mettre dans la poche. Les vieux, ils sont toujours au courant de tout ! Maintenant que Charles Bettoni est mort, il n'y a plus qu'elle qui peut nous apprendre des choses. Et remettez le nez dans les deux procédures de l'an 2000. On ne m'enlèvera pas de l'idée que ces trois affaires sont liées. Ce sont des règlements de comptes. Pour l'instant, il y a une première hypothèse plus ou moins bien suivie par les gendarmes et pas vraiment étayée : Dumé Orlanducci a été buté par Kiki Albertini, qui le rackettait. Ange avec la complicité de Bati Saliéri a vengé son frère et a mis fin au racket en butant Kiki. Et dix ans après, une fois sorti de prison, Toussaint Rossetti venge à son tour Kiki en butant Bati. C'est une construction à la fois intéressante et tentante, mais peut-être un peu trop évidente. Une deuxième hypothèse impliquerait Toussaint sur les deux premiers homicides. Les mobiles coulent de source : le racket pour Dumé et le partage du butin du braquage de fourgon pour Kiki. En revanche, si on suit cette piste, pour Bati, ce serait moins clair. Une troisième hypothèse tournerait autour d'Ornella Orlanducci. Je n'ai jamais cru au hasard et sa proximité, pardon, son intimité avec les trois victimes est plus que troublante. Il y a peut-être un loustic éconduit qui tourne autour.

— Je ne suis pas sûr, monsieur le directeur, qu'elle en ait éconduit beaucoup, jugea bon de plaisanter Brassac.

— Raison de plus pour trouver la perle rare, répliqua le Dingue. Mais pour redevenir sérieux, il ne faut pas oublier de plancher sur ce Jean-Michel Luciani, presque trop propre sur lui, mais qui est dans une position ambiguë entre son oncle Toussaint et Bati, le beau-père de sa copine. Surtout qu'en 2000, il avait déjà l'âge requis pour faire des conneries avec son tonton. Donc au boulot !

Brassac rentra chez lui vers dix-neuf heures. Il avait à peine ouvert la porte que Jeanne se précipitait dans l'entrée. Il la prit dans ses bras, la souleva et l'embrassa tendrement.

— Ça va, ma chérie ? Comment s'est passée ta semaine avec mamie ? Tu as été gentille avec elle ?

— Oui, c'était bien. On a fait plein de choses. Mamie m'a même appris à faire la cuisine. Là, on est en train de faire du poisson. Mamie m'a dit que c'était ton plat préféré. Une marmite d'anguilles.

— Une matelote, ma puce, corrigea la belle-mère de Brassac, qui sortait de la cuisine. Bonjour Antoine. Vous allez bien ? Pas trop fatigué par votre voyage ?

— Bonjour Marie. Non, non, tout va bien. Je ne sais pas comment vous remercier d'être là pour vous occuper de Jeanne. Sans vous, je ne sais pas ce que j'aurais fait. Et puis, comme toujours, cette mission a été décidée lundi au dernier moment. Vous n'avez pas eu de problèmes mardi pour venir ?

— Vous savez, Antoine, à part les petits-enfants, les retraités n'ont pas beaucoup de priorités. J'ai pris le TGV à Tours en milieu d'après-midi. Je suis arrivée à Montparnasse à dix-sept heures et j'ai dû mettre une demi-heure pour être ici. J'ai fait comme vous m'aviez dit. J'ai sonné à l'interphone chez votre voisin du troisième. C'est la jeune fille qui s'occupe des enfants qui m'a ouvert. Jeanne jouait avec ses camarades. Ils ont l'air de bien s'entendre tous les trois. Ça m'a rassurée de voir qu'elle était entre de bonnes mains. C'est important d'avoir des voisins comme ça, sur qui on peut compter.

— Oui, ils me rendent bien service. Ils sont adorables. Ils sont vraiment aux petits soins avec Jeanne. Mais ça me pèse d'être toujours obligé de m'appuyer sur tout le monde pour m'en sortir. Avec ce boulot de merde, j'ai foutu la vie de Claire en l'air et je recommence avec Jeanne.

— Arrêtez, Antoine ! Vous n'avez pas le droit de dire ça. Vous n'avez pas à culpabiliser. Votre travail est important. C'est une partie de vous. Claire n'a jamais remis votre travail en question. Elle était fière de vous, de ce que vous faisiez. Tous les couples connaissent des difficultés pour différentes raisons. Le vôtre en a connu, le mien aussi, mais le travail est une fausse excuse. Mon mari passait des heures et des heures dans son service à l'hôpital et ce n'est pas cela qui me posait problème. En revanche, les weekends, quand il partait jouer au golf ou au bridge avec ses amis, là, ce n'était plus pareil !

— Peut-être, mais il était quand même handicap vingt-trois au golf et champion de Touraine par équipe au bridge ! ironisa Brassac, arrachant un sourire à sa belle-mère.

# 28

Jérôme Cantin était debout devant la fenêtre de son bureau. Il suivait des yeux les promeneurs, qui rétrécissaient sur la route de la digue au fur et à mesure de leur progression vers le rocher de couleur ocre rouge en forme de baleine. Parvenus au sommet de l'île de la Pietra, ils ressemblaient à de minuscules insectes virevoltant autour de la tour génoise. Cantin tourna la tête légèrement sur sa droite et se laissa absorber par la lente trajectoire d'un voilier qui rentrait au port. Il porta ensuite le regard au loin vers l'horizon. Il observait maintenant le coucher de soleil sur la mer. Il guettait. Il devait être attentif et patient comme un chasseur. Cela ne dura qu'une fraction de seconde. Il le vit, un flash, une jouissance : le rayon vert. Depuis le premier soir, il se laissait captiver par ce spectacle éphémère. Il ne s'en lassait pas. Il regagna son fauteuil et réfléchit une nouvelle fois à la situation. Un an plus tôt, il en était encore à attendre fébrilement le premier scintillement de la tour Eiffel à la tombée de la nuit. S'il avait été confronté au même problème, il aurait directement appelé un de ses amis, qui travaillait au Château des Rentiers[58]. Ici, il ne connaissait pas grand monde. Il ne pouvait même pas demander conseil à son prédécesseur. Celui-ci était en maison de repos. Il souffrait de la maladie d'Alzheimer, selon son fils. Cantin aurait pu contacter les gendarmes, mais il ne les connaissait pas. Il ignorait s'il pouvait leur faire confiance. Il ne voulait pas passer pour un délateur.

58. 122, rue du Château-des-Rentiers dans le 13e arrondissement de Paris : siège de la brigade financière de la direction de la police judiciaire de Paris jusqu'en 2017.

Ses affaires en pâtiraient. Autant téléphoner à son ami à Paris. Il lui donnerait à coup sûr la bonne marche à suivre en garantissant son anonymat.

Une demi-heure plus tard, Jérôme Cantin quittait son bureau, rasséréné. Il rentra chez lui pour retrouver sa femme et ses trois enfants.

Après une carrière bien remplie à la brigade financière de la police judiciaire à Paris, le commandant fonctionnel Pascal Maestracci avait atterri à Bastia. Il dirigeait la section financière de la police judiciaire depuis quatre ans. Compétent et intègre, il avait eu à traiter de nombreuses affaires sensibles, comme celle du Crédit lyonnais au milieu des années 1990. La retraite se profilait gentiment à l'été prochain. Il commençait à être un peu en roue libre. Ses préoccupations actuelles se concentraient essentiellement sur les travaux de rénovation d'une maison qu'il venait d'acquérir à Erbalunga. Cependant, sa sagacité professionnelle et ses vieux réflexes toujours aux aguets, il promit à son ancien collègue parisien de rapidement prendre attache avec son ami notaire récemment installé à L'Île-Rousse.

Le lendemain, dès son arrivée au service à neuf heures pétantes, Maestracci composa le numéro de l'officier public.

— Étude notariale, maître Jérôme Cantin.

— Bonjour maître, Pascal Maestracci, commandant à la PJ de Bastia.

— Bonjour commandant. J'attendais votre appel.

— Je vous écoute, dit Maestracci, invitant de fait son interlocuteur à aller droit au but.

— Voilà, j'ai repris l'étude de maître Démétrius Tornatori l'an dernier. J'étais jusqu'alors installé dans le 14e arrondissement à Paris. C'est ma femme, elle-même originaire de Calvi, qui avait eu vent que maître Tornatori souhaitait se retirer et céder son étude. À mon arrivée à l'office, j'ai bien sûr récupéré toutes les archives de mon prédécesseur et également une procuration pour recevoir les courriers qui lui étaient adressés ès qualités. Il y a une quinzaine de jours, j'en ai ainsi reçu un qui m'a intrigué. L'expéditeur était la LGT Bank, sise à Vaduz au Liechtenstein. J'ai ouvert l'enveloppe et j'ai découvert des relevés de plusieurs comptes au nom d'une certaine Aurélie Orlanducci avec une domiciliation à l'étude. J'ai vérifié dans le fichier des clients et j'ai effectivement trouvé une nommée Aurélie Orlanducci, née le 6 mai 1986 à L'Île-Rousse, célibataire, demeurant à Belgodère. L'adresse que j'avais n'étant plus d'actualité, j'ai demandé au fils de mon prédécesseur, monsieur Stéphane Tornatori, lui-même maire de Belgodère, s'il la connaissait. Il s'avère que cette personne est gérante du bar-restaurant L'Amitié dans ce village. Ma surprise de recevoir un tel courrier provenant d'un établissement bancaire basé dans un paradis fiscal et qu'il concerne une personne aussi jeune a été renforcée par le fait que celle-ci est également actionnaire de plusieurs sociétés en France et à l'étranger. J'ai d'ailleurs la liste à votre disposition. Ce sont majoritairement des sociétés civiles immobilières et des sociétés anonymes dans l'hôtellerie.

— Et les montants sur les relevés s'élèvent à combien ? demanda Maestracci.

— J'ai fait le calcul. Le montant des avoirs cumulés s'élève précisément à six millions sept cent dix-huit mille cinq cent trente-deux euros et dix-sept centimes.

— Ah, oui ! Quand même ! Et pour les sociétés, vous avez les noms des autres actionnaires ?

— Oui. En fait, il n'y en a qu'une. C'était aussi une cliente de maître Tornatori, précisa Cantin. Il s'agit de Mme Mélanie Duriani, née Albertini le 10 décembre 1970 à Bastia, domiciliée au 21 chemin de Cacalovo à Ajaccio.

— Je suppose que vous avez les dossiers complets de ces sociétés avec leur historique ?

— Oui, mais je ne les ai pas encore consultés.

— Avez-vous contacté Aurélie Orlanducci ?

— Pour tout vous dire, j'avais un peu délaissé ce courrier. C'est seulement hier, en triant les dossiers en attente, que je suis retombé sur ces documents. J'allais donc l'appeler, mais ma secrétaire m'a appris que cette jeune femme venait d'être confrontée à un double deuil familial. J'ai donc temporisé et préféré solliciter votre conseil avant.

— Pourquoi n'avez-vous pas fait directement une déclaration de soupçon à Tracfin[59] ?

— Je l'aurais fait en respect de la procédure, après avoir rencontré Mlle Orlanducci. Mais vu les circonstances...

— Quelles circonstances ?

— Celles de la mort du beau-père de Mlle Orlanducci. Il a été assassiné.

---

59. Traitement du renseignement et action contre les circuits financiers et clandestins.

# 29

Ornella Orlanducci se remettait doucement du récent décès de son père. Jamais elle n'avait ressenti une peine aussi intense, elle qui pourtant n'avait pas été épargnée par les drames depuis une dizaine d'années. Elle avait vu tomber successivement sous les balles son mari Dumé, son amant Kiki et son compagnon Bati, mais elle était parvenue chaque fois à surmonter ces épreuves. Elle n'avait heureusement pas l'âme d'une veuve éplorée. Cependant, la résilience ne suffisait pas. Une ombre imposante planait au-dessus d'elle. Ce n'était pas une créature céleste, c'était Ange. À la mort de Dumé, il avait déversé sur elle un lot insensé d'insultes, de « salope » à « sale pute » en passant par « suceuse de bites ». Il faut dire que le secret de l'instruction avait été bien éventé. Sa liaison avec Bati avait fait la une de *Corse-Matin*. Ce délire s'était amplifié après la mort de Kiki. Rebelote avec la presse : tout le monde savait qu'elle baisait aussi avec Kiki. Puis, du jour au lendemain, comme par enchantement, comme si son processus de deuil était achevé, son beau-frère avait délaissé son comportement de démon. Il était redevenu le petit Ange, son premier amoureux lorsqu'ils avaient treize ans. Elle n'avait pas été dupe pour autant. Elle se doutait qu'il n'avait pas eu une illumination et qu'il n'avait pas vu la Vierge. Il avait certainement un objectif derrière la tête, voire plus bas. Elle s'était bien gardée de céder à ses avances tout en ménageant sa susceptibilité. Ils avaient ainsi joué au chat et à la souris pendant près de cinq ans. Cela arrangeait bien Ornella, à qui Ange rendait de multiples services. Certains jours, il faisait même office de chauffeur de taxi pour sa nièce Aurélie, pendant qu'Ornella vaquait à ses occupations.

Mais Ange avait rebasculé dans la folie quand Ornella était partie partager le même toit que Bati.

Les parents d'Ornella avaient définitivement lâché L'Amitié en 2007. Ils en avaient confié la gérance à leur petite-fille, alors âgée de vingt et un ans. Aurélie s'était installée dans l'appartement au-dessus du restaurant. Charles et Anne-Marie avaient, quant à eux, emménagé dans une maison qu'ils venaient d'acquérir un peu plus bas dans le village. Ornella, désormais seule à Belgodère, avait décidé de se rapprocher de son travail à la mairie de L'Île-Rousse. Elle avait ainsi trouvé refuge chez son nouveau compagnon officiel : Bati Saliéri.

Depuis, les relations entre Ornella et Ange étaient redevenues glaciales. Ils s'évitaient consciencieusement. Ange n'avait d'ailleurs plus jamais mis les pieds à L'Amitié. Il était toutefois réapparu lors des obsèques du vieux Charles pour porter le cercueil avec ses amis d'enfance et le copain d'Aurélie. Mais Ornella se souvenait surtout de la fois précédente où elle l'avait vu. Cela remontait à plus d'un mois. C'était à L'Île-Rousse, un vendredi soir. Bati était venu exceptionnellement la chercher à la mairie. En rentrant, ils avaient croisé Ange, qui les avait littéralement fusillés du regard. Bati était fou furieux. Il voulait lui casser la figure. Ornella l'avait retenu, mais elle avait éprouvé un terrible malaise. Le surlendemain, Bati était mort. Ange ne s'était pas montré à l'enterrement. Ornella se posait vraiment des questions sur celui-ci.

Aujourd'hui, elle regrettait surtout d'avoir dit oui au maire de Belgodère, qui lui avait proposé le poste de Mme Siméoni, la secrétaire de mairie partie à la retraite. Là, pour sa première matinée, elle se retrouvait face à Ange. Il venait, prétendait-il, consulter le plan cadastral de la commune. À l'attitude de cet abruti, elle comprit qu'il était juste venu constater par lui-même ce qu'il avait entendu dire : c'était bien elle qui remplaçait la mère Siméoni. Ange avait toujours son regard haineux. Elle fut sauvée in extremis du naufrage par Stéphane Tornatori, qui intercepta son ami d'enfance et l'entraîna dans son bureau. Elle avait tenté de ne rien laisser paraître. Elle ne reprit véritablement sa respiration que lorsqu'il quitta les locaux de l'hôtel de ville.

Ange ne fut d'ailleurs pas le seul visiteur ce jour-là. Ornella assista à un véritable défilé de curieux, plus inquisiteurs qu'administrés. Même la vieille Mado, qui ne la portait pas vraiment dans son cœur, fit un passage pour découvrir la nouvelle employée de mairie. Une rumeur parcourut vite les rues du village. En embauchant celle que l'on surnommait « La Gourmande », le maire avait sûrement une idée derrière la tête, voire plus bas.

En fin d'après-midi, avant de rentrer chez elle, Ornella passa voir sa fille à L'Amitié. Avenante avec la clientèle, Aurélie évoluait comme un poisson dans l'eau derrière le bar. Physiquement elle était, de l'avis des gens du pays, la copie conforme de sa mère avec vingt ans de moins. C'était une jolie petite brune aux yeux marron et aux belles courbes qui affolait, elle aussi, tous les mâles de la région. Elle avait déjà, aux dires des commères locales, un carnet de bal bien rempli. Elle sortait en ce moment avec un garçon de L'Île-Rousse. Jean-Michel Luciani avait douze ans de plus qu'elle. C'était un gars sérieux, employé à l'EHPAD de L'Île-Rousse. Il ne faisait pas de bruit, même au guidon de sa moto, un trail ronronnant. Ces derniers temps, Jean-Michel s'incrustait de plus en plus dans le paysage. Il passait souvent derrière le comptoir et servait les consommateurs. Selon des habitués avertis, il dormait même dans l'appartement du dessus.

Ornella salua les quelques clients et fit le tour du bar pour aller embrasser sa fille.

— Alors, maman, ça a été cette première journée à la mairie ? Raconte-moi ! s'impatienta Aurélie.

— Épuisant moralement ! Je crois que c'est ma pire journée de boulot. J'avais l'impression d'être au zoo, sauf que c'était moi dans la cage. Ils sont tous venus me voir, comme si j'étais une bête curieuse. Et ton oncle a été l'un des premiers, répondit Ornella. J'espère qu'ils vont se calmer.

— Fallait s'y attendre. Dis-toi que les vautours se sont bien rassasiés aujourd'hui. Le festin est terminé. Tu veux boire quelque chose pour te remettre de tes émotions ?

— Non, je vais y aller, ma chérie. J'ai envie de me poser. Je crois que je vais bien dormir cette nuit.

— Maman, pour ce que je t'avais proposé, j'en ai parlé avec Jean-Mi. Si tu veux t'installer ici quelque temps en attendant de trouver quelque chose dans le village, il n'y a pas de problème. Jean-Mi restera chez lui à L'Île-Rousse.

— Non, non, ma chérie. C'est très gentil à vous deux, mais je ne veux pas vous embêter. Je peux toujours aller chez mamie. En plus, cela lui ferait plaisir. Ah ! Au fait, je pense à autre chose. Tu as eu des nouvelles du notaire ? Il t'a appelée ?

— Oui, c'est marrant que tu m'en parles aujourd'hui ! Il m'a téléphoné ce matin. Il doit me remettre un courrier.

— Quel courrier ?

— Il ne m'a pas dit. C'est peut-être par rapport à papy.

— C'est quand même bizarre. Il avait demandé ton numéro à Stéphane bien avant la mort de papy.

— Écoute, on verra bien. Il m'a donné rendez-vous mercredi prochain à dix heures, à son étude.

— Je ne travaille pas le mercredi matin. Si tu veux, je peux t'accompagner.

— Bien sûr ! Je passerai te récupérer avant d'y aller, mais à une condition, ajouta Aurélie avec son petit air malicieux, tu me feras des crêpes pour le petit-déjeuner.

# 30

Le vol de Peyrard et Crémont était arrivé à l'aéroport d'Orly avec quarante minutes de retard. Gyrophare sur le toit, Camille se faufila habilement, bien au-delà de la vitesse autorisée, dans les méandres de la circulation parisienne, pour rejoindre l'île de la Cité en un temps record. Brassac les attendait dans la cour du palais de justice. Ils pénétrèrent dans le majestueux bâtiment. La salle des pas perdus était très animée. Un procès d'assises se tenait dans la salle d'audience Voltaire. Les quatre enquêteurs se frayèrent un passage au milieu d'une foule hétéroclite et bruyante, où se distinguaient des gendarmes en uniforme et des avocats en robe noire. Au pas de course, ils accédèrent au deuxième étage par un grand escalier, puis s'engouffrèrent par un petit passage dans un autre plus petit en colimaçon pour arriver devant une porte blindée. Sous l'œil d'une caméra, Brassac appuya sur le bouton d'un interphone. Il déclina leurs noms et qualités et précisa qu'ils étaient attendus par le juge Chaptard. Ils exhibèrent tous les quatre leurs cartes professionnelles, que le gendarme de faction étudia attentivement sur un de ses écrans. Quelques minutes d'attente leur permirent de reprendre leur souffle. La voix du garde les invita à entrer, tandis que la porte s'ouvrait. Ils étaient enfin dans le sanctuaire de la lutte antiterroriste. Saisis par le silence religieux qui régnait dans la galerie Saint-Éloi, ils marchèrent lentement. À leur droite se succédaient les cabinets d'instruction, tandis que, sur leur gauche, quelques renfoncements recelaient des box réservés aux avocats. Ils dépassèrent des gendarmes cagoulés et armés, assis sur un banc, qui patientaient pendant l'interrogatoire d'un prévenu par l'un des magistrats spécialisés. Brassac toqua à la porte numéro 7. La greffière vint leur ouvrir.

Le cabinet du juge Chaptard contrastait avec l'ambiance feutrée et guindée de la galerie. C'était un sacré foutoir. Une forte odeur de tabac s'en dégageait. Il y avait des dossiers partout. Ils remplissaient les trois étagères d'une imposante armoire sans porte et s'entassaient sur des chaises et sur les bureaux du magistrat et de sa collaboratrice. Manifestement, ici, on fumait et l'on ne chômait pas. Le juge Chaptard, lunettes sur le front et cigarette au bec, quitta son fauteuil et franchit les monticules de paperasse pour venir saluer ses visiteurs. Il serra les mains de Brassac et de sa jeune collègue, qui découvrait le lieu et le personnage, puis se montra particulièrement chaleureux avec les deux gendarmes.

— Éric, Claude, ça fait plaisir de vous voir. Ça fait au moins trois ans ?! s'exclama-t-il de sa voix éraillée par l'alcool et la nicotine.

— Bonjour Richard, répondit Crémont. Ça fait effectivement vachement plaisir. Je vois que tu fumes toujours autant. Ta greffière ne te fait pas la guerre ?

— Ah, Christine ! Elle est parfaite ! Non seulement elle fume autant que moi, mais c'est elle qui me fournit. Elle va régulièrement à Barcelone, où vit sa fille, et elle me ramène des cartouches. Après mon séjour en Corse, je continue de me payer mon futur cancer du poumon à bas prix.

— Ne déconne pas avec ça ! s'exclama Crémont avec un soupçon de superstition.

— Et personne ne vous fait la chasse ? insista Peyrard.

— Qui veux-tu qui fasse un rappel à la loi au premier vice-président du tribunal de grande instance de Paris ? s'esclaffa le juge.

Richard Chaptard avait une longue et brillante carrière derrière lui. Après ses débuts au parquet d'Aurillac, où il avait fait la connaissance du maréchal des logis Éric Crémont en poste à Saint-Flour, il s'était tourné vers l'instruction au tribunal de grande instance de Poitiers. Il avait ensuite vogué vers la Martinique à Fort-de-France, avant de revenir en métropole à Metz et de gagner l'Île de Beauté à Bastia, où il avait retrouvé Crémont devenu adjudant-chef et rencontré l'adjudant Claude Peyrard. Sa dernière escale sur le continent l'avait conduit à intégrer la prestigieuse galerie Saint-Éloi, cœur de la machine judiciaire antiterroriste, puis à en devenir la figure de proue. Monstre de travail, compétent, véritable anthropologue des mouvements nationalistes corses, fin connaisseur du banditisme insulaire, il nouait de forts liens de complicité avec les enquêteurs. Parfois, il se comportait d'ailleurs plus en flic qu'en magistrat. Il n'hésitait pas à se déplacer sur le terrain pour procéder lui-même à des investigations. Il affectionnait les réunions de cadrage avec les procéduriers sur ses affaires en portefeuille.

La greffière s'empara des chemises qui traînaient sur les chaises et les empila par terre pour faire de la place aux enquêteurs. Le juge leur fit face, les coudes sur son bureau formant la base d'une pyramide, le menton posé sur ses poings. Il se concentra pour écouter leur compte rendu. Seule Camille n'intervint pas. Après avoir relaté les actes déjà réalisés, Brassac, Peyrard et Crémont développèrent leurs axes de recherches. Pour eux, la connexion entre l'homicide de Bati Saliéri et les affaires de 2000 était inévitable. Le pervers privilège de l'âge faisait que les trois hommes étaient déjà intégrés dans le paysage à l'époque.

— Donc, si je vous suis, commenta le juge Chaptard, rien de neuf sous le soleil de la Balagne. On prend les mêmes et on recommence.

Il fit une pause, puis récapitula son interprétation des événements.

— Le 4 janvier 2000, paraît dans le journal *Corse-Matin* un article accompagné d'une photo annonçant la création d'un nouveau mouvement clandestin, Banditi Fora. Il s'avère que ce groupe composé majoritairement de militants nationalistes originaires de Belgodère vise non seulement l'État français, mais aussi toutes les brebis égarées se livrant à des actes délictueux. Leur principale cible semble être Kiki Albertini, fils de feu Jacques, parrain de la Voile Bleue. Kiki et son complice Toussaint Rossetti se livreraient à des tentatives de racket à l'encontre d'entrepreneurs locaux, dont le plombier Dumé Orlanducci, accessoirement marié à Ornella, la fille de Charles Bettoni, ancien flic et porteur de valises des nationalistes. Lequel Charles est un des principaux metteurs en scène de la photo avec Bati Saliéri, fils de feu François, figure politique locale et récipiendaire des précieuses valises. Une petite remarque en passant : les regrettés François Saliéri et Jacques Albertini étaient des amis d'enfance de Charles Bettoni. Le 13 janvier 2000 vers deux heures du matin, une bombe artisanale détruit le mur d'enceinte de la gendarmerie de L'Île-Rousse. Aucune revendication, aucune piste, aucune arrestation, que des hypothèses. Pour commencer, la plus logique : c'est le premier attentat terroriste du groupe Banditi Fora, une action symbolique contre l'État français. On peut envisager une prochaine action, peut-être moins symbolique mais plus pragmatique, contre l'une des brebis égarées. Ensuite, la plus répandue chez les militants nationalistes : c'est une barbouzerie dans un style différent de « on brûle la paillote[60] », dont l'objectif est de provoquer un énième serrage de vis sur l'île avec une nouvelle vague de répression à suivre. Enfin, la plus fumeuse dans mon cerveau et pour cause : c'est un enfumage de la part de brebis égarées pour semer le trouble dans tous les rangs : « natios », flics, observateurs. C'est le fameux billard corse à trois bandes. Le 8 mars 2000, un peu avant vingt heures, le militant nationaliste Dumé Orlanducci est abattu au fusil de chasse calibre seize, alors qu'il prend une douche dans son atelier à Belgodère. Détail légèrement sordide : il a un fer à souder dans le rectum, qui fait disjoncter le compteur EDF. Précisons qu'il s'agit d'une gâterie post-mortem, un évident témoignage de haine. Outre le litige commercial, soyons courtois, qui l'oppose aux voyous Kiki Albertini et Toussaint Rossetti, ce brave Dumé est doté de deux gigan-

60. Référence à l'incendie de la paillote « chez Francis » en avril 1999, pour lequel ont été condamnés le préfet Bernard Bonnet, son directeur de cabinet et plusieurs gendarmes.

tesques cornes de cocu. Sa tendre et chère Ornella le trompe avec ce même Kiki, mais aussi, la coquine, avec Bati Saliéri. C'est Ange Orlanducci, le frangin de Dumé, qui découvre le corps après un appel d'Ornella inquiète que son mari bien-aimé soit absent de la maison, alors qu'il y a un match de foot à la télé. Dumé a passé l'après-midi sur un chantier et a bu une bière avec Stéphane Tornatori, son client et ami. Selon ce dernier, Dumé ne paraissait pas préoccupé et avait l'intention de rentrer chez lui pour regarder le match. Bati Saliéri est la dernière personne identifiée à avoir vu Dumé vivant. Aperçu près de l'atelier vers dix-neuf heures par une source anonyme, il reconnaît avoir discuté avec Dumé pour nier les rumeurs selon lesquelles il couchait avec Ornella. Le matin même, selon Ange, Kiki Albertini avait lui aussi été vu près de l'atelier, un endroit, ma foi, fort fréquenté. Conclusion : nous avons trois suspects. Deux outsiders à fort potentiel : Bati Saliéri, avec un mobile qui se nomme Ornella, et Toussaint Rossetti en échec dans la tentative de racket. Reste le grand favori : Kiki Albertini. Il a l'avantage de cumuler les deux mobiles et de défendre son honneur. Lui, le fils du grand Jacques, personne ne peut s'autoriser à le qualifier de brebis, qui plus est égarée. Le 22 mars 2000 vers vingt et une heures trente, Kiki Albertini est à son tour abattu au fusil de chasse calibre seize dans la rue Napoléon, à L'Île-Rousse. Il sortait juste de la brasserie Le Penalty, où il avait regardé un match de foot en compagnie de Bati Saliéri. Il rejoignait son ami Toussaint Rossetti, qui l'attendait dans sa voiture garée un peu plus loin. Inutile de préciser que cette rencontre entre Kiki et Bati n'était pas motivée par l'attrait d'admirer de beaux mâles en culottes courtes courant derrière un ballon, mais plus sûrement par une explication de gravure. D'après Toussaint Rossetti, Kiki et lui avaient déjà croisé Bati le matin même à Belgodère. Ce dernier avait à ce moment-là donné rendez-vous à Kiki dans la soirée en lui imposant de venir seul. Bati avait ensuite parlé un instant avec Ange Orlanducci. Lequel, après leur bref échange, était passé devant Kiki et Rossetti en leur lançant un regard qui en disait long sur son ressenti, voire ses intentions. Conclusion : nous avons deux suspects qui se dégagent. Le premier est Bati Saliéri, dont le mobile peut être multiple : un règlement de comptes après la mort de Dumé, un acte préventif pour éviter d'être la prochaine victime et l'élimination d'un rival dans la quête du Graal, la Miss du maquis balanin, j'ai nommé la coquine Ornella. Petit problème : Bati a un alibi en « ballon » armé avec tous les amateurs de foot qui affirment mordicus qu'il est resté au Penalty après le départ de Kiki. Le second est Ange Orlanducci. Son mobile est évident : la vengeance et l'honneur, une vendetta dans toute l'acception du terme. Une remarque d'importance sur l'arme du crime : un fusil de chasse calibre seize, *idem* que pour Dumé. Ce pourrait être le même pour les deux assassinats, mais vu les munitions, c'est impossible à prouver. Je vous renvoie pour cela auprès du major Renaud, prédécesseur de Claude à la tête de BT de L'Île-Rousse, retraité émérite et néanmoins grand expert en fusils de chasse. Si jamais c'était le cas, nos hypothèses seraient plus que bancales. Ah ! J'allais oublier notre ami Toussaint Rossetti. Son ombre plane à chaque fois. Toutefois, jusqu'à plus ample information, Toussaint n'avait pas d'embrouilles avec Kiki.

— Désolé, s'excusa Brassac, mais vous zappez complètement le butin du braquage de fourgon retrouvé à Saint-Tropez !

— Il a raison, Richard, confirma Crémont. En plus, n'oublie pas qu'à l'époque, il y avait du gaz dans les tuyaux au sein de la Voile Bleue.

— Merde ! C'est vrai ! enchaîna le juge. Toussaint, qui fonce là-bas juste après que Kiki a été trucidé, ce n'était peut-être pas qu'une simple cavale. Il pouvait aller récupérer le pactole. Ça constitue effectivement une belle motivation ! On doit le garder en tête. Je crois que je vais finir par me noyer dans tous ces dossiers ! Bon, je continue mon raisonnement. Les enquêtes piétinent comme notre ami Toussaint en prison et s'embourbent comme moi ! ajouta-t-il en souriant. Dix années passent, puis sonne le réveil. Le 14 mars 2010 vers midi et demi, Bati Saliéri est abattu de deux balles de neuf millimètres, alors qu'il se soulage dans les toilettes de l'EHPAD à L'Île-Rousse. Il venait de quitter sa mère, qui mangeait dans la salle de restaurant. Bati et Ornella partagent le même toit depuis deux ans. Tout laisse à penser que l'aventure des deux tourtereaux ne s'était jamais interrompue. Bati est un homme relativement rangé désormais. Il tombe même dans une certaine routine. Il rend régulièrement visite à sa mère à l'EHPAD. Avant, il fait un petit tour au Balto, où il croise toujours les mêmes habitués. Parmi eux, ce jour-là, un revenant : Toussaint Rossetti. Incarcéré depuis une dizaine d'années, notre charmant petit camarade est, comme par hasard, sorti de prison depuis trois semaines. Il boit le pastis avec son neveu. Et, là encore, par un subtil concours de circonstances, il s'avère que ce neveu, le ci-devant Jean-Michel Luciani, travaille à l'EHPAD et est le petit copain d'Aurélie Orlanducci, autrement dit la fille d'Ornella et de Dumé et donc la belle-fille officieuse de Bati. On atteint carrément la quadrature du cercle. Il va falloir éclaircir ce nouveau personnage. Il peut être impliqué dans cette affaire et, avec ses trente-six printemps, on ne peut pas exclure son éventuel rôle dix ans plus tôt, non seulement pour les homicides, mais peut-être aussi dans le braquage de fourgon. Peut-être le neveu était-il inféodé à son oncle au-delà des liens du sang ? L'ami Jean-Michel peut être le parfait complice de son tonton. Il y a vraiment matière à creuser. Mais revenons à nos fondamentaux pour l'assassinat de Bati. Le mobile de Toussaint est de venger Kiki. Celui de Jean-Michel peut être plus personnel. On ne connaît pas les relations qu'il entretenait avec Bati. Vu son lien de parenté avec Toussaint, ce n'était peut-être pas évident. Ensuite, *quid* du petit Ange replié depuis trois ans dans le maquis ? Voir Bati et Ornella roucouler peut lui provoquer de l'urticaire. Sa propre relation avec Ornella est pour le moins ambiguë. Toujours dans sa démarche de vendetta, il élimine Bati. En résumé, Toussaint, Jean-Michel et Ange ont chacun leur mobile. Tout cela ouvre quelques portes. Je termine avec le rapport d'expertise balistique, qui établit que l'arme utilisée pour tirer sur Bati est un pistolet tchèque CZ 75 avec du neuf millimètres Parabellum en munitions. On oublie le fusil de chasse. On change de dimension et, bizarrement, on n'est pas pour autant dans le classique, genre Glock ou Beretta. En résumé, notre architecture des événements est encore un peu floue. Il nous manque des pièces du puzzle et je ne vous cache pas que je suis assez circonspect sur le caractère terroriste de ces assassinats, conclut le juge en écrasant sa énième cigarette.

# 31

Ce samedi le sortait de sa routine avec sa fille. Ni devoirs, ni square, ni shopping, ni cinéma, ni restaurant. Jeanne était invitée à un anniversaire prolongé par une soirée pyjama. Brassac avait ainsi quartier libre l'après-midi et était convié à dîner le soir chez Camille.

Brassac mélangeait rarement les genres. Il avait très peu d'amis parmi ses collègues. Il avait du mal à se lier avec des gens, qui, même s'ils se montraient sympathiques, étaient à ses yeux peu compétents ou trop relaxes. Évidemment, cela réduisait le champ des possibles. Parfois, une lueur de lucidité le laissait penser que le problème n'était pas les autres, mais lui. Les seuls avec qui il avait eu des atomes crochus étaient Bernard Faret, son binôme à la DNAT, et Cédric Laumont, son adjoint à l'OCRB. Malheureusement, il les avait plus ou moins perdus de vue : un SMS pour les vœux et basta.

Camille Hetling habitait rue Belgrand dans le 20e arrondissement de Paris, proche d'un endroit que Brassac connaissait bien. Après avoir déposé Jeanne chez sa copine en début d'après-midi, il prit le métro pour aller s'y balader. Il descendit à la station Voltaire – Léon Blum et s'engagea dans la rue de la Roquette en direction du boulevard de Ménilmontant. Il retournait pour la première fois depuis plusieurs mois dans ce lieu envoûtant, le plus grand jardin de la capitale : le Père-Lachaise. Il évita la foule de visiteurs rassemblée près du vieux cèdre à l'entrée principale. Il pénétra discrètement dans cet univers hors du temps par la petite rue du Repos, puis emprunta l'avenue Casimir-Perrier, puis le chemin Serré pour aller saluer Jim Morrison. Il s'enfonça ensuite dans les allées pentues et bordées de marronniers, frênes, érables et divers arbres fruitiers, pour errer au milieu de tombes de personnages célèbres et d'illustres inconnus. Il éprouvait une sensation bienfaitrice de vide. Il retrouvait une quiétude qu'il n'avait plus ressentie depuis la mort de Claire. Son esprit semblait flotter au-dessus de lui. Le ciel était gris. Il bruinait. Il retrouvait des caveaux familiers et en découvrait de nouveaux. En regardant certaines stèles, il s'interrogea sur la quête d'éternité des hommes. Il s'attarda devant la sépulture de la famille Léglise et se demanda quel était le livre que tenait à la main cet homme allongé pour toujours sur son divan. Il poursuivit sa promenade durant plusieurs heures. Il chercha en vain le tombeau de la sinistre famille Sanson, dynastie de bourreaux dont le plus renommé, Charles-Henri, avait notamment à son tableau de chasse Louis XVI, Danton et Robespierre. À force de tourner en vain, il eut un doute. Il vérifia sur son smartphone si ces réputés coupeurs de têtes ne résidaient pas en un autre lieu. Il fut vite fixé. Les Sanson avaient trouvé refuge au cimetière Montmartre. Brassac irait les visiter une prochaine fois. Il quitta Le Père-Lachaise par la rue des Rondeaux. Il était à moins d'un quart d'heure de chez sa collègue. Il remonta vers la place Gambetta et se rendit chez un fleuriste, où il choisit sans hésiter un bouquet rond dans des tons orangés pour Camille. Quand il offrait des fleurs à Claire, il en prenait toujours des semblables, c'était ses préférées. Il pensa qu'il devait aussi trouver quelque chose pour le compagnon de sa collègue. Il entra chez un caviste. Il se dit qu'un saint-émilion ferait l'affaire et il opta pour un Château Bellecombe 2007. Il avait encore une heure à perdre. Il s'arrêta à un kiosque pour acheter *L'Équipe*. Ensuite, il poussa la porte d'une brasserie, s'installa à une table, commanda un demi, puis attaqua sa lecture sportive.

Camille était aux fourneaux. Loin d'être un cordon-bleu, elle s'était plongée dans son livre de recettes pour essayer de trouver un plat original. Ayant un invité ce soir à la maison, elle devait s'appliquer. Habituellement, la cuisine était plus du ressort d'Adrien, mais aujourd'hui, il était de garde à l'hôpital et ne rentrerait pas avant dix-neuf heures trente. Il aurait été plus simple de proposer à Brassac un dîner au restaurant, mais cela aurait été trop impersonnel. Elle éprouvait encore une certaine gêne envers lui et espérait briser la glace. C'était un bon professionnel, mais elle le trouvait bougon, cynique et souvent susceptible. Il cachait certainement une faille.

Pour l'entrée et le dessert, le traiteur et le pâtissier dans la rue avaient résolu l'affaire. Le choix de Camille s'était finalement porté sur un sauté de lapin à l'alsacienne, tout sauf original. C'était le fameux plat des dimanches midi de son enfance, toujours servi avec des nouilles. La recette prévoyait dix minutes de préparation. Il lui fallut un quart d'heure. Elle lava préalablement les morceaux du lagomorphe pour les débarrasser des petits éclats d'os, les sécha dans du papier absorbant et les farina légèrement. Elle fit chauffer de l'huile et du beurre dans une marmite pour y faire doucement revenir la viande, qu'elle retira et remplaça par des oignons émincés et une gousse d'ail. Elle entreprit ensuite le déglaçage avec du vin blanc et remit le lapin dans la cocotte. Elle mélangea le tout, versa un verre d'eau, sala, poivra et n'oublia pas d'ajouter des feuilles de sauge et du thym. Il n'y avait plus qu'à laisser mijoter pendant une heure et demie. Elle lancerait les spætzle[61] au dernier moment. En surveillant la cuisson, Camille se souvint avec nostalgie des éclats de voix de sa mère, quand elle criait « *Jesses Gott*[62]! » et brandissait en l'air sa *Kochlöffel*[63] pour l'éloigner de la cuisine. Après l'appel d'Adrien, lui annonçant qu'il quittait l'hôpital, elle prépara la table et déboucha une bouteille de riesling de chez André Stentz, un viticulteur de Wettolsheim, le village de ses grands-parents.

Au pied du 17 de la rue Belgrand, Brassac, les bras encombrés, tentait de faire défiler les noms des habitants

61. Pâtes alsaciennes.
62. Expression alsacienne similaire à « Grand Dieu ».
63. Une grande cuillère en bois (en alsacien).

sur l'interphone. Un grand escogriffe en costume cravate, qui rentrait dans l'immeuble, lui proposa son aide.

— Je vais chez Mme Hetling, répondit Brassac.

— Vous êtes Antoine ? Je suis Adrien, se présenta l'homme. Je suis vraiment enchanté de vous rencontrer. Camille m'a beaucoup parlé de vous. Elle vous apprécie énormément, ajouta-t-il en lui tendant la main.

— J'en suis ravi ! C'est tellement rare que je fasse bonne impression, répliqua Brassac, laissant Adrien légèrement dubitatif.

Le début de soirée se déroula dans une ambiance compassée. Brassac avait réussi à la plomber d'entrée en décrivant son itinérance de l'après-midi. Adrien éprouva ensuite un mal fou à se montrer spontané, refroidi qu'il était par la morne passion de Brassac pour les cimetières. Pour meubler la conversation, il évoqua platement son travail de pédiatre à l'hôpital Robert-Debré, puis Camille dévoila un peu sa jeunesse colmarienne, ses études strasbourgeoises et ses débuts parisiens en commissariat. Brassac écoutait ses hôtes d'une oreille distraite, sans trop participer à la discussion. Il paraissait préoccupé.

Camille avait mis les petits plats dans les grands, mais il trouvait ce dîner un peu roboratif. La tropézienne après le foie gras et le lapin à l'alsacienne avait du mal à passer, même si le vin blanc était excellent. Ce ne fut que lorsqu'Adrien lui proposa un vieux rhum en digestif que son visage s'éclaira enfin.

— Ça y est ! s'écria-t-il. Camille, Adrien, je suis désolé, mais j'avais la tête ailleurs. À l'instant, je viens de comprendre ce qui m'avait choqué dans le cimetière de Belgodère. Tu te souviens, Camille ?

— Euh... Non ! répondit Camille, interloquée.

— Il faudra qu'on y retourne et qu'on aille aussi à celui de Corbara, où sont enterrés les Albertini.

Après le départ de leur invité, Adrien et Camille se sentaient quelque peu désemparés. Ils restèrent un long moment les idées dans le vague, assis sur leur canapé.

Camille émergea la première de sa léthargie. Elle se leva pour aller dans la cuisine. Elle rangea les assiettes et les couverts dans le lave-vaisselle, puis elle lava les verres à la main. Adrien la rejoignit. Il la prit sans ses bras. Elle se serra contre lui.

— Je comprends que sa femme soit partie, ne put-il s'empêcher de lâcher.

— Pourquoi dis-tu ça ?

— Ton Brassac, il est complètement hors-sol !

# 32

De l'eau avait coulé dans le ruisseau de Vignola, derrière sa maison, depuis la dernière convocation de police reçue par Mado. Les méthodes avaient changé, en bien. Au courrier sec et impératif de l'époque s'était substitué un appel téléphonique, quoiqu'un peu matinal, d'une jeune femme, certes pinzutu avec son nom à coucher dehors, mais apparemment bien éduquée. Mado ne changea pas pour autant son programme. Elle avait commencé son ménage et elle comptait bien le finir avant midi ! Elle avait déjà épousseté et passé l'aspirateur. Après avoir raccroché le combiné, elle s'empara d'un seau d'eau et d'une serpillière. Elle se mit à astiquer le sol de l'entrée. La fliquette était manifestement aussi ponctuelle que polie. Il était onze heures quand elle gara sa voiture devant chez Mado.

Camille avait déposé Brassac à l'entrée du cimetière de Belgodère avant de se rendre chez Madeleine Ferracci. Elle s'avança près de la maison. La porte était grande ouverte. Elle resta au pied des quatre marches du petit escalier en pierre. La vieille, vêtue de noir, portait un tablier gris attaché à la taille qui lui descendait à mi-mollet. Courbée en deux, elle frottait énergiquement le carrelage dans le couloir. Camille afficha son plus beau sourire pour la saluer.

— Bonjour madame Ferracci. Je suis la lieutenante de police Camille Hetling.

— *Aspetta*[64]*!* C'est mouillé ! avertit vertement Mado, sans un regard vers sa visiteuse.

64. « Attends ! »

— Oui, bien sûr, dit Camille, déstabilisée par cette entame. Je vous laisse finir. Ne vous inquiétez pas.

— Je vous rassure, je m'inquiète pas ! Vous m'avez dit que vous veniez de Paris, attaqua Mado, tout en s'échinant à sa tâche, sans même relever la tête. Vous êtes pas parisienne ?! Vous venez d'où avec un nom pareil ? Vous êtes pas d'origine allemande au moins ?! Parce que vous savez, les boches, ici, ils nous ont pas laissé un bon souvenir pendant la guerre avec leurs copains, les macaronis ! Et les nouveaux qui viennent de là-bas aujourd'hui en vacances, c'est pareil. Moins on les voit, mieux on se porte !

— Vous êtes sérieuse ?! s'enhardit Camille, touchée dans son orgueil. On ne mélange pas les torchons et les serviettes ! Je ne suis pas parisienne et encore moins allemande ! Surtout pas ! Je suis alsacienne, de Colmar, dans le Haut-Rhin et depuis plusieurs générations !

— D'accord ! enchaîna Mado, presque amadouée. Vous aussi alors, vous savez ce que c'est qu'une occupation étrangère. Vous êtes comme nous ! Vous avez connu l'allemande et maintenant la française. Je crois que c'est bon, c'est presque sec. Entrez !

Mado introduisit Camille dans le salon. Elle la fit asseoir dans un des deux fauteuils en velours marron et s'affaissa dans l'autre. L'agencement de la pièce rappelait à Camille celui de chez ses grands-parents. Seul le bahut en olivier dénotait par rapport à celui en noyer massif de la maison de Wettolsheim. Un cadre en bois était posé dessus. C'était le portrait d'un homme d'une soixantaine d'années avec un petit ruban noir dans l'angle supérieur droit. Mado avait apprécié la réaction de Camille. Elle la scrutait maintenant de la tête aux pieds. Cette gamine avait un joli petit minois avec ses longs cheveux blonds et ses beaux yeux bleus. Mado lui donnait une petite trentaine d'années. Il lui semblait la reconnaître.

— Vous êtes déjà venue au village ? Je vous ai déjà vue ! dit-elle.

— Oui, tout à fait. On s'est croisées au cimetière, il y a deux ou trois semaines.

— C'est ça. Vous étiez avec un bonhomme ?

— C'était mon chef, répondit Camille.

— Je me doute bien que c'était pas votre amoureux ! Il était plus vieux que vous. Vous avez pas une tête à ça, comme certaines. Bon alors, vous me voulez quoi ? Je suppose que vous avez pas fait tout ce chemin pour rien.

— Non, bien sûr, répondit Camille, qui, au vu du profil de la vieille, préféra ne pas tourner autour du pot. Je souhaitais parler avec vous de la mort de Jean-Baptiste Saliéri.

— Ah, le Bati ! Vous êtes bien la seule à l'appeler Jean-Baptiste.

— C'est son prénom.

— Oui, mais pourquoi moi ? Pourquoi vous venez chez moi pour en parler ? Vous me soupçonnez ?

— Mais non, rassurez-vous, bien sûr que non ! Je voulais juste avoir votre sentiment sur ce qui s'est passé et obtenir votre aide. Je crois savoir que vous le connaissiez bien ?

— Ma petite, déjà, j'ai pas à être rassurée et puis je suis pas du genre à baver sur qui que ce soit et encore moins sur les enfants de mes amis ! Vous avez des enfants, vous ?

— Non, et ce n'est d'ailleurs pas à l'ordre du jour. Avec mon métier et celui de mon ami, ce serait difficile. Mais, madame, je ne vous demande pas de me raconter des commérages. J'aurais simplement aimé savoir si vous étiez au courant de certaines choses, des problèmes que Jean-Baptiste Saliéri pouvait avoir ou s'il y avait des menaces qui pesaient sur lui.

— Et ça serait pas des commérages ?! Qu'est-ce qu'il fait votre ami ? demanda Mado, reprenant le seul sujet qui l'intéressait.

— Il est pédiatre. Pourquoi ?

— Ah ! C'est pour ça qu'il veut pas avoir d'enfant. Il en voit assez pendant son travail.

— Non, ça n'a rien à voir et ce n'est pas uniquement son choix. C'est notre décision à tous les deux. Nous sommes encore jeunes et, avec nos professions, nous ne sommes pas assez disponibles. Dans quelques années, peut-être...

— Ce sont des conneries ! s'emballa Mado. Moi, je me suis mariée tard avec mon Joseph, malheureusement trop tard, et j'ai jamais pu avoir d'enfant. Pourtant, j'aurais bien voulu en avoir. Je suis la seule de ma génération à pas en avoir eu. Même l'Anastasie, la mère du Bati, elle a eu plus de chance que moi ! Elle l'a eu, elle avait trente-quatre ans. C'était déjà tard à l'époque. Vous devriez y réfléchir sérieusement. Je dis pas que vous êtes trop vieille, mais faut pas trop attendre. Après, c'est vrai, c'est pas la peine d'être trop pressée non plus comme certaines. Prenez la fille Bettoni, l'Ornella, celle qui vivait avec le Bati. Sa gamine, elle l'a eue, elle avait quoi, vingt ou vingt et un ans. Au début, elle était même pas capable de dire qui était le père ! Elle s'est d'abord mariée avec le plombier, un Orlanducci. Celui-là, il est mort, y a une dizaine d'années. On sait d'ailleurs même pas comment ils ont fait pour fermer son cercueil avec les cornes qu'il avait ! Et tout ça pour s'apercevoir que c'était le Bati qui lui avait mis le polichinelle dans le tiroir ! Ah, celle-là, c'en est une sacrée marie-couche-toi-là ! Elle a bien des mœurs de Parisienne, elle ! Parce que, quand on connaît sa mère, c'est une cousine à moi, y a pas plus sainte nitouche. Ou alors, elle tient de sa grand-mère... Elle, c'était encore autre chose. C'était même pas la bonne, c'était la femme du curé d'Occhiatana ! Enfin, je m'énerve pour rien ! Tout ça pour dire, ma petite, que vous devez pas attendre la saint-glinglin, si vous voulez avoir des enfants. Autrement, pour ce qui est des histoires sur le Bati, j'ai rien à vous dire !

— Je comprends vos réticences, madame, et je vous remercie pour vos conseils, poursuivit Camille, qui rentrait dans le jeu de la vieille. C'est vrai que nous, les jeunes, on ne pense pas à toutes ces choses. Nous sommes un peu égoïstes.

— C'est tout à fait ça ! Le problème, c'est que le temps passe et vite. Tiens, en parlant de ça, il est presque midi. Je vous offre un verre ? Moi, j'ai toujours l'habitude de prendre un petit blanc avant de manger. Ça vous dit ? proposa la vieille.

— Et pourquoi pas ! accepta Camille en pensant à Brassac, qui aurait ainsi tout loisir de tourner en rond dans son cimetière.

Mado se leva prestement. Elle se rendit dans la cuisine et revint dans le salon avec une bouteille de vin blanc et deux verres qu'elle posa sur le marbre de la table basse. Elle remplit les deux ballons et en tendit un à son invitée. Camille trempa ses lèvres dedans. Le vin était frais et agréable en bouche.

— Excellent ! s'exclama Camille. Qu'est-ce que c'est comme vin ?

— Un vin du cap corse, répondit Mado en montrant l'étiquette de la bouteille. Vous vous y connaissez en vin ?

— Comme tous les Alsaciens ! Nous sommes une région mondialement réputée pour ses vignobles. C'est quoi le cépage ?

— Ça, j'en sais rien, moi ! Je fais que le boire ! J'suis pas une spécialiste. Regardez sur la bouteille, ça doit être marqué.

— Vermentino. Je ne connais pas, mais c'est très bon.

— Pourquoi « mais » ? Y a de bons produits en Corse ! s'échauffa à nouveau Mado en énumérant une liste à la Prévert : des olives, des châtaignes, des cédrats et des clémentines au brocciu et au fiadone en passant par les figatelli, la coppa, le lonzu et bien d'autres... Notre île est riche ! C'est bien pour ça que les Français veulent pas nous redonner notre indépendance. C'est pas leur intérêt ! Ils nous tondent avec leurs impôts. Nos agriculteurs et nos artisans, on les empêche de prospérer, alors qu'ils le méritent par leur travail. Mon Joseph, par exemple, il était menuisier. Il avait de l'or dans les mains, mais il a jamais pu faire fortune. Y a que ceux qui magouillent qui peuvent gagner de l'argent et même beaucoup ! Et ici comme ailleurs, y en a qui savent y faire, croyez-moi ! Quand je vois notre génération à nous autres, tous ceux qui étaient à l'école avec mon Joseph, ils ont tous fini les poches pleines ! Mais c'est pas en travaillant honnêtement comme lui ! Quand je pense au François Saliéri, au Jacques Albertini et à l'autre bâtard de Charles Bettoni, ça m'énerve ! Y en a un qui a profité d'être un dirigeant nationaliste pour voler tous ceux qui luttaient pour la cause. Le deuxième, c'était un vrai bandit. Au moins, avec lui, y avait pas de surprise. Quant au troisième, je préfère pas en parler. Celui-là, c'était le pire de tous, un vrai pourri qui a mangé à tous les râteliers ! Y avait aussi le notaire, le Démétrius Tornatori. Lui aussi, c'était un beau spécimen avec ses grands airs de pas y toucher. C'est le seul encore en vie, mais il a perdu la tête. C'est normal ! Tous les coups tordus qu'il faisait pour placer l'argent de ses copains ont dû lui faire des nœuds au cerveau ! Maintenant, il est à l'EHPAD. Il tient compagnie à l'Anastasie. Enfin, façon de parler, parce qu'ils racontent plus grand-chose tous les deux, à part ressasser le passé quand ils mangent. Tout ça pour dire, ma petite, que, malgré certaines mauvaises personnes, y a des gens de valeur et des hommes d'honneur en Corse ! Moi, mon Joseph, il pouvait marcher la tête haute dans le village. C'était un idéaliste, un juste. Et c'est pas moi qui vais le trahir en collaborant avec l'État colonial !... Faut pas le prendre mal, hein !... Je dis pas ça pour vous, ma petite. Je comprends bien que vous devez travailler pour vivre, laissa tomber Mado, qui, déviant de sa diatribe ajouta : Et si vous aviez un enfant, vous voudriez quoi, une fille ou un garçon ?

— Je crains de ne pas être très originale. Personnellement, je préférerais un garçon, mais je pense que mon compagnon pencherait pour une fille, avança Camille, certaine d'enclencher un nouveau délire de la vieille, comme si elle remettait une pièce dans un juke-box.

— Moi aussi, j'aurais bien voulu avoir un garçon et mon Joseph, lui, c'est une fille qu'il aurait souhaitée. Enfin, vous savez, quand ils sont petits, fille ou garçon, c'est bien les deux. C'est après, quand ils grandissent, que c'est compliqué. *Figlioli chjughi, pinseri chjughi. Figlioli maiori, pinseri maiori*[65] ! Je vois autour de nous comment c'était. L'Anastasie, ça a été l'enfer avec son grand con de Bati. Celui-là, il a jamais rien voulu faire. Non seulement c'était pas une lumière, mais c'était un sacré fainéant ! À part traîner dans les boîtes de

65. « Petits enfants, petits soucis. Grands enfants, grands soucis » (proverbe corse).

nuit et courir après les filles comme l'Ornella et d'autres traînées comme elle, c'était un bon à rien parfait ! La seule chose qu'il a réussi à faire, c'est rendre fous ses parents. Du coup, son père lui a pas laissé grand-chose comme héritage. De toute façon, il valait mieux, sinon il aurait vite tout bouffé ! Y a qu'à voir, quand il a voulu reprendre la suite de son père chez les nationalistes, ça a pas duré longtemps. Ils ont vite compris à qui ils avaient affaire. Le fils Tornatori, lui, c'était un malin. Lui aussi, il courait les filles, d'ailleurs il les court encore, mais il a fait des études, lui. Après, les filles, c'est pas mieux quand elles commencent à avoir l'entrejambe qui les démange ! Je dis pas ça pour vous, ma petite, c'est pas votre genre, mais quand on voit cette peste d'Ornella, on voudrait pas d'une fille comme ça pour tout l'or du monde ! Je préfère encore pas en avoir eu, même si ça me pèse. Celle-là, elle sait y faire, elle a vite compris que les garçons avaient le cerveau dans la culotte ! Elle a réussi à mettre le grappin sur cet idiot de plombier, le Dumé Orlanducci, pour se marier. Mais avant, elle en avait mis plus d'un dans son lit et pas que le Bati. Le Stéphane Tornatori était même son officiel à un moment donné. Et après, même mariée, elle a continué. Y a encore eu le Bati, le Kiki Albertini et bien d'autres. Tout le monde se demande même si l'Ange, son beau-frère, a pas couché avec elle, lui aussi. Ça a beau être un sauvage, il tirait sacrément la langue derrière elle à une époque. Enfin, au village, on l'appelle « La Gourmande » ! Ça veut bien dire ce que ça veut dire ! Maintenant, y en a même qui racontent que c'est le Tornatori qui la saute à nouveau. Moi, c'est pas mon genre de colporter ce genre de choses, mais y a pas de fumée sans feu et ce serait pas étonnant. Il a pas dû lui donner le poste de la mère Siméoni à la mairie juste par charité ! Tout ça pour dire, ma petite, que les enfants, c'est bien quand c'est petit, mais faudrait pas qu'ils grandissent ! Même si ne pas en avoir eu, c'est difficile à vivre, conclut Mado dans un murmure, une larme au coin de l'œil.

Puis, se reprenant, elle attrapa la bouteille sur la table et proposa :

— Vous en revoulez un petit ?

— Non, merci beaucoup madame. Vous devez avoir faim, je vais vous laisser manger. J'ai été très heureuse de discuter avec vous, dit Camille gavée de potins et pressée de s'échapper afin de pouvoir les trier et de ne rien oublier.

— De rien, ma petite. Ça m'a fait plaisir de bavarder avec vous de tout et de rien. Vous savez, je vois plus grand monde maintenant. Je suis la plus vieille du village. Les gens de ma génération sont plus là et j'ai plus personne. Si ça vous dit, revenez à l'occasion.

— Avec plaisir, madame. Je vous apporterai un vin blanc d'Alsace. On le goûtera ensemble.

— Vous êtes une brave petite. C'est une fille comme vous que j'aurais voulu avoir, se laissa aller Mado, qui resta un long moment sur son perron à regarder Camille s'éloigner.

Brassac faisait les cent pas devant le cimetière depuis près d'une demi-heure. Le garde champêtre l'avait mis dehors à midi. Camille arriva avec un large sourire.

— Alors, tu as une nouvelle copine ? l'asticota Brassac.

— Tu ne crois pas si bien dire. J'ai même eu droit au verre de vin blanc.

— Alors là, respect ! Tu n'as plus qu'à me raconter. Je te paye la croque et on file à Corbara. Si ça te dit, après le cimetière, on pourra même visiter le couvent. Tu verras, c'est un havre de paix extraordinaire. De là-haut, il y a une vue fantastique. On domine la mer.

— Trop cool ! J'en ai toujours rêvé. Ça va vraiment finir par être une journée inoubliable, répliqua Camille, dépitée.

# 33

Les aboiements résonnaient au milieu de nulle part entre Belgodère et Occhiatana. Il faisait nuit noire. Ange Orlanducci sortit de la bergerie pour faire taire ses quatre chiens : deux *cursini*, un grand bleu de Gascogne et un épagneul breton. Une fois le calme revenu, il parcourut les quelques mètres qui le séparaient de ses bêtes. Abrité par de vieux aulnes, l'enclos se trouvait non loin de l'endroit où le torrent de Luccioli s'acoquinait délibérément avec le ruisseau de Chievasa. Il jeta un œil derrière le grillage. Les huit brebis, cinq chèvres et deux cochons ne montraient aucun signe d'affolement. Rien de particulier non plus du côté du poulailler. Il perçut vaguement le bruit d'une ou deux voitures au loin. Une sirène de pompiers se mit à hurler. Il dodelina de la tête en soufflant. C'était la sonnerie de son téléphone mobile. Il appuya sur la touche verte et porta l'appareil à son oreille.

— Allo, qui c'est ? Vous avez vu l'heure ?! cria-t-il.

— Major Crémont, brigade de recherches de la gendarmerie de Calvi.

— Et alors ?! Vous voulez quoi ?

— On est sur la route pour venir chez vous, mais on ne trouve pas la bergerie. On ne voit rien.

— Et qu'est-ce que ça peut me faire ?! Vous n'aviez qu'à venir de jour. Je ne suis pas guide touristique. Vous êtes où ?

— On vient de prendre le chemin de Tenda.

— Vous êtes trop loin ! Si vous voulez venir jusqu'à la bergerie, retournez sur Belgodère. Vous garez vos voitures au niveau du ruisseau de Chievasa. Après, vous êtes obligés d'aller à pied. Il n'y a pas de chemin carrossable. Vous partez à gauche et vous longez le ruisseau pendant environ un kilomètre. Vous allez trouver un grand eucalyptus. Vous prenez le sentier à gauche juste après. Il vous restera deux ou trois cents mètres et vous y serez. J'allumerai. Comme ça, peut-être que vous finirez par trouver ! ricana-t-il. Vous en avez pour une petite demi-heure.

Ange raccrocha et se dirigea vers la niche d'un des deux *cursini*. Il se mit à quatre pattes pour pénétrer dans la cabane du chien. Il farfouilla au fond et réussit à mettre la main sur son vieux fusil Robust de calibre seize enroulé dans une couverture. Il se mit à courir avec son paquet sous le bras dans la direction opposée au cours d'eau. Il s'enfonça dans le maquis. Au bout de trois cents mètres, il arriva au pied d'un arbre décharné, contre lequel il s'appuya pour reprendre son souffle. Il glissa l'arme héritée de son père dans la cavité du tronc de l'olivier mort, puis il revint tranquillement sur ses pas. Il s'assit sur le banc devant sa bicoque et attendit ses visiteurs. Trois quarts d'heure plus tard, il vit enfin arriver cinq hommes et une femme en civil. Il se leva et alla à leur rencontre. Un des intrus l'interpella aussitôt.

— Monsieur Ange Orlanducci, vous êtes en garde à vue à compter de maintenant, il est six heures cinquante, précisa le major Crémont en consultant sa montre.

— C'est gentil de me remercier de vous avoir indiqué le chemin, fanfaronna Ange. Sans moi, vous étiez perdus !

— Sans vous, nous serions surtout encore en train de dormir ! rétorqua sèchement Crémont.

— Je vous connais, vous ! s'exclama Ange en s'adressant à la jeune femme blonde du groupe. Je vous ai déjà vue. Oui, c'est ça, je vous ai vue devant l'église à l'enterrement du vieux Charles. Vous êtes gendarme ?!

— Non, répondit celle-ci, lieutenante de police Camille Hetling, direction centrale de la police judiciaire.

— Ah, carrément ! La police et la gendarmerie. Il manque que la douane ! Mais qu'est-ce que vous me voulez ?! Vous croyez que je cache Yvan Colonna ? Vous n'êtes pas au courant qu'y a déjà plus de cinq ans qu'il a été arrêté ? Personne ne vous a rien dit ?! Même moi qu'ai pas la télé, j'le sais ! lança-t-il d'un ton hâbleur.

À défaut d'être devenu l'ennemi public numéro un, Ange était dans la ligne de mire des enquêteurs. Il était un suspect crédible pour l'assassinat de Bati Saliéri. Peut-être n'était-il pas étranger non plus aux homicides de 2000. Ce n'étaient pas les mobiles qui lui manquaient, quel que soit l'angle d'attaque des investigations. Le principal et non des moindres était la jalousie. Elle s'appliquait aux trois victimes avec un dénominateur commun : Ornella. La blessure infligée par son premier amour était non seulement béante, mais régulièrement ravivée. Ornella l'avait repoussé pour tomber successivement dans les bras d'autres hommes, dont son frère Dumé, Kiki et Bati. Bien sûr, il avait eu des aventures, quelques-unes plus sérieuses que d'autres, mais son véritable amour restait le premier, tout en se révélant chimérique. Après la période tendue qui avait suivi la mort de Dumé, il avait tout fait pour se rapprocher d'Ornella, mais elle ne lui avait jamais rien laissé espérer. Le pire moment avait été quand elle était partie vivre chez Bati. Il en avait été meurtri. À cette époque, en plus de ce cataclysme intime, l'entreprise de plomberie avait coulé. Dumé était celui qui faisait tourner la boîte. Ange ne possédait aucune qualification. Sans Dumé, il n'avait fait que s'enfoncer dans la crise jusqu'à la faillite. Il avait alors plongé dans une spirale infernale. Il avait même été obligé de vendre sa maison pour rembourser ses dettes. Ange avait tout perdu, fors l'honneur.

Désabusé, frustré, aigri, Ange en voulait à la terre entière. La jalousie n'était pas la seule à l'avoir entraîné par le fond. Il avait toujours été dans l'ombre et rabaissé. Gamin, il était celui de la bande qu'on ne calculait pas trop. Avec Ornella, trop jeune et trop maladroit, il avait été rejeté et envoyé aux oubliettes. Dans le boulot, les gens le dépréciaient. Il n'était que le frère de Dumé. Même Kiki Albertini, quand il avait voulu les racketter, s'était adressé à Dumé et pas à lui.

Depuis deux ans, Ange vivait dans sa bergerie au milieu du maquis avec ses chiens et ses bêtes. Il se rendait une fois par semaine à L'Île-Rousse pour faire ses courses. Il faisait une étape à Belgodère. Là, il discutait et prenait un verre avec quelques habitués du Galop. Le bar L'Amitié était banni de son parcours. Puis il retournait à sa vie austère. Quand les gendarmes avaient examiné son environnement et essayé de retracer ses activités, ils avaient fait chou blanc, non par incompétence, mais parce qu'il n'y avait rien à trouver. La seule récente entorse sociale qu'ils avaient constatée était sa présence aux obsèques de Charles Bettoni. Pour celles de Bati, il avait fait l'impasse.

Crémont et Camille, assistés de deux autres gendarmes, un de la BR de Calvi et l'autre de la BT de L'Île-Rousse, attaquèrent la perquisition sous le regard noir d'Ange Orlanducci. Brassac et Peyrard faisaient séparément le tour du propriétaire. Le jour se levait ; le site devenait moins mystérieux. Les deux hommes s'éloignaient un peu de la masure. Soudain, Peyrard poussa un juron. Brassac se rapprocha.

— Regarde ! Cet enfoiré, il s'est bien foutu de notre gueule ! vociféra Peyrard en montrant du doigt un Kangoo blanc garé au début d'un chemin.

— Oh, bien joué ! Il nous a fait un super bizutage pour pinzuti ! réagit Brassac, beau joueur.

Tout au long de l'opération, Ange se montra à la fois bougon et chambreur. Quand Peyrard lui reprocha de ne pas leur avoir indiqué le chemin pour rallier la bergerie en voiture, il poussa la provocation en répondant : « C'était pour gagner du temps ! Pour cacher mes armes et mes explosifs ! » Quand un autre se mit à fouiller les niches des chiens, il lui recommanda : « Touchez pas à leurs gamelles ! Ils vont vous bouffer la main ! » Enfin, quand on découvrit sa carabine de chasse à pompe Remington dissimulée dans le poulailler, il lâcha : « Oui, j'avoue, c'est vrai ! J'ai tué pas mal de gibier avec ! »

Conduit à la gendarmerie de L'Île-Rousse, Ange se retrouva dans une petite pièce, assis sur une chaise et menotté à une chaîne, elle-même reliée à un anneau fixé au sol. Brassac lui faisait face. Derrière son ordinateur, Crémont était concentré sur son clavier. Ange tergiversait. Il n'avait pas l'intention d'étaler devant eux toutes ses rancœurs, mais il ne voulait pas non plus rester embastillé éternellement. Puis, la pression monta d'un cran.

— Pourquoi vous venez me chercher moi ? J'ai rien à voir là-dedans ! se défendit-il. Si j'avais voulu tuer Bati, vous ne croyez pas que je l'aurais fait avant ?

— Peut-être, mais commence par nous expliquer pourquoi tu le détestais autant. Vous étiez amis d'enfance pourtant ? l'interrogea Brassac.

— Ça remonte à la mort de mon frère, commença Ange, enfin un mois ou un mois et demi avant. Disons qu'il y a eu un problème par rapport à la femme de Dumé. On était partis voir un match de foot à Bastia, moi, Dumé et les autres copains du village, ceux avec qui on traînait depuis qu'on était minots. Y avait Pieru Birelli, Luca Césari, Stéphane Tornatori, Xavier Poggi et Bati. À la fin du match, on a été boire un coup dans un bistrot. On a pas mal picolé et il y a eu des allusions sur la femme de Dumé. Ça a été assez loin. Ce con de Luca, qui voulait toujours la ramener, a balancé que Bati couchait avec Ornella et que ça l'arrangerait bien si Dumé passait l'arme à gauche. On a failli en venir aux mains, mais Stéphane nous a séparés. Après, ça a été fini, on ne s'est plus jamais parlé ni avec Luca ni avec Bati. Et comme par hasard, deux mois après, Dumé a été assassiné et, par la suite, Bati s'est mis en ménage avec Ornella. Reconnaissez que c'est quand même bizarre, non ?

— Tu vas peut-être un peu vite en laissant entendre que Bati a tué Dumé, avança Crémont. Ce n'était qu'une rumeur à l'époque, cette relation entre lui et Ornella. D'ailleurs, avant qu'ils ne soient véritablement ensemble, tu as pas mal tourné autour d'elle à ce qui paraît ?

— N'importe quoi ! s'insurgea Ange. Je lui rendais juste service en tant que beau-frère.

— Et c'est en tant que beau-frère que tu as pété les plombs quand tu as appris qu'ils vivaient ensemble ! l'attaqua Brassac. Ce n'est pas plutôt parce que tu étais jaloux ? Tu veux que je te dise ce que je pense ? Je crois que tu étais accro à elle et que tu étais fou de jalousie. Et ça, depuis que tu es gamin ! Pas seulement de Bati, mais aussi de ton frère et de Kiki Albertini ! Je crois même que tu les as butés tous les trois !

— Vous êtes complètement malades ! se rebella Ange. Mon frère, ça va pas bien ? Mais vous êtes fous !

— Et personne ne pouvait décemment penser que c'était toi, puisque tu as même empoisonné tes chiens pour détourner les soupçons, insista Brassac.

— Espèce de taré ! C'est dégueulasse de dire ça ! cria Ange, furieux et prêt à bondir sur le flic, mais retenu par la chaîne après laquelle sa main était menottée. Sale connard !

— Stop ! hurla Brassac en se levant. Tu te calmes ! On va considérer que c'est un moment d'égarement. Je vais oublier ce que tu viens de dire. OK ?

— Jamais j'aurais pu faire une chose pareille, reprit Ange en ravalant son agressivité. Vous savez très bien que c'est cet enculé de Kiki qui a fait cette saloperie et qui a tué mon frère !

— Et donc tu as voulu venger Dumé et tes chiens en tuant Kiki ! enchaîna insidieusement Crémont. Et en plus, ça mettait fin au racket, qu'il aurait pu continuer d'exercer sur toi.

— Mais non ! Arrêtez ! J'ai tué personne. Lui, cet enculé, y a un paquet de gens qui voulaient se le faire !

— Et tu en faisais partie ! en déduisit Brassac pour le provoquer à nouveau.

— Mais non ! Arrêtez ! Vous vous faites un putain de film dans vos têtes de malades ! Je suis innocent. J'ai rien fait à personne. Lâchez-moi ! Foutez-moi la paix ! Je m'en bats les couilles de Kiki et de Bati ! Je veux même plus en entendre parler ! Je vous dis pas que j'ai pas eu envie de les crever, ces ordures, et surtout Ornella, mais je l'ai pas fait !

— Pourquoi Ornella ? demanda Brassac.

— Tout ce qui est arrivé, c'est de sa faute ! Déjà, quand elle était gamine, elle foutait la merde dans la bande. Elle a toujours eu le feu au cul ! Je vous jure, si j'avais dû tuer quelqu'un, ça aurait été elle la première. C'est vraiment pas l'envie qui m'a manqué !

En revanche, pour les enquêteurs, c'étaient les éléments de preuve qui faisaient défaut. Mais si une seule raison avait pu empêcher Ange de venger son frère en réglant leur compte à ces enfoirés de Kiki et Bati, c'était bien l'angoisse de finir en prison, loin du village, loin du maquis et loin de ses chiens. En évoquant ses fidèles canidés, le berger bourru versa sa seconde larme de la journée. La première avait coulé le matin, lorsqu'il les avait quittés au lever du jour. La troisième lui mouilla les yeux, quand il les retrouva à la nuit tombée.

# 34

Ornella fouilla dans la penderie de sa chambre pour choisir des accessoires en accord avec sa tenue. Elle avait opté pour la simplicité. C'était un rendez-vous sérieux. Elle portait une jupe crayon noire descendant à mi-cuisse et un chemisier blanc échancré en voile de coton laissant apparaître un Wonderbra blanc, qui rehaussait avantageusement sa poitrine. Elle était très attachée aux détails qui faisaient la différence. Ses rayonnages regorgeaient de chaussures, ceintures, lunettes de soleil et autres sacs à main. Que de la marque... contrefaite. Elle effectuait régulièrement des razzias au marché de Vintimille, lors de ses escapades sur le continent avec sa copine Livia. Elle se décida pour une paire de Louboutin noire bordée de strass, une large ceinture Gucci noire avec son imposante boucle dorée et des lunettes de soleil siglées Christian Dior. Pour ajouter un peu de sobriété, elle pencha pour un classique sac Louis Vuitton.

Aurélie était en retard. Elle enfila un jean slim, un débardeur et une paire d'espadrilles rose aux semelles compensées. Elle grimpa dans sa Mini Cooper et prit la direction de L'Île-Rousse, où vivait sa mère. Le déménagement d'Ornella pour Belgodère était dans l'air, mais pas encore fixé. Quand Aurélie arriva, sa mère peaufinait son maquillage dans la salle de bains.

— Entre, ma chérie ! Je finis de me préparer. Va dans la cuisine. Il y a du café et tes crêpes sont sur la table. Ne m'attends pas, commence. Je n'en ai plus pour longtemps.

— T'es trop chou ! T'as pensé à faire les crêpes !

Ornella prit un soin particulier pour dessiner ses lèvres avec un crayon et compléta avec un gloss d'un rouge soutenu. Elle apposa enfin un fard à joues doré sur ses pommettes. Elle rejoignit sa fille dans la cuisine. Aurélie faisait un sort aux crêpes après les avoir recouvertes de confiture de figues.

— T'es trop classe, maman ! Il est super chic, ton maquillage. Dis donc, ça te fait de ces yeux ! T'es trop belle !

— Tu trouves ? Ah ben, je suis contente ! Je ne savais pas trop avec les faux cils. C'est vrai que je n'en mets pas souvent. Je ne savais plus si ça m'allait bien.

— Non, tu plaisantes ?! Ça te va vachement bien. Ça te fait des yeux de folie !

— Dis donc, toi, ma chérie, tu n'aurais rien oublié par hasard ? demanda Ornella en détaillant à son tour sa fille.

— Je sais, répondit Aurélie en se tapant un fou rire. J'étais à la bourre ce matin. J'ai oublié de mettre un soutif !

— Et je ne peux même pas t'en prêter un. Avec tes petits seins, les miens sont trop grands pour toi ! ajouta Ornella, amusée.

Les deux femmes se rendirent à pied chez le notaire. La plaque en cuivre sur la porte de l'immeuble indiquait que l'étude de maître Jérôme Cantin, successeur de maître Démétrius Tornatori, se situait au premier étage. Une secrétaire les accueillit. Elle leur indiqua la salle d'attente en précisant que maître Cantin n'allait pas tarder à les recevoir.

Avant d'accueillir ses deux visiteuses, Jérôme Cantin répertoriait les méandres du dossier avec le commandant de police Pascal Maestracci, venu spécialement de Bastia pour assister à cet entretien.

— Les premières sociétés ont été créées en 1988 et avaient pour seuls associés à parts égales François Saliéri et Jacques Albertini. Dès 1994, ce dernier a vendu ses parts, pour une somme plus figurative que conforme à leur valeur, à sa fille Mélanie, devenue Duriani par son mariage. En 1998, François Saliéri a lui aussi cédé les siennes pour un prix symbolique à Charles Bettoni. C'est en juillet 2004 que celui-ci les a lui-même transmises à sa petite-fille lors de sa majorité. Le montant de six millions sept cent dix-huit mille cinq cent trente-deux euros et dix-sept centimes, apparaissant dans les écritures de la LGT Bank au Liechtenstein sur les comptes de la jeune Aurélie Orlanducci, doit vraisemblablement correspondre aux revenus et dividendes de ces multiples sociétés. De son côté, Mélanie Albertini-Duriani doit sans doute être à la tête d'une fortune équivalente.

— J'ai effectué aussi quelques recherches de mon côté, intervint le commandant Maestracci. J'en ai rapidement conclu que Saliéri et Albertini avaient fait pot commun entre le trésor de guerre des nationalistes et celui de la Voile Bleue. J'imagine que votre prédécesseur n'a pas dû monter ces opérations gratuitement. Je pense que je vais bientôt avoir une discussion intéressante avec lui pour qu'il m'éclaire sur tout ça.

— Je doute qu'il puisse vraiment vous dire quoi que ce soit, répliqua Cantin, sans insister sur la probable indélicatesse de son prédécesseur. Maître Tornatori n'est plus très autonome. Il souffre de la maladie d'Alzheimer. Il est resté à la tête de l'étude très longtemps, peut-être même trop longtemps, puisqu'il avait près de soixante-douze ans quand il s'est décidé à passer la main. Selon son fils, il n'était plus vraiment apte à la fin. J'ai d'ailleurs constaté, à mon arrivée, que certains dossiers n'avaient pas été traités correctement. Il s'agissait certes d'erreurs mineures, mais étonnantes de la part d'un notaire expérimenté.

— Si je vous suis, ce courrier de la LGT Bank n'aurait jamais dû se retrouver entre nos mains. C'est une boulette. Tornatori devait gérer les comptes et, quand il a commencé à perdre les pédales, il a omis de communiquer à la banque une nouvelle adresse pour transférer les courriers destinés à la gamine à qui de droit, genre le vieux Bettoni.

— Je pense que cela a pu se passer ainsi.

— Dans vos dossiers, avez-vous trouvé la trace de relevés de comptes similaires au nom de Mélanie Duriani ?

— Non, mais je n'en ai pas trouvé d'autres non plus au nom d'Aurélie Orlanducci. Ce qui ne veut pas dire que maître Tornatori n'en a pas reçu. Il a pu les transmettre après examen, sans garder de copie.

— Bien, je crois que vous pouvez recevoir la riche héritière. Ce n'est pas la peine de me présenter en tant que flic. Je vais rester en observateur. Je vous laisse faire. Peut-être pouvez-vous montrer un léger étonnement, voire lui mettre un peu de pression ?

Quand il ouvrit la porte de la salle d'attente, maître Cantin fut surpris de voir deux femmes. Il salua la plus jeune, habillée de façon plus que décontractée. C'était certainement sa cliente. Il s'adressa ensuite à la seconde, une femme mûre d'assez belle prestance, quoique limite tape-à-l'œil.

— Madame, vous êtes ? s'enquit Cantin.

— Ornella Orlanducci, je suis la mère d'Aurélie, se présenta-t-elle avec un sourire enjôleur.

— Je ne suis pas sûr que vous puissiez assister à notre réunion, dit Cantin, quelque peu déstabilisé. Mais si ça ne gêne pas votre fille...

— Bien sûr que non, au contraire, intervint Aurélie.

— D'accord. Mesdames, je vous en prie, dit le notaire en les introduisant dans son bureau. Voici monsieur Maestracci, ajouta-t-il en désignant le policier sans en préciser la qualité. Il va assister à notre entrevue. Asseyez-vous, je vous en prie. Voilà, comme je vous l'ai dit au téléphone, j'ai donc reçu un courrier qui vous était destiné, expliqua-t-il en tendant l'enveloppe à Aurélie. Je suppose que vous êtes impatiente d'en prendre connaissance. Il s'agit de vos relevés de comptes bancaires domiciliés à la LGT Bank au Liechtenstein.

— Pardon ?! s'exclama Ornella en portant la main à sa bouche. C'est quoi ?

— Je vous en prie, madame. Laissez votre fille prendre connaissance de ces documents. Si j'ai souhaité vous rencontrer, mademoiselle, reprit-il, c'était pour vous remettre ce courrier en mains propres, en raison de sa provenance et évidemment en raison des sommes mentionnées. Vous n'êtes pas sans savoir que le Liechtenstein figure sur la liste des paradis fiscaux. En ma qualité de délégataire d'un office ministériel, je dois aviser les services gouvernementaux chargés de la lutte contre le blanchiment d'argent de toute information en ma possession relative à une éventuelle infraction de ce type. Vous comprendrez donc ma démarche de vous solliciter, et ce, en présence d'un tiers, en la personne de M. Maestracci, pour avoir quelques explications avant d'effectuer une déclaration auprès des autorités compétentes. S'il s'avère que vous pouvez justifier en toute transparence l'origine de ces fonds, ce sera une simple formalité. En revanche, dans le cas contraire, il sera diligenté une enquête qui pourrait, dans le cas extrême, aboutir à la saisie des biens assortie d'une peine de cinq ans d'emprisonnement et d'une amende de trois cent soixante-quinze mille euros. Ces peines pouvant être doublées si le blanchiment est aggravé.

— J'comprends rien... C'est quoi ce délire ?! J'vais pas aller en prison... J'ai rien fait ! se révolta Aurélie. Maman, dis quelque chose !

Les mots se bousculaient dans la bouche d'Aurélie. Sa mère était tétanisée sur sa chaise et paraissait perdue. Maestracci méditait. Cantin reprit la main.

— Mademoiselle, détendez-vous. Je ne vous ai accusée de rien. Peut-être n'étiez-vous pas au courant. Les premières recherches que nous avons faites avec M. Maestracci laissent penser que les fonds stipulés sur ces relevés de comptes proviendraient de sociétés que votre grand-père, M. Charles Bettoni, avait reçues de M. François Saliéri en 1998 et qu'il vous a transmises en 2004. En aviez-vous été informée ?

— Non, il ne m'a jamais rien dit. Je ne savais même pas qu'il avait des sociétés, à part le restaurant au village. Tu savais, toi, maman, pour papy ? interrogea Aurélie, mettant manifestement sa mère dans l'embarras.

— Ben non. Je ne comprends vraiment rien à cette histoire, réfuta Ornella.

— Écoutez, mesdames, je crois qu'on va en rester là pour aujourd'hui. Monsieur Maestracci, vous voyez quelque chose à demander à ces dames ? proposa le notaire, qui, devant le signe de dénégation du flic, prit congé des deux femmes en les raccompagnant jusqu'au seuil de l'étude.

Cantin retrouva Maestracci en train de compulser les relevés de comptes de la LGT Bank. Dans l'émotion, Aurélie Orlanducci les avait laissés sur le bureau. Le flic spéculait.

— Vous en pensez quoi ? demanda Cantin.

— Et vous ?

— J'ai l'impression qu'elle ne savait pas.

— La gamine, c'est sûr. Elle tombait de l'armoire. En revanche, la mère, je serais moins affirmatif. Je pense que Charles Bettoni est mort trop tôt ou tout du moins trop soudainement. La petite n'était pas censée être affranchie dans l'immédiat. Tout ça n'aurait jamais dû transpirer. Ça ne fait que confirmer ce que l'on pensait avant de les recevoir. Tornatori a merdé et Charles Bettoni aussi. Après avoir transmis officiellement ses parts à sa petite-fille, Bettoni devait continuer à récupérer les courriers chez Tornatori. Lorsque celui-ci vous a cédé l'étude, Bettoni n'a pas percuté. Il a pensé que Tornatori avait procédé au changement d'adresse auprès de la LGT. Il n'a pas vérifié. Il avait confiance en lui. Bizarre quand même pour un ancien flic. Une des premières choses qu'on apprend dans la boîte, c'est que la confiance n'exclut pas le contrôle.

— Qu'est-ce que vous comptez faire maintenant ?

— Je vais continuer de gratter. Il va falloir que j'entende Mélanie Duriani. Je vais aussi contacter les enquêteurs, qui s'occupent de l'assassinat de Bati Saliéri, le copain de la cagole. Ça va peut-être les intéresser.

Les deux femmes marchaient dans la rue sans un mot. Les nerfs d'Aurélie lâchaient. Elle était en pleurs. Ornella, le regard vide, la tenait par la main. Le moment était venu de dire la vérité à sa fille. Une fois de retour à l'appartement, Ornella alla directement dans le salon. Elle ouvrit une malle où se trouvaient les alcools. Elle s'empara d'une bouteille de martini blanc, prit un verre et le remplit. Elle l'avala d'un trait. Elle se resservit et en proposa un à Aurélie. Puis, prenant son courage à deux mains, elle se lança :

— Ma chérie, il faut que je te dise quelque chose !

# 35

Aurélie gara sa Mini Cooper sur la place, derrière une moto bleu-blanc-rouge. L'engin, posé sur sa béquille latérale, faisait désormais partie intégrante du paysage. Pourtant, la première fois qu'ils avaient vu son pilote, les gens du village s'étaient un peu inquiétés. Cela remontait à près d'un an. Pour eux, apercevoir un motard casqué à Belgodère était comme observer un oiseau de mauvais augure dans le ciel. Tout le monde avait encore en mémoire un fait divers sanglant relaté dans le journal. Un type portant un casque intégral avait escaladé le perron du palais de justice de Bastia au guidon de son Africa Twin. Arrivé en haut des marches, il avait vidé le chargeur de son pistolet dans la tête de sa cible encadrée par deux gendarmes. La maréchaussée à plat ventre, la moto tricolore s'en était retournée pour disparaître dans le dédale de ruelles de la vieille ville.

À l'origine, Jean-Michel Luciani s'était arrêté à L'Amitié en rentrant d'une rando autour de Belgodère, qui l'avait conduit jusqu'au circuit Parasu normalement dévolu aux VTT. Il s'était installé en terrasse pour boire un demi. Peu après, un violent orage l'avait précipité à l'intérieur. Il avait attendu presque deux heures pour repartir et avait ainsi eu tout le loisir de discuter avec une charmante petite brune, qu'il croyait être la serveuse. Par la suite, il était souvent revenu, jusqu'à devenir le petit copain de celle qui n'était autre que la patronne et se faire, par la même occasion, adopter par les habitués de l'établissement.

En l'absence d'Aurélie, partie pour un petit-déjeuner crêpes chez sa mère à L'Île-Rousse, Jean-Michel avait assuré le service du matin au bar. Depuis la mort de Bati et du vieux Charles, il était maintenant le seul homme de la maison. Personne ici ne connaissait les liens du sang qui l'unissaient à Toussaint Rossetti. Lui, comme Bati, s'était bien gardé d'en parler. Les deux hommes avaient tacitement jugé bon de rester discrets sur ce sujet pour éviter les qu'en-dira-t-on.

Aurélie traversa la salle comme une fusée et se dirigea sans détour vers l'escalier menant à l'appartement. Elle fit juste un signe de la main à Jean-Michel en disant simplement :

— Ça urge !

Elle s'enferma dans la salle de bains, fit couler de l'eau froide sur un gant de toilette et l'apposa sur son visage. Elle avait encore les yeux rouges. Elle resta prostrée pendant plusieurs minutes, assise sur le rebord de la baignoire. Elle se décida enfin, malgré son désarroi, à redescendre dans l'arène. L'heure de l'apéro approchait. Jean-Michel devait partir travailler à l'EHPAD. Ils eurent à peine le temps de se parler qu'il fila. Cela arrangeait Aurélie. Elle n'avait pas vraiment envie de lui raconter sa vie.

En quittant L'Amitié, Jean-Michel croisa Luca Césari, jamais en retard pour la grand-messe du midi. Le garde champêtre commanda un jaune à Aurélie. Il passait la plus grande partie de sa pause déjeuner à picoler. Il avalait juste un sandwich avant de rappliquer à la mairie pour faire de la figuration jusqu'au soir. Comme d'habitude, Luca fut rejoint par quelques piliers de comptoir. Xavier Poggi se greffa au groupe, suivi une vingtaine de minutes plus tard par Pieru Birelli. Celui-ci, en tant que dernier arrivé, paya sa tournée. Ses compères de boisson réunis, Luca attendit qu'Aurélie s'absente un instant pour dévoiler son dernier scoop.

— Vous savez pas la dernière ? attaqua-t-il. Hier, en fin d'après-midi, j'étais à L'Île-Rousse pour faire des courses au Casino et je suis passé boire un coup au Balto.

— Ouah, Luca ! Ça, c'est de l'info ! s'esclaffa Xavier, provoquant des éclats de rire.

— Fais le malin, toi ! Attends la suite. Vous devinerez jamais qui j'ai vu !

— Un glaçon dans ton pastaga ! railla Pieru.

— Toi aussi, fais le malin ! Y avait le copain d'Aurélie, assis à une table avec un autre type, qui était de dos. Quand il m'a vu le Jean-Mi, il était plutôt gêné. Sur le moment, j'ai pas compris. C'est seulement après que j'ai su pourquoi, quand j'ai vu qui c'était.

— Je parie que t'as fait le coup d'aller aux chiottes pour passer devant eux ! devina Xavier.

— Évidemment ! C'est normal, je trouvais ça bizarre. Ça puait ! On aurait dit qu'ils complotaient.

— Bon, ben accouche ! Qui c'était ? s'impatienta Xavier.

— Vous devinerez jamais ! C'était Toussaint Rossetti ! lâcha Luca, jetant un véritable pavé dans la mare.

— Mais qu'est-ce qu'il foutait avec Rossetti ?! Celui-là, y a pas longtemps qu'il est sorti du placard, non ? s'étonna Pieru.

— Oui. C'était juste avant que Bati se fasse buter. Les gendarmes ont d'ailleurs été le coincer, avant de le remettre dehors. T'as raison, Luca, ça pue ! laissa tomber Xavier.

— Les gars, Jean-Mi, il bosse à l'EHPAD, cogita à voix haute Pieru. Vous croyez que...

Il s'interrompit en voyant Aurélie revenir avec une mine de déterrée.

Un long moment de silence brisa les conjectures des buveurs de pastis, qui se sentaient pris en faute. Peut-être se faisaient-ils un mauvais film, mais il fallait reconnaître que, pour une fois, Luca avait soulevé un sacré lièvre. Aurélie perçut immédiatement le malaise, mais pensa qu'ils réagissaient à sa détresse, qui devait forcément se remarquer.

— Qu'est-ce qu'il se passe ? Vous supportez plus le jaune ? demanda-t-elle pour détourner l'attention.

— Non, tu rigoles ! Remets-nous ça ! répondit Luca en tendant son verre.

Jamais avare de boutades, il ajouta devant ses acolytes embarrassés, qui baissaient la tête :

— C'est juste qu'on trouve curieux que la moto de Jean-Mi soit bleu-blanc-rouge. On se disait que, dans un fief nationaliste, ça faisait un peu provoc !

# 36

Les locaux de la rue des Saussaies étaient encore quasiment déserts. Au cinquième étage occupé par la DCPJ[66], seule la lumière du bureau de l'état-major était allumée. Le permanent s'activait à trier les télex, à rédiger les synthèses des affaires de la nuit et surtout à préparer le café. Le Dingue en était un gros consommateur. Insomniaque et omnipotent, il n'allait pas tarder à débouler. Et effectivement à sept heures pile, la voix du directeur résonna dans le couloir.

— Dumont, t'es là ? Le café est prêt ?

— Bonjour monsieur le directeur, répondit le permanent en entrant dans le bureau, une liasse de papiers dans les mains.

— Quoi de neuf ? interrogea Le Dingue en accrochant son imperméable au portemanteau.

— La nuit a été assez agitée aux Mureaux. Hier soir, il y a eu un règlement de comptes entre dealers. Il y a eu un mort et un blessé assez sérieux. Deux bons Muriautins[67] du bled avec un joli palmarès, qui remplit trois pages du STIC[68]. La Crim[69] de Versailles est saisie. J'ai préparé la note ministérielle ; elle est là. Ailleurs, ça a été plutôt calme. Autrement, hier soir, j'ai reçu un coup de fil du chef de la financière à Bastia. Il voulait savoir qui gérait l'enquête sur l'assassinat de Bati Saliéri à L'Île-Rousse.

— Maestracci ? Pourquoi ça l'intéresse, cette affaire ? demanda Le Dingue en se versant sa première tasse.

66. Direction centrale de la police judiciaire.
67. Habitants de la ville des Mureaux dans les Yvelines.
68. Système de traitement des infractions constatées.
69. Brigade criminelle.

— Il vient d'hériter d'un dossier de blanchiment dans lequel apparaît le nom de la belle-fille de Saliéri, Aurélie Orlanducci.

— Donne-moi son numéro ! Je l'appelle.

Le commandant Pascal Maestracci n'avait jamais travaillé directement sous les ordres de Raymond Dengue, mais la réputation du directeur central de la PJ n'était plus à faire. Elle avait depuis longtemps traversé la Méditerranée. En outre, Maestracci avait lui-même eu maintes fois l'occasion de subir ses assauts verbaux, mais, chanceux, toujours par téléphones interposés. Alors qu'il s'apprêtait à passer sous la douche, il reconnut donc immédiatement celui qui hurlait dans ses oreilles. Après avoir été soumis à un interrogatoire en règle, il se glissa enfin sous le jet d'une eau chaude délassante. Le Dingue, lui, tout excité, était lancé comme un obus. Il contacta dans la foulée Brassac, qui se prélassait encore dans son lit.

— C'est moi ! T'es où ? Tu fais quoi ?

— Bonjour monsieur le directeur. Ce matin, nous allons à la mairie de Belgodère pour entendre Stéphane Tornatori, répondit Brassac en ignorant la première question.

— D'accord, mais avant tu appelles Maestracci, le chef de la financière de Bastia. Il a un dossier qui donne un peu de coloration à l'affaire. Il t'expliquera. Tu me feras le point quand tu auras fini là-haut. Ah ! Tu diras à la petite qu'elle retourne voir la vieille à l'occasion pour lui tirer les vers du nez. Il doit bien y avoir moyen d'apprendre encore des choses avec elle.

— C'est prévu. Elle doit y retourner avec une bouteille d'Alsace. Il paraît que le vin lui délie la langue.

— Elle fait comme elle veut, mais tu lui diras aussi qu'elle oublie de me faire une note de frais pour ses beuveries entre copines ! conclut Le Dingue.

Une fois arrivés à Belgodère, Camille et Brassac descendirent de voiture. La terrasse du bar L'Amitié leur tendait les bras. Brassac préféra s'isoler un peu pour téléphoner au collègue bastiais de la financière. Ils se posèrent donc sur un banc en face de la poste. Il était à peine neuf heures, rien ne pressait. Les rayons du soleil traversaient les branches des platanes encore peu feuillues en ce début de printemps. Brassac fermait les yeux et se laissait envelopper par la chaleur, qui enserrait déjà la place. Avant de plonger dans une profonde atonie, il se décida à contacter Maestracci. Celui-ci décrocha aussitôt.

— Commandant Maestracci, j'écoute.

— Bonjour, Antoine Brassac, je t'appelle de la part...

— Du Dingue ! Je sais, coupa le policier bastiais. Vous ne perdez pas de temps à la DCPJ. Je viens à peine de ramener mes fesses au bureau. Déjà que j'ai failli ne pas pouvoir prendre de douche ce matin !

— Je vois. Je n'ai pas besoin de te faire un dessin. Tu connais le bestiau !

— Qui ne le connaît pas ? Bon, maintenant qu'il est habillé pour la journée, on va parler de choses sérieuses. On peut se voir ou je te briefe là, au téléphone ?

— Aujourd'hui, ça va être compliqué pour moi de monter à Bastia. Vas-y, raconte.

— Je te la fais courte. Tu me dis, si tu coinces. J'ai été tamponné la semaine dernière par un notaire de L'Île-Rousse. C'est un Parisien récemment débarqué qui a repris l'étude Tornatori. Il a tiqué sur un courrier d'une banque du Liechtenstein. C'étaient des relevés de comptes au nom d'Aurélie Orlanducci. Tiens-toi bien ! La gamine est à la tête de plus de six millions d'euros. Ça a incité le notaire à essayer de comprendre. Il s'est rendu compte qu'elle était associée dans de multiples sociétés avec une seule partenaire, une nommée Mélanie Duriani.

— Duriani, ça me dit rien, l'interrompit Brassac.

— Normal, c'est son nom d'épouse. Elle est mariée avec un entrepreneur de maçonnerie d'Ajaccio. Mais le plus important, c'est son nom de jeune fille. Il vaut le coup : Albertini ! C'est la fille de Jacques Albertini, l'ex-parrain de la Voile Bleue, qui est mort en tirant son coup il y a presque une quinzaine d'années. Et c'est donc aussi la sœur de Kiki Albertini, qui a suivi le chemin de son père trois ou quatre ans après, mais en moins fun. Il a été abattu au fusil de chasse dans une rue sombre à L'Île-Rousse.

— Oui, je sais. J'ai travaillé dessus à l'époque et on continue d'ailleurs aujourd'hui. On cherchait une éventuelle connexion avec l'assassinat du père de la petite, Dumé Orlanducci. On dirait bien que tu nous en as trouvé une !

— Attends, ce n'est pas fini. Quand on épluche l'historique des sociétés, ça devient sympathique. Les plus anciennes remontent à la fin des années quatre-vingt, début quatre-vingt-dix. Elles ont été créées par Jacques Albertini et François Saliéri, l'ancien maire nationaliste de Belgodère. Tu commences à entrevoir le chantier entre voyous et « natios » ?

— Chouette tableau !

— Il y a quand même un truc où ça ne colle pas. Autant la fille Albertini, je comprends, mais Aurélie Orlanducci, je ne pige pas ce qu'elle fout là-dedans. La passation ne s'est pas faite en direct pour elle. Saliéri, avant de mourir, a filé ses parts à Charles Bettoni, qui les a donc transférées à Aurélie, sa petite-fille. Mais pourquoi Saliéri a fait ça ? Là, je bloque. Je me demande si son fils Bati était au courant et pourquoi tout lui est passé sous le nez.

— J'ai peut-être une partie de la réponse. Et le notaire, qu'est-ce qu'il en dit ? Il lui a refilé le courrier, à la gamine ?

— Oui, j'étais là et franchement j'ai eu l'impression qu'elle tombait de l'armoire. En revanche, y avait sa mère, une vraie cagole celle-là ! Et je suis déjà moins catégorique avec elle. Je l'ai sentie mal à l'aise.

— On sait pourquoi le courrier est arrivé chez le notaire ? demanda Brassac.

— Je pense que le père Tornatori a réalisé tous les montages et gérait le pognon de la gamine avec Bettoni. Le problème est qu'avant de céder son étude, il n'a pas effectué le changement d'adresse auprès de la banque du Liechtenstein. D'après son successeur, Tornatori souffrirait aujourd'hui de la maladie d'Alzheimer. Il devait donc déjà commencer à pédaler dans la semoule. Bettoni, lui, n'a pas dû penser à vérifier et à rectifier le tir. Et comme maintenant il est mort...

— Tu comptes faire quoi maintenant ?

— J'aurais voulu avoir la version de Tornatori, parce qu'il est la cheville ouvrière du merdier et qu'il a dû bien se servir au passage, mais c'est impossible, vu qu'il a perdu le nord. Il me reste donc à entendre Mélanie Duriani pour boucler mon enquête préliminaire. Après, je verrai avec le proc. Soit il fait une demande d'entraide judiciaire internationale auprès du Liechtenstein, au moins pour geler les comptes, soit il ouvre une information et saisit un juge d'instruction, qui délivrera une commission rogatoire internationale. À mon avis, le proc optera pour la deuxième solution, mais je ne te fais pas de dessin par rapport aux délais de réponse de ce paradis fiscal.

— Tu penses aller la voir quand, Mélanie ?

— La semaine prochaine. Tu veux venir ?

— Oui, ça m'intéresse.

— Comme tu veux, mais je suis convaincu que tu perdras ton temps. Les investissements remontent à une vingtaine d'années et elle va nous expliquer que c'est le fruit du travail de son père, un honnête restaurateur devenu promoteur immobilier.

— Honnête, c'est un peu exagéré, quand on connaît son palmarès !

— Oui, mais pour prouver que c'est de l'argent sale, il faut le raccrocher à des infractions précises, ce qui est assez coton. Et en ce qui concerne le fric des « natios », je ne suis pas sûr que l'on me laisse trop gratter, car au niveau propreté, vu sa provenance, on ne peut pas faire mieux, commenta Maestracci. C'est le genre de dossier qui va traîner des années et, moi, je n'ai pas trop le temps. Je suis à la retraite dans trois mois ! Plus sérieusement, peut-être que Mélanie Duriani fera l'objet d'une mise en examen, mais pour une condamnation, c'est une autre histoire. Aurélie, quant à elle, risque encore moins. Au pire, elle sera témoin assistée pendant l'instruction. Je ne suis même pas certain que les fonds soient saisis. Au final, ça se réglera avec un joli redressement fiscal. Comme ça, l'État récupérera un peu de ses billes ! Tu veux quand même venir à Ajaccio ?

— Oui, oui. On rentre à Paris demain, mais on peut revenir la semaine prochaine. Si tu peux programmer ça mardi ou mercredi prochain.

— D'accord. *L'affare hè fattu*[70] ! Vous feriez quand même mieux de vous installer ici, ça reviendrait moins cher à l'administration, conclut Maestracci.

70. « L'affaire est faite » (expression corse).

# 37

Brassac rapporta à Camille la teneur des propos de Maestracci. La perversité du système et du temps les plongeait dans une certaine perplexité. Ils ne se décidaient pas à quitter leur banc. Silencieux, ils restèrent encore un long moment à se laisser caresser par les rayons du soleil. Cette douceur printanière alliée au charme du village avait un effet lénifiant. Cependant, ils n'étaient pas en vacances et s'ils se laissaient aller à l'imaginer un peu trop longtemps, Le Dingue se chargerait de les ramener à la réalité. Ils se levèrent avec lenteur, comme engourdis. Ils traversèrent la place et se dirigèrent vers la mairie. Brassac poussa la lourde porte d'entrée en bois. Les gonds grincèrent bruyamment. Il laissa passer Camille devant lui. Le hall d'accueil était assez vaste. Au fond, derrière un guichet avec un hygiaphone qui s'étendait sur toute la largeur, un couple discutait. La femme sembla étonnée en apercevant ces deux visiteurs inconnus. Brassac et Camille identifièrent immédiatement Ornella Orlanducci, mais n'émirent aucun commentaire.

— Bonjour, commandant Brassac et lieutenant Hetling de la police judiciaire. Nous voudrions voir monsieur le maire, sollicita Brassac, tandis que l'homme se retournait dans leur direction.

— Bonjour commandant, bonjour lieutenant, je suis le maire, Stéphane Tornatori, intervint l'homme en s'avançant vers eux. C'est à quel sujet ?

— C'est dans le cadre d'une enquête criminelle, précisa Brassac. Pouvez-vous nous accorder un entretien ?

— Bien sûr, si je peux vous être utile, répondit-il d'un air entendu et compassé. Vous préférez peut-être un endroit plus discret pour discuter ? proposa-t-il, sans faire lui non plus allusion à sa collaboratrice.

— S'il vous plaît, dit Brassac.

— Venez, je vous en prie, les invita l'édile en leur indiquant l'escalier, avant d'ajouter d'une voix basse : ce pauvre Bati...

Brassac et Camille le suivirent jusque dans son cabinet. Le maire les invita à prendre place sur un canapé adossé au mur. Il récupéra son fauteuil sous le portrait du président de la République et contourna son imposant bureau en chêne pour venir s'installer face à eux. Il leur proposa un café, qu'ils refusèrent. Tornatori entreprit alors de parler de son ami Bati Saliéri sur un ton nostalgique.

— Nous nous connaissions depuis que nous étions gamins et nous sommes toujours restés proches. Jeunes, nous nous voyions au café, sur le terrain de foot ou dans les bals. Il n'y avait pas de téléphone portable à l'époque, mais nous n'avions pas besoin de convenir de rendez-vous. Nous allions toujours dans les mêmes endroits. C'était vite fait dans la région, quand on voulait trouver de l'animation. Les relations proches de Bati se limitaient à la bande de copains du village, même si, avec le temps, on s'est tous plus ou moins éloignés les uns des autres. Il y avait le pauvre Dumé Orlanducci, qui est mort il y a dix ans, son frère Ange, Pieru Birelli, Luca Césari, Xavier Poggi, Bati et moi. Évidemment, Bati connaissait tout le monde dans la région, mais j'ignore quel genre de rapports il avait avec les autres. Je ne lui connaissais pas d'ennemi. Tout le monde était content de le voir rangé, depuis qu'il était avec Ornella. À ma connaissance, il n'avait aucune crainte ou angoisse particulière. Il ne se sentait pas menacé. Le football et la chasse étaient ses passions. Il ne ratait jamais un match du Sporting à Furiani. L'hiver, il lui arrivait de partir en voiture le soir pour chasser le sanglier, comme beaucoup de monde ici. Il y allait plutôt seul, mais je l'ai accompagné quelques fois. Je dois dire qu'ensemble, nous n'avons jamais réussi à en tuer. Les meilleurs à ce jeu étaient les frères Orlanducci. Eux, ils en ramenaient assez régulièrement.

Depuis deux ou trois ans qu'il était en ménage avec Ornella, il y allait quand même beaucoup moins souvent. Sinon, Bati avait des convictions nationalistes. Il n'a toujours été qu'un simple militant. Il n'a jamais voulu prendre de responsabilités. À l'inverse de son père, il n'aimait pas la politique. Cela ne l'intéressait pas. Il avait d'ailleurs une expression qui résumait bien sa pensée sur le sujet. Il disait toujours : « La politique, ça sent la merde ! » Je me souviens de sa réaction désinvolte quand on avait parlé du groupe clandestin Banditi Fora. C'était en 2000. Il m'avait dit : « Encore un nouveau mouvement nationaliste, une belle connerie de plus ! » Le comble dans cette histoire, c'est que la police antiterroriste de Paris l'avait arrêté, croyant que c'était lui le responsable de ce mouvement.

Le maire ayant évoqué ces quelques fades souvenirs, Brassac lui demanda s'il avait entendu parler d'affaires concernant la famille Saliéri, qui auraient pu être traitées par son père en tant que notaire. Tornatori répondit que son père, soumis au secret professionnel, n'évoquait jamais, dans l'intimité ou *a fortiori* en présence de tiers, les dossiers de son étude. Il ajouta que son pauvre père était atteint aujourd'hui de la maladie d'Alzheimer. Brassac croisa le regard de Camille, qui en disait long sur ce qu'elle en pensait. Il n'insista pas. Les deux policiers remercièrent sobrement leur interlocuteur et prirent congé. En quittant les lieux, ils saluèrent d'un geste synchrone de la main la secrétaire derrière le guichet. Le maire les suivit de peu. En partant, il s'adressa à Ornella pour lui dire que, si on le cherchait, il était à son cabinet dentaire.

Brassac et Camille regagnèrent L'Île-Rousse et se rendirent à la gendarmerie. Peyrard et Crémont les attendaient pour le briefing de fin de semaine. Avant de commencer, Brassac décida d'appeler Le Dingue pour lui faire son compte rendu. Ils ne s'attardèrent pas sur l'audition sans réel intérêt de Tornatori. Ils discutèrent plus sérieusement du dossier financier traité par la PJ bastiaise. Le Dingue félicita son subordonné de son initiative avec sa verve et son pragmatisme coutumiers.

— T'as eu raison de proposer à Maestracci de l'accompagner pour aller écouter les boniments de la blanchisseuse. Vous n'avez qu'à rester sur place ce week-end. Vous pourrez continuer d'investiguer et ça vous évitera la fatigue d'un aller-retour à Paris, conclut-il avant de raccrocher.

— Fais chier ! Il veut qu'on reste ce week-end, s'exclama Brassac en s'adressant à Camille.

— C'était sûr, avec ton idée à la con de revenir la semaine prochaine ! On ne pouvait pas y échapper ! répliqua Camille pleine d'âcreté. C'est super ! Comme tu t'entends bien avec ta belle-mère et qu'elle est partie pour rester à demeure chez toi, tu vas pouvoir la demander en mariage pour remplacer définitivement ta femme ! balança-t-elle comme un uppercut.

— Si tu pouvais la fermer au lieu de dire des conneries, ça m'arrangerait ! Tu serais un mec, je t'aurais déjà mis mon poing dans la gueule ! s'emporta Brassac.

Pas vraiment calmés, ils retrouvèrent les deux gendarmes. Brassac répéta pour la troisième fois sa conversation avec le flic bastiais. Cette histoire de blanchiment donnait du relief aux relations entre « natios » et voyous, mais ne permettait pas vraiment d'établir un lien avec les assassinats. Très tôt, Albertini père avait pris ses précautions en se servant de sa fille comme prête-nom. Il avait ainsi finement réglé les problèmes de succession au sein de la Voile Bleue en évitant de placer son fils Kiki en ligne de mire. François Saliéri, lui, avait eu plus de difficultés pour résoudre cette équation. Son fils Bati s'avérant peu fiable, il l'avait exclu du deal. Il avait toutefois fini par trouver une autre solution.

Les quatre enquêteurs planifièrent leurs prochaines investigations. Ils évoquèrent le cas Jean-Michel Luciani. Toutes les recherches entreprises sur ses antécédents, ses relations et son emploi du temps à l'EHPAD semblaient dédouaner le trentenaire, en dépit des apparences. Il avait même un sérieux alibi, bien qu'original, au moment de l'assassinat de Kiki Albertini dix ans plus tôt. Parmi les footeux présents au Penalty ce soir-là, il avait lui-même témoigné en faveur de Bati.

— Un sacré cumulard, le garçon ! ironisa Peyrard : motard casqué au guidon d'une Africa Twin première génération, chasseur, neveu de Toussaint Rossetti, aide-soignant à l'EHPAD, copain d'Aurélie Orlanducci, déjà opérationnel il y a dix ans et des alibis subtils et bien montés. C'est un vrai Canada Dry ! Il ressemble à un tueur, mais ce n'en est pas un.

— Ce n'est pas la peine de se disperser avec lui. On va crever l'abcès. On le convoque pour demain et après on passe à autre chose ! décida Crémont.

— Camille doit aussi retourner papoter chez la vieille, intervint Brassac. C'est moi qui payerai le gewurztraminer ! ajouta-t-il, provoquant un rictus chez sa collègue.

— Vous voulez qu'on dîne ensemble ce soir ? proposa Crémont, qui sentait la tension entre Brassac et Camille. Ça fera du bien à tout le monde.

— Moi non, déclina Brassac, j'ai rendez-vous avec un ancien collègue, qui vit à Lumio.

Avant de quitter la gendarmerie, Brassac passa un coup de fil au responsable des pompes funèbres locales. Il lui formula une requête. Le croque-mort en chef répondit qu'il ne pouvait pas faire de recherches dans l'immédiat, car son ordinateur était en panne. Il l'invita à le rappeler samedi matin, précisant que son vendredi était déjà bien chargé avec deux enterrements. Brassac raccrocha, frustré. Il devrait patienter. Il n'était encore sûr de rien. Au départ, c'était comme une fulgurance, une impression qu'il avait du mal à discerner, quelque chose qu'il avait remarqué lors de ces errances dans les cimetières. Une histoire de pluriel, à Belgodère et à Corbara.

# 38

Camille prenait son petit-déjeuner en solitaire. Le croissant au beurre avait du mal à passer. Elle n'avait pas beaucoup dormi. La veille, après avoir dîné avec les deux gendarmes, elle avait passé la soirée au téléphone avec Adrien. Ils avaient longuement évoqué la situation. Camille avait une relation compliquée avec Brassac. C'était un bon professionnel, mais sur le plan personnel, il était difficile à cerner. Elle exécrait son côté soupe au lait et ne pouvait plus envisager de travailler avec lui sur le long terme. Quant à leur patron, elle regrettait de ne pas avoir tenu compte des quelques échos qu'elle avait entendus sur lui avant de postuler. Ce bonhomme était un autocrate, un véritable négrier. Sa décision était prise : elle demanderait sa mutation et ne fléchirait pas, quelle que soit la réaction du Dingue. Elle était prête à retourner travailler en commissariat. Dans cette grisaille, elle vit apparaître malgré tout une petite éclaircie avec sa visite programmée chez la vieille Mado. Un verre de vin blanc et les délires de l'acariâtre égaieraient peut-être sa journée.

Camille croisa Brassac dans le hall alors qu'elle regagnait sa chambre. Les retrouvailles furent fraîches avec un échange de politesses contraint et forcé.

— Ils ont réussi à joindre Luciani ? demanda Brassac.

— Oui, il doit venir à la gendarmerie après son boulot, vers seize heures trente.

— Parfait. Moi, ce matin, je reste ici à L'Île-Rousse. J'ai un truc à faire. Tu as prévu quelque chose ?

— Non. Je passerai juste au supermarché pour acheter une bouteille et des biscuits apéro avant d'aller chez la vieille. Si tu veux, tu peux prendre la voiture. Je n'en aurai besoin qu'en fin de matinée pour monter à Belgodère.

— Non, non, tu peux la garder. J'ai un ancien collègue qui doit passer me récupérer tout à l'heure. Si on ne se revoit pas avant, on se retrouve cet après-midi à la gendarmerie pour Luciani.

— OK ! répondit sèchement Camille, intriguée et offensée par les cachotteries de Brassac.

Qu'est-ce qu'il avait bien à faire ce matin ? Et avec un ancien collègue ?

Max gara son Citroën Berlingo près de l'hôtel. Il entra dans l'établissement et se dirigea vers la réception pour demander Brassac. L'hôtesse d'accueil appela la chambre, en vain. Elle l'informa que le client devait être sorti, à moins qu'il ne fût encore au petit-déjeuner. Elle lui indiqua la salle de restaurant pour aller vérifier. Il l'aperçut immédiatement. Brassac, debout devant le distributeur de boissons chaudes, se servait une tasse de café. Il en proposa une à Max. Les deux hommes prirent ainsi le temps de discuter en buvant leur expresso. Brassac éprouvait une certaine fébrilité. En y repensant, l'idée de Max était intéressante. Elle aurait peut-être le mérite de le fixer sur la marotte du Dingue, avec ces vieux qui sont toujours au courant de tout. Cependant, il doutait de la fiabilité du système.

— Tu n'as aucune raison de t'inquiéter. Fais-moi confiance ! C'est du matériel top niveau ! Ce micro a été miniaturisé par les Israéliens. Il a la grosseur d'une tête d'épingle. Ils l'ont utilisé la première fois sur une bague sertie de diamants. On l'appelle « le bijou du Mossad[71] » ! vanta Max. L'enregistrement se déclenche à la voix et est renvoyé sur ma bécane au bureau. Tu verras, ça va être nickel. « La vérité jaillira de l'apparente injustice[72] » ! finit-il par déclamer.

71. Agence de renseignement directement sous la responsabilité du Premier ministre exempté des lois fondamentales de l'État d'Israël.

72. Citation d'Albert Camus dans *La Peste*.

Max était définitivement le roi des maximes. Pourtant, une chose était sûre : il n'avait rien perdu de sa dextérité et de sa technicité. L'opération fut réalisée en un tournemain.

En rentrant du cimetière, Mado prépara son repas de midi. Elle déroula une pâte feuilletée et tartina le fond de moutarde. Elle le couvrit de gruyère, étala dessus des tomates coupées en tranches, qu'elle assaisonna de sel, de poivre et d'herbes, puis enfourna le tout. Elle lavait son couteau quand la sonnette retentit. Qui pouvait venir chez elle sans prévenir, juste avant manger ? Le tablier encore attaché à la taille, elle alla ouvrir. Elle reconnut la jeune fliquette alsacienne de Paris, qui avait un sac de supermarché à la main.

— Bonjour madame, je ne vous dérange pas, j'espère ?

— Non, non, je faisais à manger, bougonna la vieille.

Puis, se déridant, elle ajouta :

— À mon âge, on a ses habitudes ! On mange de bonne heure ! Entrez, ma petite ! lança-t-elle en s'écartant de la porte. Qu'est-ce que vous avez là ?

— Comme promis, je vous ai apporté un vin de chez moi, un gewurztraminer. J'ai pris aussi des bretzels pour grignoter. Un vrai apéritif alsacien !

— Ben ça c'est gentil ! Mais il est assez frais, votre vin ? s'inquiéta Mado en introduisant Camille dans le salon.

— Oui, oui, ne vous inquiétez pas !

— Je vous laisse l'ouvrir. Il y a le tire-bouchon sur la table basse. On va prendre mes beaux verres dans le buffet.

— Vous avez cuisiné quoi ? demanda Camille en débouchant la bouteille. Ça sent bon !

— C'est une tarte à la tomate. Si ça vous dit, vous pouvez rester, y en a assez pour deux !

— Non, non, je n'aurai pas le temps. Je n'ai pas encore fait ma valise pour rentrer à Paris, mentit Camille.

— Paris ! J'comprends franchement pas ce que les gens y trouvent. On est bien mieux chez nous. Enfin, surtout l'hiver, parce qu'on les récupère tous l'été, les Parisiens. Mais quand ils sont pas là, on est tranquilles. On n'est pas nombreux au village, on n'est guère plus de mille aujourd'hui, mais y a tout ce qu'on a besoin avec les commerces et la poste. Dans ma rue, y a même un serrurier. Avant c'était l'atelier des Orlanducci. L'Ange lui a vendu quand il a fait faillite. C'était un incapable, celui-là, sans son frère. Le serrurier, lui, il fait pas de bruit, pas comme les Orlanducci quand ils avaient leurs chiens. Ceux-là, ils arrêtaient pas de gueuler ! Le soir, c'était insupportable ! Il a fallu qu'ils crèvent, ces clébards, pour qu'on ait enfin la paix ! Après, y a que quand ils ont fait leur photo dans le maquis qu'y avait du monde. C'était un vrai défilé à l'époque. Tout le monde venait chercher du matériel à l'atelier. Enfin, elle a fait un beau foin, cette photo ! Ah, si, bien sûr ! Y a eu le cirque, quand ce salopard de Dumé a été assassiné ! Mais là, c'était les gendarmes qui défilaient. Personne l'a pleuré, lui, surtout pas sa femme, la fille de cette ordure de Charles Bettoni. L'Ornella, c'en est une sacrée garce, elle. Elle en a provoqué des histoires. Son père, lui, j'en parle même pas. Chez nous, on dit : « *Basgia a croce e pizzicà u Cristu*[73] *!* » Plus faux cul, ça doit pas être possible ! Quand je pense à mon Joseph, qui me disait que c'était son ami d'enfance. Tout ça parce qu'ils avaient été à l'école communale ensemble, comme avec le Jacques Albertini et le François Saliéri. Certes ! Ils y ont traîné dans les ruines du couvent après la classe. Ils ont dû en faire des vertes et des pas mûres, mais comme tous les gamins. Vous parlez, comme si c'était ça l'amitié ! Il en est revenu malheureusement, mon Joseph. Enfin, c'est dans tous les villages des histoires comme ça, hein ?! À Paris, ils peuvent pas comprendre. Ils connaissent pas ça ! Dites donc, il est pas mauvais votre vin, ma petite ! En revanche, vos machins, faut faire attention à pas s'étrangler en les mangeant, c'est pointu, dit Mado en croquant un bretzel. Vous, dans votre pays, ça doit être un peu comme ici, non ?

— Oh, oui ! Les embrouilles, il y en a pas mal, mais c'est surtout des querelles de famille et souvent des problèmes

73. « Baiser la croix et pincer le Christ » : être faux cul (proverbe corse).

d'héritage. Les enfants se disputent toujours quand il faut se partager les vignes, répondit Camille en resservant un verre à la vieille.

— Ah, ça ! Les problèmes d'héritage, c'est partout ! Quand il s'agit de partager, personne est d'accord ! Ici, ils vont même jusqu'à s'entretuer pour ça. De toute façon, ici, ils se tuent pour tout ! Des fois, c'est pour des histoires qui remontent à la nuit des temps. Ils tuent ceux qui leur ont fait une crasse et puis ça continue avec les générations qui suivent : les enfants, les petits-enfants, les cousins... Ils savent même plus pourquoi à la fin. Regardez ici, tous ces jeunes qui sont morts comme le fils Albertini et le Bati, on saura peut-être jamais pourquoi on les a tués. Ce salopard d'Orlanducci, c'est pareil ! Ah, j'en ai bien assez vu, des drames ! Je suis bien contente d'être arrivée à mon âge. Je voudrais pas avoir à recommencer. Encore que si j'avais dix ans de moins, je serais un peu plus alerte. Je courais peut-être pas à l'époque, mais je me déplaçais plus facilement. En voiture, j'ai plus de mal aujourd'hui. Avant, il m'arrivait encore de rouler la nuit, quand je rentrais de l'EHPAD. Je passais l'après-midi avec l'Anastasie. Je mangeais là-bas et je rentrais tard. Maintenant, j'le fais plus. Pour être honnête, c'est pas seulement à cause de la voiture la nuit, mais je la supporte plus, l'Anastasie ! Elle débloque complètement ou alors elle raconte des histoires vieilles comme le monde ! Alors j'y vais de moins en moins. J'irai peut-être quand même y manger demain à midi. Elle voit plus personne, la pauvre, depuis que son grand con de Bati est parti. Moi non plus, je vois pas grand monde, mais je bouge un peu et puis j'ai mon Joseph pas loin. Je vais lui tenir compagnie tous les jours. Ça me fait du bien de lui parler, s'épanchait Mado en vidant son deuxième verre de vin blanc. Vous êtes jeune, vous, vous devez encore avoir vos parents. Ils sont toujours au village ?

— Non, ils habitent en ville, à Colmar.

— Et c'est grand ça ?

— Oh, c'est une ville moyenne ! Il y a environ soixante-cinq mille habitants, sans compter les alentours.

— Ah, non ! C'est trop grand, c'est comme Bastia, j'aime pas ! Les gens se connaissent pas. Remarquez, ça évite les problèmes. Encore que...

— Pardon, mais je crois que ça sent le brûlé ! l'interrompit Camille.

— Ma tarte ! cria Mado en se précipitant dans la cuisine, suivie par Camille.

— Je suis désolée, c'est de ma faute ! s'excusa Camille.

— Non, non, ma petite, c'est pas grave ! dit Mado en éteignant le four. Il me reste des tomates. Je vais les faire en salade. Ça vous dit toujours pas de manger ?

— Non, merci beaucoup, je vais y aller.

— Comme vous voulez. À une prochaine fois alors. Je compte sur vous, on n'a pas fini la bouteille ! l'invita Mado avec un sourire espiègle.

Camille rentra directement à L'Île-Rousse. Avant d'arriver à l'hôtel, elle fit une étape dans une station-service à l'entrée de la ville. Elle fit le plein de la voiture et se laissa tenter par un sandwich triangle au pain de mie avec du jambon, de l'emmenthal et une feuille de salade. À l'hôtel, elle prit une bouteille d'eau au distributeur de boissons avant de monter à sa chambre pour attaquer sa frugale collation, le moral en berne. Elle parla un moment au téléphone avec Adrien, puis s'allongea sur le lit et s'assoupit.

Jean-Michel Luciani quitta l'EHPAD vers seize heures. Il avait exceptionnellement un week-end off, mais avant de pouvoir vraiment en profiter, il devait encore remplir un devoir à la gendarmerie. Sur le chemin, il fit un crochet par la place Pascal-Paoli pour retrouver son oncle au Balto. Jean-Michel était stressé. Toussaint, lui, même s'il n'avait pas toujours trop bien réussi ses examens de passage devant les représentants de la maréchaussée, jouait au cador. Il tenta de rassurer son neveu et en profita pour lui prodiguer quelques précieux conseils sur la conduite à tenir.

— Ne te fais pas de bile ! S'ils t'ont gentiment convoqué, c'est qu'ils n'ont rien sur toi, sinon, crois-moi, ils n'auraient pas pris de gants. Ils viennent taper chez toi à six plombes du mat' ! Tu peux être n'importe où, ils te trouvent et ils te la mettent, la pression ! Regarde pour moi ! Ils sont venus me choper jusqu'à Saint-Tropez ! Là, j'te dis, ça risque rien. Tu as juste deux règles à tenir. Premièrement, tu réfléchis avant de répondre. Deuxièmement, tu ne dis rien ou pas grand-chose. Et comme ça, ça roule !

— Ben, je ne suis pas sûr que ça ait vraiment marché pour toi à Saint-Tropez ! répliqua Jean-Michel.

— Excuse-moi ! Mais c'est pas pour être monté sur l'autre con de Dumé Orlanducci qu'ils m'ont niqué ! Et la dernière fois, y a pas si longtemps, je te signale que j'en suis sorti tout propre, beau comme un soleil !

Jean-Michel ne releva pas l'allusion au père d'Aurélie. Toussaint ignorait toujours la liaison de son neveu avec la fille du plombier. Jean-Michel, lui, ne comprenait pas toujours la subtilité de son oncle, mais en le quittant, il décida néanmoins de lui faire encore confiance sur ce coup.

À la gendarmerie, deux pandores et deux flics, dont une femme, l'attendaient. Jean-Michel fut immédiatement mis sur le gril. Les questions fusèrent sur son identité, son travail, ses loisirs, ses fréquentations, Aurélie, Bati et bien sûr Toussaint. Il bredouilla et hésita dans ses réponses. Il avait des trous de mémoire, incapable de donner la date de son embauche à l'EHPAD et de préciser quand il avait acheté sa moto ou vendu son fusil de chasse. Il s'empêtra ensuite dans ses explications pour justifier que son oncle n'était pas au courant de sa relation avec Aurélie. Au moment d'évoquer son emploi du temps, le dimanche de l'assassinat de Bati, il bégaya et se mélangea même entre les prénoms de Bati et de Toussaint. Jean-Michel fut ainsi rudoyé pendant près de cinq heures, mais il réussit à respecter son cahier des charges : en dire un minimum aux enquêteurs. À se demander s'il n'avait pas simulé, tellement il avait pédalé dans la semoule.

Il était plus de vingt-deux heures quand Jean-Michel Luciani, lessivé, enfourcha sa moto, enleva la béquille et mit les gaz, laissant deux pandores phosphorer sur son cas, devant deux flics désabusés.

— Il n'est peut-être pas si Canada Dry que ça, ce petit con ! On aurait dû le secouer encore un peu plus, regretta Crémont.

— Pas sûr qu'il nous ait raconté des craques, tempéra Peyrard.

— C'est quand même curieux cette cachotterie avec le tonton sur Bati, reprit Crémont. Je n'y crois pas trop.

— Oui, mais c'est ce que disait aussi Toussaint, quand on l'a eu, confirma Peyrard. Pour lui, Jean-Michel ne connaissait pas Bati.

— J'ai du mal à comprendre à quoi ils jouent, les deux, insista Crémont.

— Un bel écran de fumée..., soupira Brassac. Je ne vois pas où ça nous mène...

— Très bien ! Moi, je vais vous laisser. J'ai eu ma dose pour aujourd'hui, annonça Camille, toujours aussi morose. Je rentre à l'hôtel à pied. J'ai besoin de marcher. J'te laisse la bagnole, dit-elle à Brassac.

Jean-Michel atteignit Belgodère en moins de vingt-cinq minutes. Il soufflait enfin. Le bar s'apprêtait à fermer. Avant de rentrer, il passa un coup de fil à Toussaint et tomba sur le répondeur. Il laissa un message pour lui dire que tout s'était bien déroulé et qu'ils se verraient comme prévu le lendemain entre dix et onze heures au Balto. Il avait la nuit pour écrire sa légende. Il pourrait lui raconter de vive voix, avec quel aplomb et quel panache il avait surmonté l'épreuve. Il poussa la porte de L'Amitié, salua les derniers clients et passa derrière le comptoir. Il embrassa Aurélie et se tira une bière. Il but lentement la première gorgée pour mieux l'apprécier. Il préférait définitivement la pression dans un verre. À aucun moment de la soirée, il n'évoqua son rendez-vous chez les gendarmes.

# 39

Le week-end à L'Île-Rousse s'annonçait tranquille. Brassac quitta sa chambre juste avant dix heures. Il croisa Camille, qui sortait de l'ascenseur. En tee-shirt, leggins et baskets, elle revenait de faire son footing. Son visage était en sueur, mais visiblement détendu. Elle souriait. Elle paraissait de bien meilleure humeur que la veille. Le sport avait donc des vertus incontestables sur le moral des troupes. Peut-être Brassac devrait-il lui-même forcer sa nature paresseuse pour aller cracher quelques toxines et chasser pas mal d'idées noires.

— Où as-tu été courir ? demanda Brassac.

— Sur le rocher en forme de baleine. C'était génial ! répondit Camille, enthousiaste. Dès que j'ai quitté la route de la digue, j'ai pris le sentier qui grimpe jusqu'à la tour génoise et j'ai poursuivi jusqu'au phare qui se trouve à la pointe. Là-bas, c'est fantastique. Le cadre est juste sublime ! Tu as un super point de vue sur la côte et, quand tu te retournes, tu as la mer à l'infini. J'ai rencontré un vieux monsieur qui y fait sa balade quotidienne depuis près de soixante ans. Il m'a servi de guide. C'était sympa, il était intéressant. Il m'a appris que cet endroit s'appelait en fait l'île de la Pietra, que le nom de L'Île-Rousse venait de la couleur de la roche et que c'était du porphyre ! Je ne savais même pas que ça existait ! Il m'a désigné tous les villages sur les collines environnantes, mais le seul nom que j'ai retenu est Monticello. Il m'a aussi indiqué un passage pour accéder à une petite crique de galets où je suis ensuite descendue. Là encore, c'était vraiment magnifique. Aller-retour, sans compter ma petite halte au phare pour admirer le site avec le grand-père, j'ai couru une bonne heure.

— Bravo, tu as été plus courageuse que moi. Je n'ai même pas encore pris mon p'tit-déj.

— Je monte prendre ma douche. Si tu veux, on se retrouve dans une demi-heure à l'accueil...

Vers onze heures, ils rejoignirent la gendarmerie. Peyrard était de permanence. Ils commencèrent par échanger quelques banalités, puis Camille s'isola un long moment dans un bureau pour appeler Adrien. Pendant ce temps, Peyrard mit un casque sur ses oreilles pour écouter les enregistrements des dernières conversations téléphoniques de Toussaint Rossetti. Depuis une semaine, c'était le calme plat de ce côté-là. Cette surveillance technique ne donnait absolument rien. Peyrard releva toutefois le message laissé par son neveu la veille au soir, peu après qu'il les eut quittés. Jean-Michel rapportait à son oncle que tout s'était bien passé et lui donnait rendez-vous dans la matinée au Balto. Brassac, lui, recontacta le directeur des pompes funèbres. Son interlocuteur promit d'effectuer les recherches et de lui envoyer un mail au plus tard en fin de journée. Il appela ensuite Max pour prendre des nouvelles des vieux.

— Déjà, ça marche ! se réjouit Max. Ça a tourné comme prévu au moment des repas. Il n'y a que la grand-mère qui jacte. Le père Tornatori n'a pas décroché un mot. Elle, elle a les idées complètement dans le désordre. Ça n'a ni queue ni tête. Elle attaque genre : « J'aime pas les épinards », elle continue en parlant de son premier bal à la salle des fêtes de Palasca et elle finit en se demandant si Aurélie a eu la rubéole quand elle était petite.

— Je ne suis pas sûr que l'on apprenne quelque chose avec eux. Ils sont vraiment à l'ouest ! en déduisit Brassac.

— Sois patient. Aujourd'hui, je vais à Calvi avec ma femme. Je repasserai écouter demain matin. S'il y a un truc qui vaut le coup, je te fais signe.

Brassac resta un moment dubitatif. Le pessimisme le gagnait quant à l'intérêt des conversations de table des vieux. Cette piste peu probante, il devait encore essayer de comprendre. Il sollicita Peyrard pour ressortir un vieux dossier remontant à une quinzaine d'années, dans lequel

Dumé Orlanducci avait été un temps inquiété. Quand Camille en eut terminé avec son coup de téléphone, ils convinrent d'aller déjeuner ensemble. Peyrard proposa la brasserie Le Penalty sur la place Pascal-Paoli. Ce n'était pas très loin. Ils pouvaient y aller à pied. Pour Brassac et Peyrard, cela constituerait un excellent exercice physique.

Jean-Michel Luciani arriva le premier au Balto. Il salua le patron et commanda un double expresso. L'établissement avait une clientèle d'habitués. Jean-Michel en connaissait la plupart. Avec certains, il échangea quelques mots ; avec d'autres, il se contenta d'un simple geste de la main. Assis à une table au fond du bar, il reçut une grande tape dans le dos et faillit en renverser son café. Il n'avait pas vu entrer son oncle. Toussaint Rossetti s'assit en face de lui et héla le patron pour lui demander un pastis.

— Déjà ?! dit Jean-Michel.

— Quoi ?! Il est presque onze heures. Si je t'écoute, j'attaque l'apéro après manger. Bon alors, raconte-moi ! Tu m'as laissé sur ma faim hier, avec ton message.

— Bah ! L'essentiel, c'était que j'te dise que tout s'était bien passé.

— Ouais, bon alors ? T'as fait comme je t'avais dit ?

— Pareil et ça a marché comme sur des roulettes ! Ils faisaient la gueule, les pandores ! Ah ! Y avait aussi deux flics parisiens, un homme et une femme. Mignonne, la nana, d'ailleurs, une blonde avec des putains de z'yeux bleus et un joli petit cul !

— Qu'est-ce qu'ils voulaient, les Parisiens ? s'inquiéta Toussaint.

— La même chose. Ils travaillent ensemble sur cette histoire avec les pandores.

— Ils t'ont demandé quoi alors ? Qu'est-ce que tu leur as dit ? s'impatienta Toussaint.

— Ben, tu sais, ils ont commencé par me demander sur moi, mes parents, là où j'habite, depuis quand je travaille à l'EHPAD, la totale, quoi ! Ils perdaient un peu leur temps, parce qu'ils savaient déjà tout. Pour te dire, ils en savaient même plus que moi ! Ils avaient même ma fiche d'embauche à l'EHPAD, le 1er décembre 1998. Je ne m'en souvenais même plus de la date, moi ! T'aurais vu ma tronche sur la photo ! Qu'est-ce que j'ai changé ! Je ne me suis même pas reconnu ! s'esclaffa Jean-Michel.

— Oui, ils font toujours ça pour mettre la pression. Ils commencent par te poser des questions sur ta vie. Bon, alors et après ?

— Comme pour toi. Ils ont insisté sur mes relations avec Bati. Mais là, ça a été vite fait. Je leur ai répondu que je ne le connaissais pas, mentit Jean-Michel. Après, ils m'ont interrogé sur mon emploi du temps, mais j'ai compris qu'ils n'avaient rien sur moi. Un moment, c'était n'importe quoi. Ils m'ont branché sur ma moto, comme quoi c'était la même que celle sur laquelle était monté le type du palais de justice à Bastia.

— Putain ! Ils vont chercher loin, ces cons ! Et t'as répondu quoi ?

— Je me suis gavé ! fanfaronna Jean-Michel, hilare. Je leur ai dit qu'on devait être un paquet en Corse à avoir une Africa Twin bleu-blanc-rouge première génération et que s'ils voulaient tous nous mettre en taule, ils allaient avoir du boulot. Du coup, je leur ai dit qu'il fallait aussi qu'ils agrandissent la prison de Borgo !

— T'as bien fait ! Heureusement que c'est fini depuis longtemps, l'histoire du préfet, sinon il te la mettait aussi sur le dos !

— Ah ! Et puis ils m'ont aussi demandé si j'étais chasseur et ce que j'avais comme fusil. Je leur ai dit la même chose : que tout le monde était chasseur en Corse. De toute manière, j'y vais plus depuis au moins trois ans à la chasse.

— Merde ! s'exclama Toussaint. Ils bossent encore là-dessus. Ils font chier à force ! Et tu leur as dit pour ton fusil ?

— Ben oui, mais je l'ai plus. Je l'ai vendu, il y a au moins trois ans. Ils peuvent toujours essayer de le chercher !

— Tiens, je l'avais pas encore revu celui-là, derrière toi ! Te retourne pas, ça vaut pas la peine ! C'est Tornatori, le dentiste, qui achète ses clopes. Lui, je suis sûr qu'ils vont pas aller l'emmerder, les pandores !

— C'est normal ! Un maire, c'est au-dessus de tout soupçon, persifla Jean-Michel.

— Ah bon ! Il est maire, maintenant ?!

— Oui, depuis l'an dernier.

— Ah, ben dis donc ! La classe, le mec !... Bon, on y va ?! Laisse ta moto, on prend ma bagnole. Je te ramènerai, dit Toussaint en se levant, alors que Stéphane Tornatori récupérait sa monnaie.

La voiture de Toussaint était garée devant la banque LCL, sur un emplacement réservé aux transports de fonds. Cela n'échappa pas à Jean-Michel, qui s'en amusa au grand dam de son oncle. Ils quittèrent la place Pascal-Paoli en tournant tout de suite à gauche dans la rue Colonel-Colonna-d'Ornano, avant d'attaquer un gymkhana dans les ruelles du centre-ville pour déboucher sur l'avenue Fred-Scamaroni, en face du supermarché Casino.

— Regarde-le, celui-là ! Pas besoin de chercher ! C'est ce con d'Ange ! s'écria Toussaint en pilant.

Mado avait passé un coup de fil à l'EHPAD pour avertir qu'elle viendrait manger à midi. Quand elle arriva, Démétrius et Anastasie étaient déjà à table. Elle s'installa en face de son amie sans dire bonjour. Elle constata que la consigne avait bien été transmise : son couvert était mis. Elle déplaça le vase qui la dérangeait sur sa gauche.

— Qu'est-ce que c'est laid, leurs violettes artificielles, et en plus ça sert à rien, à part ramasser la poussière ! C'est quoi le menu ? s'interrogea-t-elle en lisant la feuille de papier posée sur la table. Salade russe et blanquette de veau, on va pas avoir faim après ! Mousse au chocolat en dessert. Pouah ! C'était déjà ça la dernière fois que je suis venue, grimaça Mado.

Chaque fois que Mado venait, les deux vieilles s'abandonnaient à leur rituel. Avec Anastasie, Mado faisait comme avec Joseph : elle se lançait dans de longues tirades. Anastasie, elle, faisait en partie comme Joseph : elle n'écoutait pas. La différence avec lui, c'est qu'elle parlait ou plutôt qu'elle radotait de vieilles histoires. Cela donnait donc lieu à un dialogue impossible.

— Cette semaine, j'ai eu deux fois la police à la maison ! Remarque, c'est une gentille petite qui est venue. Elle a un bon fond. Elle est pas française ! Elle est alsacienne. Elle en est assez fière d'ailleurs. Ils ont les mêmes problèmes que chez nous là-bas avec la France. Chez eux, ils ont peut-être pas eu les macaronis, mais ils se sont coltiné les boches pendant plus de quarante ans ! D'après ce qu'elle m'a dit, ils ont réussi à préserver un peu leur langue et ils ont aussi gardé pas mal de lois qu'ils avaient du temps des boches, parce qu'ils les trouvaient pas mauvaises. Elle m'a même amené une bouteille de vin blanc ! J'te dis, c'est vraiment une gentille petite, pas comme cette garce d'Ornella ! Celle-là, elle travaille à la mairie maintenant. Elle remplace la mère Siméoni, qui est partie à la retraite. Tu verrais ça, c'est écœurant. C'est un défilé à la mairie ! Ils vont tous loucher sur elle et y a pas que les jeunes ! Faut dire qu'elle fait tout pour. Elle est toujours habillée comme une traînée ! Elle est comme sa grand-mère ! Elle a le feu aux fesses ! s'énervait Mado, au moment où une jeune fille lui servait de la salade russe dans son assiette.

— François le savait que ça allait être un problème, se lamentait de son côté Anastasie. Forcément que c'était compliqué. Quand il est tombé malade, il n'avait plus le choix. Heureusement qu'il a toujours été un homme de décision. Il ne se trompait pas souvent. Il voyait bien que Bati n'était pas fait pour ça. Pourtant, François, il aurait aimé que Bati reprenne la mairie et tout le reste après lui. C'est dommage, mais c'est comme ça. Enfin, y avait quand même Aurélie. Ils ont bien fait d'en parler avec Charles.

Démétrius, qui jusque-là semblait hors du monde, se tourna alors vers les deux vieilles et s'exprima pour la première fois depuis bien longtemps. Peu après, sans même avoir touché à son entrée, Mado, furax, se leva de table et abandonna les deux gâteux devant leur blanquette de veau.

C'était le jour des courses. Ange Orlanducci réussit à garer son véhicule en épi, en face du Casino. Il pénétra dans le supermarché, s'empara d'un chariot et fit le tour des rayons en respectant sa liste. Une fois passé en caisse, il déposa les sacs de provisions dans son Kangoo, avant de monter à bord. Il boucla sa ceinture de sécurité, mit le contact et jeta un coup d'œil derrière lui. La voie était libre. Il enclencha la marche arrière, recula sur quelques mètres et passa la première. Il s'engageait sereinement dans l'avenue Fred-Scamaroni quand une Clio rouge, déboulant de la gauche, freina brutalement presque à sa hauteur. Surpris, il parvint toutefois à se glisser devant, sans heurt. Il regarda dans son rétroviseur et ressentit alors une énorme frousse en voyant un fantôme au volant avec un autre type en passager. Ange ne savait même pas que Rossetti était sorti du placard ! Au carrefour, il hésita : tout droit, l'avenue Paul-Doumer pour repartir directement à Belgodère ou à gauche, l'avenue Piccioni pour rejoindre la place Pascal-Paoli en centre-ville ? Troublé, il prit à gauche, sans mettre son clignotant. Il se retrouva ainsi bloqué dans la circulation, derrière une fourgonnette. Il lorgna à nouveau dans son rétroviseur. La voiture rouge était là. Ses yeux croisèrent furtivement le regard noir de ses deux occupants. Il reconnut le deuxième homme. C'était le jeune qui sortait avec sa nièce Aurélie. Ange se sentait mal. Son cœur s'emballait, il transpirait et avait une pressante envie de pisser. Au bout de l'avenue, il tourna à gauche. Au niveau de la brasserie Le Penalty, une place de parking se libérait. Il avança et effectua une manœuvre peu orthodoxe pour se poser en travers devant l'établissement. La Clio poursuivit sa route. En passant devant le Kangoo, Rossetti et son passager lui firent un doigt d'honneur. Ange resta plusieurs minutes prostré sur son siège, la tête posée sur le volant. Quand il repartit, les deux flics et un des gendarmes qui étaient venus le chercher quelques jours plus tôt à la bergerie entraient au Penalty.

En allant acheter ces cigarettes au Balto, Stéphane Tornatori avait aperçu un revenant au fond du bistrot. C'était la première fois qu'il croisait Toussaint Rossetti depuis sa sortie de prison. Le type de dos, qui l'accompagnait, ressemblait à Jean-Michel, le copain d'Aurélie. Il se demanda ce que ces deux-là pouvaient fabriquer ensemble. Cela confirmait en tout cas ce que racontait Luca Césari.

Stéphane avait promis à Ornella de passer la voir en vitesse, avant de rentrer déjeuner à Belgodère. Après avoir visité son père à l'EHPAD, il se rendit chez elle. Ornella ne s'était toujours pas décidée à déménager de L'Île-Rousse, car l'appartement de Bati en centre-ville présentait quand même pas mal d'avantages, ne serait-ce que la discrétion. Elle l'accueillit, les bras et le peignoir largement ouverts. Elle portait des dessous noirs affriolants. Stéphane était pressé, mais il s'octroya un certain laps de temps pour gérer l'urgence. Puis, son ardeur en grande partie consumée, une douche prise en accéléré, il quitta Ornella peu avant treize heures. Stéphane avait des obligations familiales et donc un timing à respecter.

Il remonta à pied le boulevard qui longeait la plage Napoléon. Il s'arrêta au niveau du passage piéton près du square. Son 4 x 4 était garé en face, sur le parking de l'office de tourisme. Il regarda à gauche et à droite : personne à l'horizon. Son portable vibrait. Il le sortit de sa poche. Le numéro d'Ornella s'affichait au-dessus de l'enveloppe. Il appuya sur la touche OK et commença à traverser, les yeux rivés sur son téléphone. Ce n'est qu'au dernier moment qu'il entendit vrombir un moteur. Il sursauta et fit un pas de côté qui le déséquilibra. Il se retrouva par terre, un peu sonné, le jean déchiré, les genoux en sang et les mains écorchées. Il avait du mal à réaliser ce qui venait de lui arriver. Il leva la tête et put juste entrevoir la voiture qui filait sans marquer le moindre ralentissement, comme si de rien n'était. Il n'eut aucun doute. Il l'avait reconnue.

# 40

La brasserie Le Penalty était bondée ce midi. Avec le beau temps, la terrasse était prise d'assaut. Ils durent se contenter d'une table à l'intérieur. Ils consultèrent brièvement la carte devant un garçon qui se montrait impatient. Brassac et Peyrard jetèrent leur dévolu sur un steak frites et un demi de Pietra, Camille sur une salade grecque et une bouteille d'Orezza. Ils furent rapidement servis. Les deux hommes évoquèrent en mangeant une vieille procédure qu'ils avaient découverte dans la matinée.

— C'est con. On est parfois trop négligents, regretta Peyrard, qui triturait nerveusement sa serviette en papier. On aurait dû l'éplucher avant.

— Vous parlez de quoi ? s'enquit Camille, le nez dans sa salade.

— Un dossier dans lequel Dumé Orlanducci avait été inquiété, sans qu'il y ait eu de suite, répondit Brassac.

— Tu peux développer ? C'était quoi comme affaire ? insista Camille.

— Ça remonte à 1994, commença Brassac en posant ses couverts. Un soir vers vingt-trois heures, ne voyant toujours pas son mari Joseph arriver, sa femme, ta copine Madeleine Ferracci, appelle la gendarmerie. Joseph avait passé toute la journée sur un chantier à Montesoro. Il aurait dû rentrer à la maison au plus tard vers vingt heures. Les gendarmes entament quelques recherches. Aucun accident n'a été signalé et il n'y a aucune trace de lui à l'hôpital. Comme Joseph n'est pas du genre à découcher, tout le monde commence à s'affoler et se met à ratisser les routes du coin. Sauf que la nuit c'est pas évident de voir si une voiture s'est renversée dans un fossé. Pendant ce temps, les gendarmes reçoivent un coup de fil anonyme. On leur rapporte qu'avant de quitter le chantier, Joseph Ferracci se serait battu avec Dumé Orlanducci. Les gendarmes vont donc ramasser Dumé au petit matin. Quelques heures plus tard, on retrouve Joseph dans sa voiture au fond d'un ravin, sur la route qui monte à Belgodère. Il a vraisemblablement été victime d'un accident, la veille, en rentrant chez lui. Par acquit de conscience, les gendarmes vont quand même vérifier cette histoire de bagarre auprès du chef de chantier, mais ça donne rien. Dumé est mis hors de cause et renvoyé dans son foyer.

— Et tu penses que ce n'était pas un accident ? Si on te suit, poursuivit Camille, ça veut dire que Dumé...

— Non, attends, la coupa Peyrard, qui n'avait toujours pas touché à ses frites. Ne va pas trop vite. Commence par deviner le nom du chef de chantier.

— Vas-y, dis !

— C'était un petit jeune, plutôt incompétent dans les choses du bâtiment, reprit Peyrard en ménageant son effet. D'ailleurs, il a changé de voie par la suite. Il s'appelait Jean-Michel Luciani !

Ange, perturbé, rentra chez lui en esquivant sa halte hebdomadaire au bar du Galop. Une fois dans sa bergerie, il décida de se préparer en cas de problème. Il vérifia et graissa ses deux fusils. Il avait suffisamment de munitions pour tenir un véritable fort Chabrol. Il retrouva un peu de calme. Il se sentait à nouveau en sécurité, mais il gambergeait. Jusqu'où faudrait-il aller pour solder les comptes ?

Abasourdi, Stéphane Tornatori monta dans sa voiture et prit la route de Belgodère. Ses genoux et ses mains le brûlaient. Seul son téléphone mobile avait bien supporté le choc. Arrivé devant chez lui, il prit enfin le temps de lire le message coquin d'Ornella. Sa femme ne put s'empêcher de piquer un fou rire en le voyant rentrer déguenillé et égratigné comme un gamin après une bagarre dans une cour d'école. Il préféra ne pas lui révéler qui était à l'origine de sa douloureuse cascade.

Au retour de leur périple, Toussaint, euphorique, déposa Jean-Michel à proximité du Balto, puis prit la direction de Moltifao, où il joua au papa poule avec son nouvel ami : un *cursinu* âgé de trois mois. Jean-Michel, lui, récupéra sa moto. Avant de rejoindre Aurélie à L'Amitié, il passa à son appartement pour se changer. Il s'arrêta ensuite à une station-service pour faire le plein. En redémarrant, il aperçut les deux flics et un des pandores qui l'avaient cuisiné la veille. Ils discutaient en marchant de l'autre côté de la rue et ne paraissaient pas l'avoir remarqué.

Mado en voulait à la terre entière et surtout à ces deux vieux imbéciles. Démétrius et Anastasie, qui vivant maintenant hors du temps et de l'espace, l'avaient replongée dans le passé et dans son désespoir et avaient ravivé sa rancœur. La 2 CV n'avait jamais roulé aussi vite. Mado devait cracher sa bile et la seule personne avec qui elle pouvait le faire était Joseph. Elle fonça donc au cimetière. Elle ne s'occupa même pas de vérifier l'eau des œillets dans le vase. La priorité était tout autre. Elle avait besoin de parler.

— J'en peux plus ! Je les supporte plus, ces deux grabataires séniles ! Encore, quand le Démétrius était pas là, ça allait. L'Anastasie rabâchait ses histoires, je la laissais faire. Mais là, ce vieux fou, qui dit jamais rien d'habitude et qui, pour une fois qu'il parle, croit tout savoir, ça m'énerve ! Et le pire, c'est que l'Anastasie s'y est mise elle aussi. Elle a voulu me faire la leçon. Elle faisait celle qui a tout compris, alors qu'elle est complètement perdue. Des fois, elle sait même plus que son grand con de Bati est parti ! Tu veux que je te dise, je vais plus aller la voir. C'est plus possible. Elle m'énerve trop ! Ça me fatigue ! Et puis conduire quand je suis dans cet état, ça devient dangereux. Quand je reviens, je fais n'importe quoi. J'ai encore failli avoir deux accidents ! J'ai bien cru que j'allais encore aller dans le fossé à cause d'une moto, qui me doublait. Je sais pas si c'est la même que l'autre jour, mais si c'est la même, elle me lâche pas ! Je vais finir par tuer quelqu'un ! C'est mieux que j'arrête, tu comprends ? Ça me fera du bien de couper les ponts avec cette vieille folle et de plus l'entendre jacasser. Même en photo, je veux plus la voir ! Je veux même plus en parler ! Faut que je l'oublie ! Ça va m'obliger à faire le ménage dans les affaires. Je vais m'y mettre tout à l'heure en rentrant. Je vais commencer par les photos. Et puis y a aussi sa valise, à l'autre grand con de Bati ! Tu sais, il me l'avait apportée le jour de mon anniversaire pour s'en débarrasser y a au moins dix ans. Tu parles d'un cadeau ! C'était toutes les armes de son père. Tu vois, ce grand con, c'était quand même un sacré bon à rien ! Même ça, il était pas capable de s'en occuper ! Je vais tout jeter, ça sera aussi bien. Imagine si quelqu'un les trouvait à la maison. Ça ferait un beau pataquès ! Tu me diras : qui veux-tu qui vienne les chercher à la maison ?! Mais ça fait rien. De toute façon, j'aurais déjà dû le faire bien avant. Ce grand con était vraiment bon qu'à attirer les ennuis, surtout aux autres ! Ah ! Il était bien emmanché avec cette petite garce d'Ornella et ce faux cul de Charles ! Ils allaient bien ensemble, ceux-là ! Y en avait pas un pour rattraper l'autre ! Au moins, le Bati et ton copain, là où ils sont maintenant, je les vois plus ! Bon, je vais y aller. J'ai plein de choses à faire. À bientôt, mon Joseph.

Brassac et Camille restèrent une grande partie de l'après-midi à la gendarmerie. Camille feuilleta le fameux dossier dont Brassac lui avait fait le résumé ce midi à la brasserie. Elle mit également de l'ordre dans la procédure. Elle rédigea notamment un procès-verbal de synthèse sur l'étude de la téléphonie du jour de l'assassinat de Bati Saliéri. Le gel des cellules autour de l'EHPAD au moment des faits n'avait pas permis d'extraire, pour l'instant, des numéros intéressants. Les facturations détaillées des individus en relation avec Bati n'avaient, elles non plus, rien apporté d'utile. Brassac, de son côté, relut entièrement les enquêtes sur les assassinats de Dumé Orlanducci et Kiki Albertini. Il cherchait encore le lien entre ces affaires et celle de Bati.

Au moment de partir, Brassac et Camille constatèrent que le pneu avant droit de leur voiture était crevé. En gentleman, Brassac laissa Camille rentrer à pied et se chargea seul de la réparation. Il lui fallut près d'une heure pour changer la roue. Il devait se rendre à l'évidence : avec ses deux mains gauches, il n'avait aucune aptitude pour les travaux manuels. Brassac et Camille dînèrent tôt à l'hôtel. À vingt-deux heures, chacun avait regagné sa chambre. Camille appela Adrien, puis regarda vaguement la télévision avant de plonger dans les bras de Morphée. Brassac était contrarié. Il était certain d'avoir oublié ou raté quelque chose, mais il ignorait quoi. Toutefois, gagné par la fatigue, il sombra rapidement lui aussi dans un profond sommeil.

En tant que garde champêtre, Luca Césari avait pour mission de surveiller les eaux et forêts sur le territoire de la commune. Il remplissait également les rôles de vaguemestre à la mairie, de régulateur de la voirie et de gardien du cimetière. Ses journées étaient donc bien remplies, même si son efficacité était plus optimale en matinée. Ses après-midi étaient en effet plutôt consacrés à diffuser les effluves d'alcool dans son organisme, le pastis ayant coulé à flots entre-temps.

La conscience professionnelle de Luca allait cependant bien au-delà des tâches lui incombant. Il avait l'âme du chasseur et pas seulement de sangliers. En soirée, il n'hésitait pas à arpenter les chemins et à longer les ruisseaux pour surprendre les importuns. Cependant, son principal objectif n'était pas de surprendre les malfaisants qui jetaient des détritus dans le maquis ou qui polluaient les eaux ; Luca allait à la pêche aux scoops pour alimenter la gazette du lendemain au bar. Il s'était spécialisé dans le repérage des couples illégitimes planqués dans leur voiture, à l'abri des fourrés.

Luca remontait le sentier parallèle au ruisseau de Vignola. Il s'approchait des premières maisons. Il ramassa une grosse branche arrachée d'un eucalyptus et la jeta en travers du ru, là où il était le plus étroit. Il joua un peu à l'équilibriste et parvint à le franchir, sans trop se mouiller les pieds. Dans un peu moins de cinq minutes, il serait sur la route. La déception le gagnait. Il était peut-être sorti un peu trop tôt ce soir. La nuit n'était pas encore franchement tombée et ses proies potentielles devaient patienter sagement chez elles avant d'aller s'encanailler, pensa-t-il. Il n'avait donc rien à se mettre sous la dent et il n'aurait rien à servir demain à l'apéro. C'était un week-end de printemps plutôt tristounet. Habituellement à cette époque de l'année, il faisait ses plus belles prises, les amoureux surgissant comme des bourgeons.

N'espérant plus rien et n'ayant pas trop le courage de s'attarder plus longtemps, il accélérait donc le pas pour regagner ses pénates, lorsque, sur l'autre rive, il aperçut une silhouette de dos. Derrière la maison de la vieille Mado, une femme voûtée traînait une valise à roulettes dans l'herbe. Il se dissimula dans les fougères pour l'observer discrètement. Il en était quasiment sûr, c'était la vieille Mado. Que pouvait-elle bien fabriquer à cette heure-là avec ce chargement ? Elle se dirigeait vers le ruisseau. Elle semblait chercher quelque chose. Elle s'arrêta entre deux aulnes, puis se pencha près du bord pour regarder. Elle semblait scruter le fond. Soudain, en un geste étonnamment vif, elle tira son encombrant bagage et l'envoya valser dans l'eau. Puis, figée sur place, elle prit le temps de le regarder couler.

Luca, aux aguets, vit la vieille rebrousser chemin vers chez elle en secouant la tête. Elle semblait marmonner, mais il ne pouvait pas l'entendre. Il patienta encore un instant, le temps de voir la lumière s'allumer dans la maison. Il quitta alors sa cachette en s'ébrouant comme un chien de chasse. Il revint sur ses pas en courant et retraversa le ru en rejouant à l'acrobate sur la branche. Entre chien et loup, il passait heureusement inaperçu. Il se précipita vers l'endroit où la vieille avait jeté son barda. Elle avait bien choisi son coin, là où c'était le plus profond. Luca ne pouvait distinguer quoi que ce soit. Il décida néanmoins de tenter sa chance. Il s'accroupit, releva les manches de sa chemise et plongea les bras dans l'eau. Sans trop de conviction, il touilla un instant à l'aveuglette. À sa grande surprise, il parvint à attraper quelque chose, vraisemblablement une poignée. Encouragé par cette prise, il se démena pour tenter de dégager l'objet qui était coincé dans des branchages. Il éprouva pas mal de difficultés, mais réussit enfin à sortir le produit de sa pêche miraculeuse. C'était une valise grise de type cabine. Elle était particulièrement lourde et fermée avec un code. Luca décida de l'emmener chez lui. La nuit portant conseil, il aviserait par la suite.

# 41

Le jour du Seigneur était propice à flemmarder. Le bar L'Amitié n'ouvrait pas ses portes avant neuf heures. Sa femme faisait la grasse matinée, mais Luca Césari, lui, n'était pas du genre à s'éterniser au lit ni à tourner en rond à la maison. Il décida donc d'aller marcher. Il refit son parcours de la veille au soir. En même temps, il supputait sur la valise de Mado. Pourquoi la vieille l'avait-elle jetée dans le ruisseau ? Que contenait-elle ? Qu'allait-il en faire ? Allait-il l'apporter chez les gendarmes ? Il échafaudait des réponses. La vieille ne voulait pas seulement s'en débarrasser : elle voulait la faire disparaître. Il n'avait pas pris le risque de forcer la serrure pour l'ouvrir. Son contenu restait donc un mystère. La donner aux gendarmes lui paraissait encore plus délicat. Il en conclut qu'il valait mieux ne pas « ouvrir la boîte de Pandore ». Il sourit de son trait d'esprit. Il ne trahirait pas le secret de la vieille. Si cela se savait, il n'osait imaginer ce qui se dirait dans le village. C'était du sérieux ; on n'en était plus au stade du simple ragot pour amuser la galerie. Sa réputation serait détruite. Il risquait même de perdre son boulot. Impensable ! Il ne lui restait donc qu'une chose à faire : en rentrant de sa balade, il mettrait la valise dans le coffre de sa voiture et irait l'abandonner là où vraiment personne ne pourrait la retrouver. Tant pis pour sa curiosité.

Mado, elle non plus, n'était pas du genre à fainéanter. C'était un jour comme un autre. Réveillée à six heures trente, elle sortit de son lit vêtue de sa chemise de nuit en pilou. Elle enfila sa robe de chambre en laine, mit ses charentaises et descendit dans la cuisine. Elle alluma le feu sur la gazinière pour réchauffer un restant de café dans une casserole. Elle sortit une bouteille de jus d'orange et une plaquette de beurre du réfrigérateur, puis s'empara du dernier quignon de pain, qui traînait dans la bannette posée sur le buffet. Elle se mit à table et prit son petit-déjeuner. Le café lui laissa un goût âcre dans la bouche.

Mado remonta dans la salle de bains pour se préparer. Une fois habillée, elle retourna dans la cuisine. Elle en avait marre de ces allées et retours dans les escaliers. Décidément, tout l'agaçait. Elle entendait encore les deux vieux radoter les mêmes histoires. Tandis qu'elle lavait sa vaisselle dans l'évier, elle regardait au loin par la fenêtre. Un léger vent agitait les branches des quelques aulnes au bord du ruisseau de Vignola. Cette image apaisante fut rapidement brouillée quand elle aperçut quelqu'un bouger au milieu des fougères sur la sente de l'autre rive. Elle ne distinguait pas vraiment qui c'était, mais elle se doutait bien qu'il s'agissait de l'autre cancanier de garde champêtre. Elle ne serait donc jamais tranquille.

Luca marchait le long du cours d'eau. Il parvint à l'endroit où il avait jeté la branche d'eucalyptus la veille et se resservit de celle-ci pour traverser. Il poursuivait son chemin et arrivait au niveau de la maison de la vieille Mado lorsque survint une violente détonation. Terrorisé, il se jeta à terre, le nez dans les cailloux. Un coup de feu, un seul. On lui avait tiré dessus !

Luca resta un moment immobile, allongé face contre sol. Il n'osait ni se relever, ni bouger, ni même ouvrir les yeux. Dans un silence devenu oppressant, cela lui parut une éternité. Il s'obligea enfin à jeter un coup d'œil autour de lui : personne, aucun mouvement, rien, absolument rien. Il se redressa et s'assit. Il n'avait mal nulle part. Il se tâta la tête pour se convaincre qu'il était bien encore vivant. Il s'examina : il n'avait aucune trace de blessure sérieuse, à part quelques malheureuses entailles sur la paume des mains. Il n'avait pas été touché. Il était en partie rassuré, mais il se demandait qui avait bien pu tirer et s'il était la véritable cible. Cela ne pouvait pas être un tir accidentel et ce n'était plus la période de la chasse traditionnelle ni l'heure, clandestine celle-là, pour braconner les sangliers. Il se releva. Son regard se porta alors vers la maison la plus proche. Il repensa à la valise. La peur l'envahit de nouveau.

Stéphane Tornatori fut réveillé par la sonnerie du téléphone. Il ressentait des courbatures, souvenirs de sa malencontreuse cabriole de la veille. Il était surtout contrarié par l'abruti qui l'appelait si tôt un dimanche matin.

Luca était affolé. Il n'arrivait pas à faire ses phrases. Il balançait et mitraillait les mots. Stéphane crut un instant que Luca avait forcé sur le pousse-café. Tout le monde connaissait son penchant pour l'alcool. La pérennité de sa place de garde champêtre ne devait qu'à son amitié avec le maire. Cependant, l'attention de Stéphane s'intensifia, lorsqu'il réussit à capter les mots « coup de feu » et « maison » associés au nom de Mado au milieu du bavardage confus de Luca. Il lui demanda de se calmer et de ne pas bouger en l'attendant.

Stéphane avala un café en vitesse. Il enfila un survêtement, chaussa une paire de baskets et sortit de chez lui. La maison de la vieille Mado était à un peu plus d'un kilomètre. Il courut pour se rendre sur place. Ses genoux étaient douloureux. Il sentait les croûtes à peine sèches se craqueler. Il passa devant le bar L'Amitié, encore fermé. Il aperçut Aurélie, qui s'affairait derrière le comptoir. Elle lui fit un signe de la main en souriant. Elle était visiblement amusée de le voir faire son jogging de si bonne heure. Il mit une dizaine de minutes pour rejoindre Luca. Ce dernier patientait dans la rue, à une centaine de mètres de chez Mado. Il avait suivi les instructions de son ami. Il n'avait pris aucune initiative. Stéphane, essoufflé, ne lui dit même pas bonjour.

— Tu peux me dire ce que tu fous ici à cette heure-là ?! Que s'est-il passé ?

— M'engueule pas ! J'y suis pour rien, se défendit Luca, qui, un peu calmé, réussissait maintenant à assembler ses mots. Je marchais le long du ruisseau, de l'autre côté. C'est quand je suis arrivé au niveau de la maison de la vieille que ça s'est produit. J'ai entendu un coup de feu ! J'ai pensé qu'on me tirait dessus. Je me suis jeté à terre. Au bout d'un moment, je me suis relevé et c'est là que je me suis dit que ça venait de chez elle.

— Bon, on va aller sonner chez elle. Si jamais t'as rêvé, elle va nous passer un beau savon !

— J'ai pas rêvé, Stéphane ! Y a un autre truc qu'il faut que je te dise avant qu'on y aille. Ça s'est passé hier soir. Il devait être pas loin de vingt-heures. J'étais pratiquement au même endroit, derrière...

— Mais, l'interrompit Stéphane, excédé, qu'est-ce que tu foutais encore dans ce coin, bordel ?!

— C'est un de mes deux circuits. Le premier commence par le chemin de Tenda et rejoint le ruisseau de Chievasa, pas loin de la bergerie d'Ange. Le second, je pars de chez moi par la route du Château et je retombe sur le ruisseau de Vignola, que je longe jusque vers chez la Mado, avant de revenir sur la route. L'avantage, c'est que, pour celui-là, j'ai pas besoin de prendre la bagnole. Et donc, je te finis pour hier soir. Quand je suis arrivé là, j'ai vu la vieille avec une valoche dans le champ derrière chez elle. Elle s'est approchée au bord du ruisseau et l'a jetée dedans.

— Merde ! C'est quoi, cette histoire ?

— Attends ! J'ai pas fini. Une fois qu'elle est rentrée chez elle, j'ai foncé à l'endroit où elle l'avait jetée et j'ai réussi à la récupérer.

— Quel con ! Tu l'as embarquée chez toi ?! T'as regardé ce qu'il y avait dedans ?

— Non, elle est fermée avec un code, mais je peux te dire qu'elle est vachement lourde ! J'ai réfléchi et j'ai pas osé essayer de l'ouvrir. Je pensais aller m'en débarrasser ce matin. J'aurais bien trouvé un coin où personne n'irait la pêcher !

— C'est pas possible ! Tu fais chier, Luca ! T'en rates pas une ! s'emporta Stéphane. On va aller voir la vieille. Si elle est là, on s'excuse, on rentre, tu vires la valise et on oublie tout. Et surtout, tu la fermes !

— D'accord, mais si jamais la vieille..., avança Luca, angoissé et incapable de terminer sa phrase.

— On n'a pas le choix. On appellera les gendarmes et tu leur remettras la valise. Tu diras juste qu'hier soir, c'était trop tard. Tu comptais la leur apporter ce matin.

Brassac se réveilla de bonne heure. Il prit sa douche et s'habilla. Il était encore un peu tôt pour descendre prendre le petit-déjeuner. Il alluma son ordinateur portable. En attendant d'être connecté, il fit chauffer de l'eau dans une bouilloire et déchira un sachet de Nescafé. Il versa l'eau et le café en poudre dans un gobelet en carton. Il ouvrit sa boîte mail tout en remuant une cuillère en plastique dans la boisson chaude. Le croque-mort lui avait répondu la veille à dix-sept heures trente. Il prit connaissance du courriel. Il entrevoyait la lumière.

Il téléphona à Max. Celui-ci était déjà dans son bureau au milieu de ses champs d'oliviers et s'apprêtait lui-même à l'appeler. Ils parlèrent un bon moment, surtout Max. La récolte de la veille s'était avérée fructueuse. Il fit écouter à Brassac l'enregistrement réalisé lors du repas du samedi midi à l'EHPAD. Brassac écourta les commentaires de Max, le remercia et lui demanda de lui envoyer le fichier audio. Tout s'éclairait.

Brassac ne but même pas son café. Il sortit précipitamment de sa chambre pour aller frapper à la porte de Camille. Sa collègue ne répondait pas. Il n'attendit pas l'ascenseur et fonça dans l'escalier jusqu'à la réception, où on l'informa que la jeune femme venait de quitter l'hôtel en tenue de sport. Il remonta en vitupérant dans sa chambre pour récupérer les clés de la voiture.

Pied au plancher, il s'engagea sur la route de la digue qui érigeait l'île de la Pietra en presqu'île. Il ne discernait que des parties du sentier qui s'enroulait comme un fil autour du rocher. Il ne voyait pas Camille. Il la maudissait. Il pila au bord du chemin menant à la tour génoise. Il descendit de voiture sans même couper le moteur et en laissant la portière grande ouverte. Contraint, il se lança à grandes enjambées dans la montée. Au bout de deux cents mètres, il était plié en deux, à bout de souffle et en sueur. Il décida malgré tout de se faire violence et repartit à petites foulées. Au virage suivant, il l'aperçut enfin. Camille gravissait la côte à un rythme soutenu. Il se mit à hurler pour attirer son attention. Camille, imperturbable, maintenait son allure. Elle s'éloignait encore. Il s'égosillait. Elle distingua alors quelques cris sourds. Il lui semblait vaguement entendre son prénom. Elle approchait du sommet lorsqu'elle s'arrêta et se retourna. Brassac était tout en bas, minuscule et ridicule. Il faisait des grands moulinets avec ses bras. Sans hésiter, elle fit demi-tour pour le rejoindre. Apparemment, il y avait urgence.

Brassac ne prit même pas la peine de lui donner une explication. Il se limita à un simple :

— On file à Belgodère !

Camille, cantonnée à un rôle de faire-valoir, vit Brassac étrangement survolté opérer un demi-tour en pleine accélération devant les réactions hystériques des quelques rares promeneurs matinaux. Elle ne se risqua pas à lui demander si elle avait le temps d'aller se changer. Elle se sentait mal à l'aise dans sa tenue de sport, désormais inappropriée. Mais comme ils n'allaient sûrement pas à la messe...

Les rues de L'Île-Rousse étaient encore vides. Brassac faisait ronfler le moteur à fond de troisième. À la sortie de la ville, il se tortilla sur son siège pour sortir son téléphone mobile de sa poche. Il le tendit à Camille en lui demandant d'avertir Peyrard. Elle tomba sur son répondeur. Elle laissa un message sibyllin - et pour cause, puisque toujours dans l'inconnu - en le priant instamment de les rappeler.

Stéphane et Luca s'approchèrent de la maison de Mado. Ils gravirent le perron. Stéphane exerça plusieurs longues pressions sur le bouton de la sonnette. La vieille ne répondait pas. Stéphane tergiversa peu. Il empoigna son portable et composa le numéro de la gendarmerie de L'Île-Rousse. Il fut rapidement mis en relation avec le commandant de la brigade, l'adjudant-chef Peyrard. Il l'informa de la situation. Le militaire répondit qu'il se dépêchait immédiatement sur zone. Pendant ce bref échange, ce dernier rata un double appel. Il était neuf heures. Tandis que Peyrard s'apprêtait à prendre la route de Belgodère, le maire et le garde champêtre du village se rendirent au bar L'Amitié pour l'attendre.

Stéphane et Luca furent les premiers clients de la matinée. Aurélie, derrière le comptoir, et Jean-Michel, devant, se chamaillaient en prenant leur petit-déjeuner. Stéphane commanda deux cafés et deux croissants. Aurélie prépara les boissons et Jean-Michel les servit.

Brassac n'était pas un as du pilotage, mais les kilomètres défilaient cependant à un rythme effréné. Camille, crispée, n'était pas très rassurée. Lui, comme un possédé, les yeux rivés sur la route, ne desserrait pas les dents. Il fulminait intérieurement. Il s'en voulait de ne pas avoir vérifié ses mails la veille et de ne pas avoir eu connaissance plus tôt de la teneur de la conversation des vieux. Ils avaient dépassé Lozari et attaquaient la partie la plus sinueuse du trajet, lorsque Peyrard rappela. Il annonça sans préambule qu'il était sur la route de Belgodère. Camille avait du mal à le comprendre. Elle était ballottée dans tous les sens. Brassac faisait craquer la boîte de vitesses. Il donnait de brusques coups de volant et faisait crisser les pneus dans les virages. Camille perçut qu'un coup de feu aurait été entendu près de chez la vieille Mado.

— Eh merde ! Dis-lui qu'on se retrouve là-haut. On y sera peut-être avant lui, laissa juste tomber Brassac.

Il espérait encore arriver à temps.

Stéphane et Luca étaient silencieux, le nez dans leur café. Ils levèrent prestement la tête en entendant le rugissement d'un moteur. Une berline blanche banalisée traversait la place à toute allure. Jean-Michel, lui, pâlit. Il avait eu le temps d'identifier les deux occupants du bolide, un homme et une jeune femme blonde. C'étaient encore les deux flics qui l'avaient tourmenté deux jours plus tôt. Il n'arrêtait pas de les voir, ces deux-là. Étonnée, Aurélie demanda à la cantonade à quel jeu jouaient ces imbéciles, en fonçant comme des malades dans le village.

Moins de vingt-cinq minutes après avoir récupéré Camille en plein footing, Brassac pila devant la maison de Mado. Il se précipita en haut du perron. Il sonna et frappa à la porte, puis tenta d'actionner la poignée pour l'ouvrir. La vieille ne répondait pas. La porte était fermée à clé. Camille le regarda, inquiète. Il recula de deux pas et se mit de côté. Il plia sa jambe droite et la déploya brusquement à l'horizontale. Il porta son coup juste en dessous de la poignée. Son geste était peu académique mais suffisamment violent. Un craquement se fit entendre. La porte en bois pas très épaisse se désolidarisa en partie du chambranle. Brassac donna un deuxième coup de pied, celui-ci fatal pour la serrure. En pénétrant dans le couloir, une odeur de renfermé, similaire à celle de pieds sales, les assaillit. Un parfum de mort...

Une vingtaine de minutes plus tard, une voiture bleue sérigraphiée vint se garer juste devant le bar. Là, Jean-Michel atteignit le summum du stress au bout du comptoir. Il avait également reconnu le nouvel arrivant, qui descendait du véhicule. Le maire et son garde champêtre se levèrent pour aller à sa rencontre. Après de brèves salutations, ils montèrent dans la voiture de gendarmerie. Aurélie était médusée devant cette inhabituelle activité dominicale. Jean-Michel, lui, souffla un grand coup quand il vit tout ce beau monde déguerpir.

Dans le salon, Brassac eut la confirmation de ce qu'il appréhendait. La vieille Mado, toute vêtue de noir, était avachie dans un fauteuil. Ce qui restait de sa tête démantibulée pendouillait en avant. Camille était sidérée. Elle détourna les yeux et vit, dressée sur la table basse comme un trophée, sa bouteille de gewurztraminer. Des bribes de cervelle tachaient l'étiquette. Camille eut un haut-le-cœur et ne put retenir quelques larmes.

# 42

La nouvelle se répandit dans le canton comme une traînée de poudre sur les doigts d'un tireur. Belgodère était sous le choc. La doyenne du village n'était sûrement pas la personne la plus appréciée, mais sa mort brutale créait un profond traumatisme dans la population. On ne parlait que de ça autour de la place. Même le curé, venu d'Occhiatana pour célébrer la messe de onze heures, évoqua la vieille Mado, pourtant loin d'être une dévote, et demanda son pardon dans son sermon. Au Galop et à L'Amitié, les discussions sur « le pourquoi du comment de ce qui s'était passé » allaient bon train. L'apéro se transformait en Cluedo. Luca, aux premières loges, aurait pu connaître son heure de gloire en déballant l'histoire avec moult détails, mais il brillait par son absence. Il avait un autre auditoire : les enquêteurs.

Sirènes hurlantes et gyrophares tournoyants, les voitures et fourgons de gendarmerie s'agitèrent encore dans les rues de Belgodère durant plusieurs heures. En fin d'après-midi, Peyrard, Brassac et Camille, rejoints par Crémont, se réunirent à la gendarmerie de L'Île-Rousse pour faire le point. Avant de commenter le résultat de leurs investigations de la journée, Peyrard récapitula pour Crémont la scène découverte le matin dans la maison de la vieille Mado :

— La porte était fermée à clé de l'intérieur. Aucune fenêtre n'était ouverte, aucun carreau cassé. La victime était enfoncée dans le fauteuil, tournée vers la droite. Le côté droit supérieur de son crâne était éclaté. Ses bras pendaient hors du fauteuil. Des résidus de poudres ont été prélevés sur les doigts de sa main droite. Un fusil Lefaucheux de calibre seize était par terre à droite du fauteuil. Seules des empreintes de la vieille ont été relevées dessus.

Ces constatations ne laissaient guère planer de doutes. Comme Brassac l'avait subodoré avant même d'arriver sur place, la vieille Mado s'était suicidée.

Ils avaient ouvert la valise remise par le garde champêtre. Ils n'avaient pas eu besoin de forcer la serrure. Brassac avait émis une hypothèse pour le code : 1995, l'année de la mort de Joseph Ferracci. Ils avaient découvert à l'intérieur quatre revolvers, onze pistolets et des boîtes de munitions de différents calibres. Les numéros de ces pièces correspondaient à ceux figurant sur les autorisations de détention d'arme délivrées à Bati Saliéri après la mort de son père. Les techniciens avaient déjà réalisé un premier sondage sur six des onze pistolets, dont un CZ 75 chargé et muni d'un silencieux. Ils avaient relevé sur cinq d'entre eux des traces papillaires en attente de comparaison. Seul le CZ 75 ne portait étrangement pas de dermatoglyphes sur sa crosse, son pontet ou sa gâchette.

Stéphane Tornatori avait relaté sa mésaventure de la veille à L'Île-Rousse. Même s'il avait omis volontairement de mentionner ce qu'il avait fait avant, ainsi que la teneur du message qu'il consultait au moment des faits et le nom de son expéditrice, il s'était montré assez précis sur le timing, les circonstances et la description de la voiture qui avait failli le renverser. Il était près de treize heures quand il avait emprunté le passage piéton sur le boulevard longeant la plage Napoléon pour aller récupérer son véhicule stationné sur le parking de l'office du tourisme. Il avait par miracle échappé à la mort. Sur le coup, il avait pensé à un accident. Maintenant, il n'en était plus sûr. S'il n'avait pas pu voir le conducteur, en revanche, il n'avait aucun doute sur la voiture : c'était une 2 CV bleue, celle qui dormait dans le garage de la vieille Mado.

L'emploi du temps du samedi de la vieille avait été reconstitué. Elle avait mangé à l'EHPAD avec son amie Anastasie Saliéri et Démétrius Tornatori. En repartant, elle avait failli écraser le fils de ce dernier, Stéphane. Elle s'était ensuite rendue au cimetière de Belgodère, où elle avait été aperçue près de la tombe de son époux. Elle avait passé vraisemblablement l'essentiel du reste de l'après-midi chez elle. Elle en était ressortie le soir, à la tombée de la nuit, pour aller jeter la valise de Bati dans le ruisseau de Vignola, sous les yeux de Luca Césari.

La mort de Mado constituait un véritable choc pour les enquêteurs, mais pour chacun à des degrés divers. Camille, Crémont et Peyrard étaient dans l'incompréhension totale. Pour Camille s'ajoutait aussi une dimension affective. Elle avait réussi à créer un lien avec cette vieille, qui, bien qu'irascible et teigneuse, avait un côté touchant. Sa vie avait été émaillée de drames et son dernier geste bouleversait la jeune policière.

Brassac, lui, s'était invectivé toute la journée. Il ne se pardonnait pas de s'être longtemps laissé embarquer sur des pistes trop évidentes. Il avait négligé ce qui lui paraissait diffus et qui n'était pourtant que du bon sens. Il repensait au leitmotiv du Dingue : « Les vieux, ils sont toujours au courant de tout ! » Même Max était dans le vrai avec ses idées toutes faites. Il raisonnait juste. Brassac se remémorait les mots de son ancien collègue, lorsqu'il lui avait présenté ses différentes hypothèses sur les assassinats : « Trop simple ! Crois-moi, en Corse, les problèmes des enfants découlent souvent de leur filiation ! »

Les événements s'étaient bousculés. Brassac n'avait pas pu ou su influer sur leur déroulement. Cependant, il avait désormais toutes les informations pour reconstituer le puzzle. Il cherchait encore comment l'expliquer aux autres. Peyrard proposa de jeter un sort aux quelques canettes de bière perdues dans le réfrigérateur de la brigade.

Autour de ce pot improvisé et assez incongru, Brassac commença par évoquer le mail des pompes funèbres, qui avait amorcé une première confirmation de ses présomptions.

— De quoi tu parles ? s'étonna Peyrard. C'est quoi, cette histoire ?

— Je vais souvent dans les cimetières. Ce sont des lieux qui m'attirent, intervint Brassac sur le ton de la confession.

Ce sont des lieux qui recèlent des histoires, qui ont une âme, qui respirent, poursuivit-il sous le regard éberlué des deux gendarmes et celui désabusé de Camille. J'ai pu observer de multiples stèles, des milliers de plaques et de couronnes de fleurs, mais je n'en avais jamais vu comme celle qui se trouvait sur la tombe du vieux Charles. Tu te souviens, Camille ? C'était le lendemain de son enterrement. Nous étions au cimetière et nous avons croisé la vieille. Tu avais été surprise de la voir parler fort devant la tombe de son mari. Je t'avais répondu que c'était assez habituel de parler aux morts à voix haute dans un cimetière, mais que quelque chose d'autre m'avait troublé. Je n'arrivais pas à savoir quoi. C'est pour cela que je voulais retourner là-bas. Sur la tombe de Charles Bettoni, il y avait une plaque sur laquelle était inscrit « Amitiés éternelles ». J'avais déjà vu des « Regrets éternels » ou des « Amitié éternelle » au singulier, mais jamais des « Amitiés éternelles » au pluriel. Ces « s » me paraissaient incongrus et dénaturaient le sens. En parcourant ce cimetière, j'ai retrouvé des plaques identiques sur deux autres caveaux : celui de Dumé Orlanducci et celui de la famille Saliéri. Je me suis alors demandé s'il pouvait y avoir la même sur le caveau des Albertini. Camille, tu comprends maintenant pourquoi j'ai aussi voulu aller à Corbara ? Et elle y était, cette plaque. Le seul qui n'avait pas la sienne, c'était Joseph Ferracci !

— Et alors, où veux-tu en venir ? s'enquit Crémont, décontenancé.

— Je vous lis la réponse que j'ai reçue des pompes funèbres : « Les commandes sont informatisées depuis 2004. Nous n'avons plus d'archives papier antérieures. La plaque “Amitiés éternelles” ne correspond pas à un produit type. C'est une demande personnalisée. Nous en avons enregistré deux, le mois dernier. La cliente était Mme Madeleine Ferracci. »

— Et tu en déduis que Mado a quelque chose à voir dans les assassinats ?! C'est un peu tiré par les cheveux, non ? répliqua Crémont.

— Quand tu as le malheur de perdre un être cher, tu ressens une insupportable injustice, avança Brassac, replongé dans ses propres tourments. Tu es gagné par la colère. Tu es rongé par la haine. Tu cherches à tout prix le ou les responsables, même s'il n'y en a pas. *A fortiori*, si les circonstances sont troubles, c'est malheureusement facile à imaginer, tu n'es jamais en paix. Et si à tes yeux, quelqu'un peut paraître coupable, tu n'as qu'une envie : la vengeance.

— Mado..., laissa échapper Crémont, encore perplexe, car partagé entre l'incrédulité et l'évidence.

— La vendetta ! asséna Brassac. Les fils de ceux qui ont trahi ont été châtiés. Dumé Orlanducci n'était que le gendre de Charles, mais il s'était embrouillé avec Joseph. Elle l'a donc tenu pour responsable de sa mort. Kiki et Bati, eux, ont payé pour leurs pères. Stéphane Tornatori n'était pas initialement dans son viseur. Son père n'était pas un intime de Joseph comme les autres. Hier, ce n'était pas prémédité. C'est plus un concours de circonstances qui a failli lui être fatal : la colère conjuguée à l'opportunité. Il a eu de la chance !

— D'accord, ça pourrait tenir la route pour Dumé, dit Peyrard, mais j'ai quand même du mal à cerner le mobile pour les autres. Les châtier pour quoi ?

— Il y a encore autre chose, reprit Brassac en tapotant sur son ordinateur. J'ai pris l'initiative de poser un micro sur la table des deux vieux au restaurant de l'EHPAD. Je l'avais mis dans des violettes artificielles. Il se déclenche à la voix. J'ai extrait le moment où Mado est venue manger, hier à midi. On ne peut pas s'en servir en procédure, mais ça permet de comprendre. Écoutez ça, dit-il en ouvrant le fichier audio.

*Mado : Qu'est-ce que c'est laid, leurs violettes artificielles, et en plus ça sert à rien, à part ramasser la poussière ! C'est quoi le menu ?... Salade russe et blanquette de veau, on va pas avoir faim après ! Mousse au chocolat en dessert. Pouah ! C'était déjà ça la dernière fois que je suis venue... Cette semaine, j'ai eu deux fois la police à la maison ! Remarque, c'est une gentille petite qui est venue. Elle a un bon fond. Elle est pas française ! Elle est alsacienne. Elle en est assez fière*

*d'ailleurs. Ils ont les mêmes problèmes que chez nous là-bas avec la France. Chez eux, ils ont peut-être pas eu les macaronis, mais ils se sont coltiné les boches pendant plus de quarante ans ! D'après ce qu'elle m'a dit, ils ont réussi à préserver un peu leur langue et ils ont aussi gardé pas mal de lois qu'ils avaient du temps des boches, parce qu'ils les trouvaient pas mauvaises. Elle m'a même amené une bouteille de vin blanc ! J'te dis, c'est vraiment une gentille petite, pas comme cette garce d'Ornella ! Celle-là, elle travaille à la mairie maintenant. Elle remplace la mère Siméoni, qui est partie à la retraite. Tu verrais ça, c'est écœurant. C'est un défilé à la mairie ! Ils vont tous loucher sur elle et y a pas que les jeunes ! Faut dire qu'elle fait tout pour. Elle est toujours habillée comme une traînée ! Elle est comme sa grand-mère ! Elle a le feu aux fesses !*
*Une autre femme, vraisemblablement Anastasie : François le savait que ça allait être un problème. Forcément que c'était compliqué. Quand il est tombé malade, il n'avait plus le choix. Heureusement qu'il a toujours été un homme de décision. Il ne se trompait pas souvent. Il voyait bien que Bati n'était pas fait pour ça. Pourtant, François, il aurait aimé que Bati reprenne la mairie et tout le reste après lui. C'est dommage, mais c'est comme ça. Enfin, y avait quand même Aurélie. Ils ont bien fait d'en parler avec Charles.*
*Une voix masculine (certainement Démétrius Tornatori) : Tais-toi donc, vieille folle ! Tu n'as jamais su tenir ta langue, toi ! Tu ne comprends donc pas qu'il ne faut rien lui dire, à cette tordue ! Si tu ne lui avais pas raconté l'histoire du petit Orlanducci, elle aurait fait moins de saloperies. Ça aurait évité des drames. Elle, elle en est encore à la vendetta !*
*La femme supposée être Anastasie Saliéri : Mais, tu sais, ce petit Dumé, c'était un bon gamin. Il ne lui voulait sûrement pas de mal à Joseph.*
*Mado, apparemment furieuse : Tu vas pas recommencer à radoter ?!*

*Anastasie Saliéri : Tout ça, parce que tu n'as jamais eu d'enfant, ma pauvre Mado. Encore heureux que tu aies épargné mon Bati !*
*Mado : T'es complètement perdue, Anastasie ! T'as même pas compris que lui aussi y était passé ! T'étais ma seule amie ! C'est pour ça que je voulais pas te le prendre, ton fils. Mais vous m'avez trop fatiguée à la fin, toi et ton grand con de Bati ! Le voir cul et chemise avec cette ordure de Charles, je pouvais plus le supporter. J'étais obligé de le faire. Il restait plus que lui après le fils du Jacques et ce petit salopard d'Orlanducci. J'ai quand même fait un geste pour lui en prenant un pistolet de ton François, mais je sais même pas si ton grand con s'en est rendu compte. Enfin, c'est pas grave, j'attendais pas qu'il me dise merci ! L'essentiel, c'était qu'il sache que c'était moi ! Les deux autres, c'était différent, on était pas intimes. Je suis pas sûre qu'eux, ils aient compris ce qui leur arrivait. Je m'en fous, ça m'a fait du bien ! Pour le fils du Jacques, je me suis fait un peu peur le soir, mais tu peux pas savoir le bonheur que j'ai eu, quand je l'ai fait. C'est comme pour l'autre petit salopard d'Orlanducci. Si y a une chose que je regrette pas et que je suis contente d'avoir fait, c'est bien ça ! Même ses chiens, je regrette pas ! Je supportais plus de les entendre aboyer à côté de chez moi. Toute la vie, tout le monde, toutes vos familles avec vos enfants, vos chiens et vos chats, vous m'avez toujours emmerdée ! Au moins, ceux qui sont morts, ils me foutent la paix ! Mais tout ça, c'est la faute de ton François et du Jacques avec ce bâtard de Charles. Ils ont trop magouillé, ils pouvaient pas l'emporter au paradis. Tal calzu, tal magliolu. Tal babbu, tal figliolu 74 ! Ils sont bien là où ils sont avec leurs fils. Maintenant, je peux m'en aller en paix pour retrouver mon Joseph. Je suis à bout ! Adieu vieille folle... Amitiés éternelles !*

74. « Tel cep, telle bouture. Tel père, tel fils » (proverbe corse).

Ils en avaient assez entendu. Mado partie, le reste n'avait plus d'importance. Brassac arrêta l'enregistrement, laissant ses trois auditeurs abasourdis.

— La vache ! réagit Crémont. Quelle malade ! L'aigreur qu'elle trimballait, c'est impressionnant !

— Oui, c'est même plus de l'aigreur, c'est de la haine ! compléta Peyrard. Quand je pense qu'elle a même empoisonné les chiens. Je comprends mieux le coup du fer à souder.

— Bon, ben, il ne nous reste plus qu'à rassembler les éléments matériels, avança Crémont.

— On a le fusil Lefaucheux, qui peut coller avec celui qui a servi pour Dumé et Kiki. Il a un canon lisse non « choké » et c'est du calibre seize, releva Peyrard.

— Ça demeure un peu léger comme élément de preuve, tempéra Crémont en procédurier tatillon. En priorité, il va falloir faire procéder à l'expertise balistique du CZ 75 pour confirmer que c'est bien l'arme avec laquelle Mado a tiré sur Bati.

— Il y a aussi le cheveu, qui avait été découvert sur le lavabo dans la salle de bains de Dumé, rappela Peyrard. Il faudra voir s'il matche avec son ADN.

— Tout ça ne nous apprendra rien de plus, à part confirmer ce que l'on sait déjà, mais vous avez raison, il faut le faire pour verrouiller le dossier, signifia Brassac.

— Oui, mais maintenant, tout ça n'a surtout plus grande importance, souligna Camille, qui, bouleversée, se sentait tellement étrangère à ces questions de bouclage d'enquête. L'affaire est résolue. Mado est morte. L'action publique est éteinte. Il n'y aura pas de procès et c'est tant mieux !

— Peut-être, dit Brassac sarcastique, mais une procédure bien ficelée avec un point final mis par des gendarmes, ça va ravir Le Dingue. Il n'a pas fini de râler !

# FÉVRIER 1998...

La veille, en début de matinée, le garde champêtre Luca Césari avait remis une enveloppe cachetée à Charles, de la part du maire. À l'intérieur, un bout de papier arraché d'un bloc-notes avec ces quelques mots écrits d'une main mal assurée : « Viens à mon bureau, il faut qu'on parle. »

Peu après, remplacé derrière le zinc par Anne-Marie, Charles avait filé à la mairie. Cette invitation de son vieil ami signifiait bien sûr une volonté de réconciliation, mais lui n'était pas vraiment enclin à passer l'éponge.

— Bonjour Charles, merci d'être venu, furent les premiers mots apaisants prononcés par François Saliéri.

— Qu'est-ce que tu as à me dire ? Pourquoi voulais-tu me voir ? attaqua Charles.

— C'était nécessaire, reprit calmement François. Il fallait qu'on parle avant la fin. Je vais bientôt mourir. Je dois te demander de faire quelque chose. Mais avant, je dois te dire la vérité pour Joseph. Quand il a eu son accident, quelqu'un était là. C'était Dumé, le mari de ta fille ! Il roulait derrière lui. Il a vu la voiture de Joseph tomber dans le ravin et il a continué sans s'arrêter. Il a fait comme s'il n'avait rien vu. On peut toujours penser que Joseph a été tué sur le coup, mais peut-être pas... Si Dumé avait appelé les secours, peut-être que Joseph aurait pu s'en sortir... Et ce n'est pas impossible non plus que Dumé ait provoqué l'accident...

— Tu racontes n'importe quoi ! Pas Dumé ! s'exclama Charles, incrédule.

— Tu sais qu'avec Bati, ils ont toujours été très proches. Dumé l'a raconté à Bati. C'était le jour de l'enterrement. Il avait besoin de soulager sa conscience, mais il n'a peut-être pas eu le courage de lui dire toute la vérité. Maintenant, on peut juste le croire, Charles. On doit le croire ! C'est pas un vrai salaud, Dumé ! Tout le monde peut avoir un trou noir. Il venait de se battre sur le chantier de Montesoro avec Joseph. Il a le sang chaud, Dumé ! C'est logique. Il n'était pas dans son état normal. Ça ne l'excuse pas, mais ça permet de comprendre. Bati nous l'a rapporté, à Anastasie et à moi, mais depuis, on n'en a jamais reparlé ni entre nous ni à personne.

— Tout ça, c'est à cause de toi et de Jacques ! s'emporta Charles. Sans vos combines, tout ça ne serait pas arrivé ! Et tout ça pour quoi ? Dis-moi ? À quoi ça vous a servi de ramasser tout ce fric ? Comme Jacques avant toi, ton corbillard ne sera pas suivi par un coffre-fort !

— Justement. C'est aussi pour ça que je t'ai demandé de venir.

— Tu veux quoi ? Que je te donne l'absolution ? N'y compte pas ! C'est hors de question !

— Non, je n'ai pas besoin de ton absolution. J'ai besoin de toi.

— Tu rêves ?!

— Non. Je n'ai jamais été aussi sérieux. Crois-moi ! Les investissements, tu sais ce qu'il s'est passé et encore, les montants dépassent ce que tu peux imaginer. Jacques, lui, a été plus intelligent que moi et il a bien fait, vu ce qui lui est arrivé. Dès le début, il a tout mis au nom de sa fille Mélanie. Il lui a tout expliqué. Il pouvait lui faire confiance. Elle a la tête sur les épaules, cette gamine ! Jacques, ça lui évitait de s'afficher en première ligne. Dans son milieu, c'était plus prudent. Certains se seraient fait un plaisir de lui trouer la peau pour rafler la mise. Le pauvre, il est mort d'autre chose, mais ça a quand même dû être plus agréable, plaisanta François. Et puis ça protégeait aussi son fils pour les mêmes raisons, renchérit-il plus sérieusement. De toute manière, avec Kiki, ça n'aurait pas pu marcher. Pour tout bouffer, il aurait été bon ! En revanche, pour ce qui est de gérer, ça aurait été une autre histoire. Moi, avec Bati, j'avais le même problème, sauf que je n'avais pas de solution de repli. Bati, j'ai bien pensé à tout lui donner, mais dans son genre, il est comme le fils de Jacques : bon à rien et panier percé ! J'ai attendu le plus longtemps possible, mais aujourd'hui, je n'ai plus le choix. Il faut donc que je passe la main. C'est toi qui vas tout reprendre et c'est tant mieux !

— Tu es fou ! Jamais de la vie ! s'insurgea Charles. Tu n'aurais jamais dû me le demander et je ne comprends même pas comment tu as pu y penser !

— Tu n'as pas le choix, Charles ! Tu dois le faire. Démétrius est au courant. Il a réglé les papiers. Il n'attend que ta signature.

— Tu plaisantes ! Je n'ai aucune raison de le faire. Et surtout pas par amitié ! Débrouille-toi avec ton fils !

— Non, Charles ! Tu vas le faire pour Aurélie !

— Pourquoi Aurélie ? Elle n'a rien à voir là-dedans. Tu crois quoi ? Que je vais te céder et arranger tes combines par intérêt ? Tu crois que tu peux m'acheter en te servant de ma petite-fille ?

— C'est aussi ma petite-fille, Charles. C'est la fille de Bati.

De retour au bar, Charles était chamboulé... Il avait donné sa parole.

Le lendemain... Le maire de Belgodère succomba dans la nuit. Il souffrait d'un cancer du côlon depuis plusieurs mois...

Sa femme Anastasie reçut de nombreux témoignages de sympathie, mais la seule personne qui la soutint vraiment fut Mado. Les deux femmes étaient intimement liées depuis leur jeunesse. Anastasie avait été très présente auprès de Mado, à la mort de Joseph. Éprouvée par son deuil, Anastasie s'épancha longuement auprès de son amie, jusqu'au moment où celle-ci claqua la porte et rentra chez elle en furie. Mado en avait assez entendu, même si Anastasie ne lui avait pas tout dit.

Dans les semaines qui suivirent, Anastasie connut ses premiers troubles cognitifs, jusqu'à perdre peu à peu son autonomie. Son fils Bati régla le problème en la plaçant dans une maison de repos.

Mado, elle, fulminait et ruminait sa haine. Elle n'avait qu'une obsession : se venger, tuer les garçons des traîtres, tuer Dumé et le punir encore.

Achevé d'imprimer par Dupliprint à Domont (95)
Dépôt légal : mars 2025
N° d'impression : 2025022673
*Imprimé en France*